ANDREA WALBERG

DER SCHIMMER DES FRÜHLINGS

Roman

1. Roman der Jahreszeiten-Reihe

Bibliografische Information der Deutschen Nationalbibliothek:
Die Deutsche Nationalbibliothek verzeichnet diese Publikation in der
Deutschen Nationalbibliografie; detaillierte bibliografische Daten sind im
Internet über http://dnb.dnb.de abrufbar.

Herstellung und Verlag: BoD - Books on Demand, Norderstedt
Umschlaggestaltung: Casandra Krammer
Umschlagmotiv: © Shutterstock / Mayovskyy Andrew - 215686921,
rsooll - 115412182

ISBN: 978-3-7347-5544-6

Für Carmen

KAPITEL 1

Geschafft! Endlich war sie nach drei quälend langen Autostunden angekommen. Mit einem gekonnten Kick drückte Jessie den Absatz ihrer Schuhe gegen die hölzerne Eingangstür, die laut krachend ins Schloss fiel. Die Zunge zwischen die Lippen gepresst, schleppte sie zwei große Einkaufstüten in die angrenzende Küche, wo sie beide mit einem heftigen Ruck auf die Küchenanrichte hievte. Das war knapp gewesen, denn ein Plastikträger hatte sich bereits gefährlich in die Länge gezogen. Das hätte ihr zu allem Unglück noch gefehlt! Sie strich sich zwei braune Haarsträhnen ihres schulterlangen Haares aus dem Gesicht und blickte sich in der hellen Küche um. Vier große Sprossenfenster gaben den Blick auf den Vorhof frei, der von den letzten Sonnenstrahlen in warmes Licht getaucht wurde. Wie lange war es her, dass sie zuletzt hier gewesen war? Zwei, drei Jahre? Ihr kam es wie eine Ewigkeit vor, dass sie voller Vorfreude auf schöne Urlaubstage das Ferienhaus ihrer Eltern betreten hatte. Resigniert schüttelte sie den Kopf. Wie anders es diesmal doch war. Ihr Berufsleben lag in Trümmern, ihr großer Lebenstraum war geplatzt, ausgebootet von dem größten Widerling und Seilschaftenknüpfer, den sie kannte. Allein schon bei dem Gedanken an Wolfgang Kettler gefror ihr das Blut in den Adern. Seit sie die Neuigkeit, natürlich streng vertraulich, von zwei Kollegen erfahren hatte, war sie nicht mehr sie selbst. Alles, wofür sie gearbeitet, ja sogar ihr Leben geopfert hatte, war futsch. Zerplatzt wie eine Seifenblase. Aus und vorbei. Jessie seufzte. Glücklicherweise hatte sie sich an diesen Ort erinnert, um zu sich zu kommen und ihre Zukunft neu zu ordnen. Kein anderer Platz auf der Welt konnte ihre Batterien so aufladen wie dieser. Sie schloss für einen kurzen Moment die Augen. Ja, sie war angekommen. Wie schön es doch war, alles genauso wiederzusehen, wie sie es in Erinnerung hatte. Das Anwesen grenzte direkt an einen Bergsee, zu dem nur eine schmale Bergstraße führte. Jessies Blick glitt über den Vorplatz zum großen, gusseisernen Tor, zu dessen Linken sich ein grüner Hang erstreckte. Er war von hohen Tannen gesäumt, die im Sommer herrlichen Schatten spendeten. Weiter oben stand eine kleine Aussichtsbank. Von dort aus besaß man unzweifelhaft den besten Ausblick über das gesamte Grundstück und den angrenzenden See, umrandet von den grauen Bergspitzen, die majestätisch in den Himmel ragten. Leicht unterhalb des Hügels plätscherte ein kleiner Teich, der den steileren Gartenteil mit dem sanften Wiesenstück am Seeufer verband. Gleich würde die Sonne untergehen und danach tiefe Dunkelheit das Grundstück überziehen. Flink drehte Jessie sich um. Wenigstens einen Blick wollte sie heute noch auf ihren geliebten Bergsee werfen. Voller Ungeduld eilte sie die neben dem Teich beginnenden Steinstufen hinunter zur Blumenwiese, die vollständig den unteren Gartenteil umfasste und friedlich in der Abenddämmerung vor ihr lag. Sie blieb einen Moment stehen und sog die typische Alpenluft ein. Würzige Kräuter mischten sich mit unzähligen Blumendüften. Als sie die weiße Alpen-Küchenschelle erkannte, deren Blüten beim Zusammendrücken laut knackten, beugte sie sich lächelnd vor. Das Zirpen der Grillen und das Summen der umherschwirrenden Schwebefliegen untermalt vom tiefen Geläut der Kuhglocken, das von den angrenzenden Bergwiesen herüberschallte, verdrängten die Stille. Etwas versteckt entdeckte Jessie den kurzstieligen Allermannsharnisch mit seinen dichten kugeligen Blüten. Ein wehmütiges Lächeln huschte über ihre Lippen. Früher hatte sie die Wurzelzwiebeln des Allermannsharnischs in ihren Hosentaschen mit sich herumgetragen, denn einer alten Sage nach war dies eine Zauberpflanze, die böse Geister fernhielt. Vielleicht sollte sie sich in diesem Urlaub auch einige Wurzelzwiebeln in die Hosentasche stecken? Seufzend wandte sie sich von der Wiese ab und schritt die letzten drei Stufen zum See hinunter. Keine zwei Meter von ihr entfernt schwappte das kristallklare Wasser sanft gegen die Uferböschung. Fasziniert blickte sie auf die Wasseroberfläche, in deren türkisblauer Farbe sich die Strahlen der untergehenden Sonne spiegelten. Ganz still lag der See vor ihr. Unschuldig und verträumt. Sie atmete tief ein. Ja, das war ihr Bergsee in seiner ganzen Schönheit, umgeben von den mächtigen Bergmassiven der Zugspitze und des Waxensteins, die ihn schützend umringten. Eine magische Stimmung umgab ihn und begann langsam auch durch ihre Adern zu strömen. Kein Mensch war außer ihr zu sehen. Kein Angler und kein Wanderer störten diese magische Ruhe. In diesem Moment gehörte der See nur ihr. Als Kind hatte sie hier oft gestanden und ihren Träumen freien Lauf gelassen. Wie oft hatte sie sich ausgemalt, dass sie eine erfolgreiche Karrierefrau sein würde. Resigniert schüttelte sie den Kopf. Wie naiv man doch als Kind war! Die Realität, zumindest ihre Realität, sah ganz anders aus. Zugegeben, sie hatte sich nach ihrem Studium durch jahrelange harte Arbeit, unzählige Überstunden, lange Nächte im Büro und ständige Verfügbarkeit, die ein Privatleben unmöglich machten, Schritt für Schritt zu einer erfolgreichen Projektleiterin in einem angesehenen Unternehmen hochgearbeitet, doch der geglaubte Etappensieg bedeutete für sie nun bereits das Karriereende. Alles aus und vorbei. Trotz all der Aufopferung hatte der Vorstand einfach entschieden, die ausstehende Beförderung nicht ihr, sondern ihrem Kollegen Wolfgang Kettler zu geben, diesem schmierigen Wichtigtuer. Reichte es nicht, dass er für die gleiche Position mehr verdiente als sie? Musste die Ungerechtigkeit zusätzlich manifestiert werden? Irgendwann würden sie herausfinden, dass Wolfgang nur heiße Luft von sich gab, aber dann war es zu spät. Sie konnte und wollte es nicht ertragen, mit ihm weiter zusammenzuarbeiten oder schlimmer noch, ihm zuarbeiten zu müssen. Sie würde kündigen und das Unternehmen verlassen, das stand fest. Aber was dann? Wieder alles von vorne beginnen in einem anderen Unternehmen? Wieder alles geben, um am Ende erneut mit leeren Händen dazustehen und einem weiteren, vielleicht noch widerlicheren Wolfgang Kettler den Vortritt zu lassen? Oh nein, nicht mit ihr! Wütend ballte Jessie die Hände zur Faust, nur um sie einen Augenblick später müde herabhängen zu lassen. Nachdem sie diese Nachricht erhalten hatte, wollte sie nur noch weg. Weglaufen, sich verstecken und an einen Ort fahren, an dem sie sich geborgen fühlte. Darum war sie jetzt hier. Sie blickte auf die Berghänge, die durch die letzten Sonnenstrahlen sanft erglühten. Am See lebten noch drei Nachbarn. Ein alter Wiesenbauer zur Rechten, der aber seit einigen Jahren im Dorf wohnte und nur für wenige Stunden am Tag hinauf kam. Die einzigen Hauptbewohner auf seinem Grundstück waren die zahlreichen Kühe, deren Anwesenheit der rhythmische Klang ihrer Kuhglocken bezeugte. Das Haus zur Linken gehörte einer Familie, deren Kinder - angeblich zwei Jungen - sie jedoch nie gesehen hatte. Daher waren sie eher Fakt als Realität. Etwas weiter oben am Berg wohnte der dritte Nachbar, Thomas. Er war ungefähr so alt wie Jessie. Das Haus hatte er von seiner Großmutter geerbt und zu einem kleinen gemütlichen Restaurant mit Gartenwirtschaft umgebaut. Sie hatte Thomas' Großmutter oft besucht, eine liebenswerte alte Dame, die immer diesen leckeren, saftigen Apfelkuchen gebacken hatte. Mit Thomas, der bei seiner Mutter in München aufgewachsen war und während der gesamten Ferien bei seiner Großmutter wohnte, hatte Jessie zusammen mit ihren Geschwistern in den Ferien häufig gespielt. Und wenn es dabei einmal Streit gegeben hatte, war sofort seine Großmutter mit ihrem Apfelkuchen erschienen, von dem sich jedes Kind gierig ein Stück gegriffen hatte. Das hatte selbst die Wildesten unter ihnen besänftigt. Mit ihren weißen langen Haaren, stets zu einem dicken Knoten im Nacken zusammengebunden, und ihren blauen Augen war sie eine imposante Erscheinung gewesen. Thomas hatte zweifelsfrei die Kochkünste seiner Großmutter geerbt. Laut ihrer Mutter galt sein Restaurant sogar als regionaler Geheimtipp. Während sie ihren Gedanken nachhing, wurden die Berggipfel in tiefes Rot getaucht. Gleich würde es dunkel werden. Besser sie holte jetzt ihren Koffer aus dem Auto, denn durch die fehlende Beleuchtung waren die Abende am See meist rabenschwarz.

KAPITEL 2

Die ersten Sonnenstrahlen erhellten bereits ihr Schlafzimmer, als Jessie am nächsten Morgen erwachte. Verschlafen rieb sie sich die Augen, streckte sich glücklich und warf die Bettdecke gut gelaunt zurück. Neugierig trat sie hinaus auf den Balkon. Ein tiefblauer Himmel begrüßte sie. Nur vereinzelte kleine Wolken waren wie weiße Farbkleckse auf den azurblauen Hintergrund gemalt. Sie konnte sich glücklich schätzen, dass der intrigante Kettler ihr den Job im Hochsommer und nicht im nebligen November weggeschnappt hatte. Nichts da, ermahnte sie sich. Sie würde ihren ersten Urlaubstag nicht mit Gedanken an diesen Blödmann beginnen und sich womöglich noch den ganzen Tag dadurch verderben. Energisch schüttelte sie den Kopf. Oh nein, dieser Tag gehörte ihr, ihr ganz allein. Ihr Blick glitt über den grünen Berghang und blieb am braunen Dachgiebel des Nachbarhauses hängen. Ob wohl jemand dort war? Neugierig stellte Jessie sich auf die Zehenspitzen, um einen besseren Blick zu erhaschen. Die hohen Bäume ließen jedoch kaum Sicht auf das Haus selbst zu. Lediglich durch ein winziges Loch zwischen zwei hohen Tannen erkannte sie einen Teil des Holzbalkons, der an der gesamten zur See gewandten Hausseite verlief. Verwaist und dunkel wartete er auf die ersten Sonnenstrahlen. Sie zuckte gleichgültig mit den Schultern. So lange sie sich erinnern konnte, hatte sie nie jemanden dort gesehen, warum sollte es ausgerechnet heute anders sein? Entschieden verließ sie den Balkon, griff nach ihrem knielangen, seidenen Morgenmantel und stieg die Wendeltreppe hinunter, um sich eine frische Tasse Kaffee zu kochen. Während sie die Kaffeemaschine anstellte, entdeckte sie, den kleinen

Leinenbeutel am Eingangstor. Das war auch so eine der Traditionen, die diesen Platz zu einem wahren Paradies machten. Man brauchte gar nicht erst den langen Weg ins Dorf auf sich zu nehmen, denn Georg, der mit seiner Schwester eine kleine Pension auf Halbhöhe des Berges betrieb, brachte während ihres Aufenthaltes jeden Morgen eine kleine Tüte mit der Tageszeitung, ein paar Brötchen und anderen Leckereien vorbei. Beschwingt durch die Aussicht auf ein leckeres Frühstück, schloss Jessie die Haustür auf und schlenderte gut gelaunt über den Vorplatz zum Tor. Die Luft war herrlich erfrischend. Genüsslich sog sie die klare Bergluft ein. Dann warf sie einen Blick auf das steinige Bergmassiv, das gewaltig vor ihr in den Himmel ragte. Majestätisch schauten die hohen Gipfel auf sie herunter. Ihr fahles Grau stach erhaben von dem saftigen Grün der Wiesenhänge ab. Alles war so friedlich hier. Während sie das schwere Tor aufschloss, spielte der Wind mit ihrem seidenen Morgenmantel und hob ihn fröhlich bis zum Po. Schnell griff sie nach ihrem Mantelsaum. Wie gut, dass sie in völliger Abgeschiedenheit war, kicherte sie erleichtert, als ein heller Pfiff die Stille zerriss und Jessie augenblicklich zusammenzucken ließ. Erschrocken richtete sie sich auf. Geblendet von der Morgensonne, legte sie schützend die Hand über die Augen, um besser sehen zu können. Suchend glitt ihr Blick den Weg hinauf zum Nachbargrundstück. Ein Mann lehnte dort an einen roten Sportwagen, hielt lachend einen Daumen in die Höhe und grinste frech zu ihr herüber. Au man, wie peinlich, schoss es ihr durch den Kopf. Sie spürte, wie sich ihre Gesichtsfarbe in ein peinliches Rot verfärbte. Hektisch löste sie den Griff des Leinenbeutels. Als ob sie darauf gewartet hätte, fiel die Zeitung bei der Bewegung fröhlich auf den Boden. Genervt bückte sich Jessie, um nach ihr zu greifen. Dabei löste sich der Gürtel ihres Morgenmantels und rutschte ebenfalls zu Boden. Sofort bauschte sich ihr seidener Mantel im Morgenwind und gab den Blick auf ihr kurzes Spitzennachthemd frei. Das konnte doch jetzt nicht wahr sein! Fluchend fischte Jessie nach ihrem Gürtel, griff nach der Zeitung und drehte sich - ohne ihren Beobachter eines weiteren Blickes zu würdigen - um. So schnell sie konnte eilte sie über den Vorplatz ins Haus, gefolgt von schallendem Gelächter aus der Ferne.

Wer war das gewesen? War dies einer der beiden Nachbarssöhne? Soweit sie von dem kurzen Moment, den sie hinübergeschaut hatte, noch in Erinnerung hatte, war er groß und schlank gewesen mit kurzen, blonden Haaren und einem unmöglichen frechen Grinsen. Und zugegeben, ziemlich attraktiv. Was für eine peinliche Situation!

Es war schon später Vormittag, als Jessie in ihrem kurzen Strandkleid mit dem roten Klatschmohnmotiv die Steintreppe hinunter zum See schlenderte, um eine Runde Tretboot zu fahren. Eine wunderbare Gelegenheit, um endlich ihre neue Videokamera einzuweihen. Ein kleiner Film von hier würde ihr sicher gut tun, wenn sie wieder in ihrem hektischen Berufsalltag, wie auch immer der aussehen mochte, gefangen war. Voller Vorfreude setzte sie ihre Sonnenbrille auf und blickte prüfend auf den See. Er besaß noch genügend Wasser, da der Sommer gerade erst begann. Glitzernd und einladend lag er vor ihr. Sein klares Wasser zeigte an den tieferen Seestellen eine dunkelgrüne Färbung. Vielleicht würde sie später sogar schwimmen, doch zuerst wollte sie eine kleine Bootstour unternehmen. Flink löste sie das Tretboot von seiner Kette, sprang hinauf und steuerte es zu der kleinen Seerosenecke, hinter der sich die großen Bergwiesen des alten Nachbarn befanden. Seine Kühe grasten auf dem gesamten Areal im Sonnenschein. Das Geläut ihrer Glocken wehte wie eine sanfte Melodie über den See und hüllte sie ein. Glücklich genoss sie die Sicht auf das Bergpanorama, das sich lückenlos um den See herum vor azurblauem, wolkenlosem Himmel präsentierte. Sie vergewisserte sich, dass das Ruder des Bootes gen Seemitte zeigte und sie nicht in die flachen Seegebiete getrieben wurde, bevor sie genießerisch die Augen schloss.

Sie musste wohl eingenickt sein, denn als Jessie überrascht die Augen öffnete, lag direkt vor ihr das Nachbarhaus. Der blonde Mann vom Vormittag kniete neben dem Bootshaus und versuchte angestrengt, das dort vertäute blaue Ruderboot ins Wasser zu lassen. Gebannt beobachtete sie, wie er mit den Tauen rang. Seine Gesten wirkten leicht ungeschickt. In seiner weißen Leinenhose mit dem hellblauen Poloshirt sah er allerdings wieder sehr attraktiv aus. Plötzlich zog eine Bewegung aus den Augenwinkeln ihre Aufmerksamkeit auf sich. Ein dunkelhaariger Mann stand regungslos auf dem Balkon. Seine Arme hielt er vor der Brust verschränkt und starrte, wie aus Stein gemeißelt, in ihre Richtung. Unwillkürlich kniff sie die Augen hinter der Sonnenbrille zusammen, um ihn besser sehen zu können. Auch er war groß und schien sportlich zu sein, sein braunes Haar war zu einem kurzen Stufenschnitt geschnitten, das zu seinem länglichen

Gesicht passte. Das Weiß seines Poloshirts unterstrich die Bräune seiner Arme und bildete den unschuldigen Kontrast zum dunkelbraunen Balkongeländer. Sein bloßer Anblick jagte ihr unerklärlicherweise einen Schauer über den Rücken. Irgendetwas an seiner Haltung verriet ihr, dass er nicht überrascht war, sie hier und heute Morgen auf dem See zu sehen, auch wenn sie nicht benennen konnte, was es war. Jessie fröstelte plötzlich, obwohl sie im gleißenden Sonnenlicht saß. Was für Irre diese Nachbarn doch waren! Der eine machte auf sich aufmerksam, auch wenn man ihn nicht sah, und der andere bewegte sich nicht, auch wenn er wusste, dass man ihn beobachtete. Sie war wirklich froh, dass sie diese Beiden früher nie gesehen hatte. Aber warum war sie überrascht? Das Nachbarhaus war ihr schon als Kind unheimlich vorgekommen. Anziehend, aber unheimlich, so wie seine Bewohner. Plötzlich beschlich sie ein mulmiges Gefühl. Die vorhin noch empfundene Lust auf eine Bootsfahrt war gänzlich vergangen. Mit einer abrupten Bewegung wendete sie das Boot und trat so schnell sie konnte in die Pedalen, weil sie das ungute Gefühl nicht los wurde, immer noch von dem Blick ihres dunkelhaarigen Nachbarn verfolgt zu werden. Erst als sie die Haustür von innen verriegelte, atmete sie tief durch.

KAPITEL 3

Jessie schwamm und schwamm. Zug um Zug durchquerte sie den See, dessen klares Wasser sie bei jeder Bewegung leicht umspielte. Gleich würde sie die Seemitte erreichen, wo sie beschleunigen musste, damit die Kälte des Wassers sie nicht einfing und ihr das Weiterschwimmen untersagte. Sie holte tief Luft und straffte den Rücken, sodass sie gerade wie ein Brett dicht unter der Wasseroberfläche trieb. Was für ein erhebendes Gefühl, so durch den See zu gleiten. Als das Wasser merklich kühler wurde, durchstach ein plötzlicher Schmerz ihren Fuß. »Bitte keinen Krampf, bitte nicht jetzt«, flehte sie und versuchte den Schmerz zu ignorieren. Doch sie kam nicht von der Stelle, stattdessen schloss sich das Wasser fester um ihren Körper, fast so wie Treibsand. Es zog sie tiefer und tiefer in den See hinab. Was sollte sie bloß tun? Der Schmerz schwoll rasant an. Er vernebelte ihren Blick. Hilfesuchend blickte sie sich um, aber sie war allein. Strauchelnd drehte sie sich um die eigene Achse, um vielleicht doch noch einen Touristen auszumachen. Und da sah sie ihn. Wie eine Statue stand er mit verschränkten Armen auf seinem Balkon und starrte sie unentwegt an. Sein weißes Shirt stach wie ein eindringliches Signal vor dem dunklen Hintergrund hervor.

»Hilfe«, schrie Jessie. »Hilfe, ich ertrinke, bitte retten Sie mich.« Sie versuchte dem Sog des Wassers zu widerstehen und ihm zuzuwinken. Sie schrie auf und schwamm verbissen Zug um Zug weiter. Der Krampf in ihrem Bein zog sich bereits von ihrer rechten Wade bis hinunter zu den Zehen. Zappelnd versuchte sie sich Meter um Meter vorwärts zu kämpfen, aber es gelang ihr mit jedem Zug schlechter. Das Wasser war mittlerweile eisig und zog sie unerbittlich in seine dunklen Tiefen. Nein, sie durfte jetzt nicht untergehen. Verzweifelt versuchte sie, den Bootssteg zu sehen, es war nicht mehr allzu weit, noch gute fünfzig Züge, dann war sie in Sicherheit. Doch ihre Kraft ließ nach, während sich gleichzeitig der Schmerz seinen Weg durch ihren Schenkel fraß. Ihr ganzes Bein brannte, als wenn es von tausend Nadeln durchstochen würde. Um sie herum wogte das nun unbarmherzige Seewasser. Sie tauchte häufiger unter, schluckte Wasser. Immer tiefer zog sie der See hinab. Es war zwecklos, sie besaß keine Kraft mehr, um weiter zu schwimmen. Das Ufer war noch zu weit entfernt. Plötzlich wurde es dunkel um sie herum. Nur das Rauschen des Wassers pochte in ihren Ohren. So sah also das Ende aus.

Ein harter Ruck durchbrach ihr dunkles Tauchen. Energisch wurde sie an den Schultern gen Licht gezogen. Starke Hände griffen unter ihre Arme und drückten sie rücklings an die Seeoberfläche. In rhythmischen Bewegungen bewegte sie sich nun durch den See. Nein, sie schwebte über die Wasseroberfläche, denn sie selbst bewegte sich ja gar nicht. Sie hatte sich den Tod viel erbarmungsloser vorgestellt. Dann hielt sie ruckartig inne und wurde aus dem Wasser gehoben. Die Luft strich wie eine kühle Begrüßung über ihre Haut, bevor sie weiches kühles Gras unter sich fühlte, seinen erdigen Duft roch. Vergeblich versuchte sie, die Augen zu öffnen, ihre Lider waren zu schwer. Sie gehorchten ihr nicht. Jemand strich ihr liebevoll über die Wangen, dann über ihre Arme und hinterließen eine Spur warmen Kribbelns auf der Haut.

»Jessie wach auf! Es ist alles gut. Ich bin jetzt bei dir. Oh Jessie, ich liebe dich so sehr!« Ein warmer, sanfter Mund senkte sich auf ihre Lippen und hauchte ihr zärtlich neue Energie ein. Sie durchströmte ihren Körper und erweckte die tauben Glieder. Benommen öffnete Jessie die Augen und schaute sich verwirrt um. Wo war sie? Wo war die Wiese? Eben hatte sie doch noch das kühle Gras unter sich gespürt. Sie blinzelte ein, zwei Mal, dann ließ sie sich enttäuscht zurück in ihre Kissen fallen. Ein Traum. Es war nur ein Traum gewesen! Kein schöner Traum, wahrlich nicht, aber was für ein unglaubliches Ende hatte er gehabt! Erneut schloss sie die Augen, in der Hoffnung, weiter zu träumen. Sie wollte zurück zu diesem Mann und zu seinem unglaublichen Kuss. Aber der Traum war vorbei. Wer war dieser Mann gewesen, der sie gerettet hatte? Seine Liebe war so deutlich in jedem seiner Worte zu spüren gewesen. Und dann dieser Kuss! Noch nie hatte sie jemand so innig und so voller Liebe, Verzweiflung, Verlangen und Hoffnung geküsst, sodass es sie von Kopf bis Fuß ergriff, wärmte und elektrisierte. Sehnsüchtig fuhr sie sich mit der Zunge über die Lippen, wo sie doch noch gerade eben diesen sanften Mund gespürt hatte. Wenn sie doch nur sein Gesicht hätte sehen können! Enttäuscht schüttelte sie den Kopf. Ihr Blick wanderte zum Fenster, durch dessen weißer Baumwollvorhang fahles Licht in ihr Schlafzimmer drang. Es musste bereits früher Morgen sein. Viel zu früh, um aufzustehen. Jessie drehte sich auf die andere Seite, um weiterzuschlafen, aber ihre Gedanken gaben keine Ruhe. Ergeben streckte sie langsam ein Bein nach dem anderen aus dem warmen Bett, durchquerte das angrenzende Schlafzimmer ihrer Eltern und öffnete dort die Balkontür, die zum See hinaus zeigte. Verträumt trat sie an das hölzerne Geländer. Vor ihr lag der See. Er wirkte im Morgengrauen immer so verwunschen schön. Der kühle Wind prickelte sanft auf ihrer Haut. Sie sollte wohl besser den Bademantel anziehen, aber sie genoss es zu sehr, den Wind auf ihrer nackten Haut zu spüren. Sie liebte diesen Platz, besonders wenn es regnete und sie im Schutz des überdachten Balkons beobachten konnte, wie leise die Regentropfen die Wasseroberfläche berührten und zunächst kleine, dann immer größere Kreise zogen. Es war immer ein besonderes Erlebnis als heimlicher Beobachter Teil dieses Naturschauspiels zu sein. Doch jetzt, so früh am Morgen stand sie in der Mitte des Balkons und blickte fasziniert auf den See. Leichte Schwaden stiegen auf. Die Sonne war noch nicht aufgegangen, sodass die hohen Bergspitzen sich noch nicht in der türkisblauen Wasseroberfläche spiegelten. Grau ragten sie in den noch dämmrigen Morgenhimmel, an dem nur ein leichter Wolkenschleier zu sehen war. Die grünen Berghänge auf der anderen Seeseite warteten noch geduldig auf die ersten wärmenden Sonnenstrahlen. Im sanften Takt wehte gedämpftes Kuhglockengeläut zu ihr herüber. Perfekt. Einfach perfekt. Das war der ideale Start für einen wundervollen Urlaubstag. Plötzlich nahm sie eine leichte Bewegung der Wasseroberfläche wahr. Gebannt starrte sie auf die zunächst großen, dann immer kleiner werdenden Kreise, die entweder einen Schwimmer oder ein Boot ankündigten. Wahrscheinlich war schon der erste Fischer unterwegs. Wer sonst würde um diese Uhrzeit auf dem See unterwegs sein? Und tatsächlich nahm sie durch das Laub der Bäume eine Bootsspitze wahr, die langsam über den See glitt. Fasziniert hielt Jessie inne, bevor ihr plötzlich der Atem stockte und ein kalter Schauer ihr über den Rücken lief. Alle Fischerboote auf dem See waren grün, das war vom Fischerverein festgelegt worden. Dieses Boot aber war blau. Impulsiv trat sie einen Schritt zurück und versteckte sich hinter dem Balkonpfeiler, um das Boot besser beobachten zu können. Lautlos glitt es langsam über den See. Ein Mann saß regungslos darin, aber soweit sie sehen konnte, hatte er keine Angel ausgeworfen. Was zum Teufel machte er da? Sie kniff die Augen zusammen, um besser sehen zu können. Oh Gott! Er starrte gebannt zu ihrem Haus. Jessies Herz schlug heftig. Am liebsten wäre sie so schnell sie konnte ins Haus gerannt, aber ihre Muskeln waren wie gelähmt. Der Mann trug eine dunkle Hose, einen dunklen Pullover und hatte dunkles kurzes Haar! Jessies Knie wurden weich. Genau wie am Vortag starrte er in ihre Richtung. Und genau wie am Vortag hatte sie das ungute Gefühl, dass er ein bestimmtes Interesse verfolgte. Hier draußen konnte sie unmöglich bleiben. Bevor sie einen weiteren Gedanken fassen konnte, drehte sie sich ruckartig um, rannte ins Zimmer, schloss die Balkontür und zog energisch den Vorhang davor. Nun konnte sie auf keinen Fall mehr schlafen. Mit zitternden Händen hüllte sie sich in ihren flauschigen Bademantel und wankte auf wackligen Beinen hinunter in die Küche, wo sie sich einen starken Kaffee kochte. Das beruhigende Glucksen des heißen Wassers, das durch den Kaffeefilter tropfte, beruhigte sie. Stirnrunzelnd starrte Jessie auf die an den Vorplatz grenzende Blumenwiese vor den Küchenfenstern, die friedlich in der Morgensonne lag. Vereinzelte Tautropfen hingen träge an den Blütenblättern und spiegelten sich im Sonnenlicht. Wie trügerisch diese Idylle doch war. Warum beobachtete ihr Nachbar sie? Was hatte er heute Morgen so früh auf dem See gewollt? Und vor allem, was hatte er zu dieser Uhrzeit beobachtet? Er musste doch davon ausgehen, dass sie noch schlief. Verwirrt schüttelte sie den Kopf. Es ergab alles einfach keinen Sinn. Ob ihre Eltern wussten, was für irre Nachbarn nebenan wohnten? Vielleicht sollte sie einfach ihre Mutter anrufen und sie fragen. Aber wenn sie das täte, dann würde ihre Mutter sofort wieder Bedenken haben, dass sie hier mutterseelenallein ihren Urlaub verbrachte und wahrscheinlich sofort selbst herkommen. Sie brauchte aber einfach eine Auszeit, um sich einmal nur mit sich selbst zu beschäftigen. Also schied die Option, ihre Eltern nach Informationen zu fragen, aus. Sie könnte auch Georg anrufen, aber die Wahrscheinlichkeit, dass ihre Eltern von ihrem plötzlichen Interesse an den Personen im Nachbarhaus erfuhren, war relativ hoch. Also war auch das keine gute Idee. Gedankenverloren biss sie sich auf die Unterlippe. Plötzlich hellte sich ihre Miene auf. Sie konnte Thomas fragen. Es war ohnehin schon eine Ewigkeit her, dass sie ihn das letzte Mal gesehen hatte, und ein unverfänglicher Freundschaftsbesuch wäre doch die ideale Möglichkeit, mehr über ihren mysteriösen Nachbarn zur Rechten herauszufinden. Sie würde Thomas ein kleines Gastgeschenk im Ort kaufen und konnte sich damit auch gleich ablenken.

Entspannt schlenderte Jessie durch die Dorfstraße, in der sich neben einer Bäckerei, einem Metzger, einem Friseur und etlichen Andenkenläden auch zwei Cafés befanden. Das Ende der kleinen Hauptstraße bildete die Dorfkirche, deren Zwiebeltürme stolz in den wolkenlosen Himmel ragten. Mit ihren Lüftlmalereien gaben sie vor dem tiefblauen Sommerhimmel ein farbenfrohes Bild ab. Gegenüber der Kirche befand sich das Café Paradies. Auch wenn die Touristen noch nicht das Dorfzentrum bevölkerten, luden die ausgefahrenen, leuchtend orangefarbenen Markisen jeden Vorübergehenden ein, eine kurze Pause einzulegen. Spontan entschied Jessie, diese Einladung anzunehmen. Ihr Blick schweifte über die weitläufige Caféterrasse und blieb an einem schönen, schattigen Platz, der ihr einen freien Blick auf den Kirchplatz und die angrenzende kleine Fußgängerzone mit den bunten Häuserfassaden bot, hängen. Kurzentschlossen setzte sie sich und bestellte einen Cappuccino. Die Kirchturmuhr schlug elf. Der dumpfe Glockenklang hallte über den Kirchplatz. Mit einem jähen Klirren des Kaffeelöffels, der gefährlich gegen die schwungvoll abgestellte Cappuccinotasse schlug, unterbrach die herbeieilende Bedienung die heimelige Idylle. Erschrocken blickte Jessie sie an, doch die Serv)ererin hatte sich bereits dem nächsten Tisch zugewandt. Vorsichtig griff Jessie nach ihrer Tasse und trank langsam einen Schluck. Heiß floss der Cappuccino ihre Kehle hinunter. Wunderbar. Entspannt ließ sie ihren Blick über die anderen Cafégäste und die herannahenden Touristen in der Fußgängerzone schweifen. Plötzlich hielt sie inne und ihre Augen weiteten sich vor Staunen. Das war doch nicht möglich! Was machten ihre Nachbarn hier? Wurde sie verfolgt? Ein Schauer lief ihr über den Rücken und leichte Panik stieg in ihr auf. Sie umfasste die Cappuccinotasse so fest, dass ihre Fingerknöchel weiß hervortraten. Gebannt beobachtete sie, wie beide Männer die Straße entlang auf sie zu schlenderten. Während der Blonde eine Jeans mit einem gelben Poloshirt trug, hatte der Dunkelhaarige sich für eine dunkelblaue Stoffhose und ein enggeschnittenes hellblaues Hemd entschieden, dessen Ärmel er bis zu den Unterarmen aufgekrempelt hatte. Widerstrebend gab sie zu, dass ihm beides zu seinem dunklen Haar und der großen schlanken Statur ausgesprochen gut stand. Sein Gang drückte Entschiedenheit und Überlegenheit aus, ohne jedoch arrogant zu wirken. Der Blonde hingegen schien unbekümmerter auf die Welt zuzugehen. Unmerklich schüttelte Jessie den Kopf. Welch ein ungleiches Paar Brüder. Keine zehn Schritte trennten sie mehr. Sie betete inständig, dass sie unentdeckt bleiben möge. Vor Aufregung hielt sie den Atem an, als der Blonde plötzlich lachte und dem Dunkelhaarigen freundschaftlich auf die Schulter schlug. Ohne auch nur einen Blick in ihre Richtung zu werfen, verschwanden beide Männer um die Straßenbiegung. Erleichtert stellte Jessie ihre Tasse auf den Tisch. Wenn sie vor ihrer Fahrt ins Dorf noch Zweifel an dem Besuch bei Thomas gehabt hatte, so waren diese nun gänzlich verflogen. Es stand außer Frage, dass sie unbedingt mit ihm sprechen musste und zwar sofort. Bestimmt konnte er ihr weiterhelfen.

Vorsichtig erklomm Jessie den schmalen Bergweg, der zuerst eine leichte Rechtsbiegung machte, bevor er sich über den Hauptweg weitere fünfhundert Meter den Berg hinaufschlängelte. Der Wegesrand war mit bunten, satt blühenden Bergblumen gesäumt, deren grüne Blätter bis auf den Kiesweg reichten. Die Grillen zirpten lautstark um die Wette und einige Libellen flogen emsig zwischen den Blüten umher. Vorsichtig setzte sie einen Fuß vor den anderen, denn ihre Schuhe mit den hohen Bastabsätzen passten zwar perfekt zu ihrem cremefarbenen Sommerkleid, das mit seinem geraden, engen Schnitt ihre schlanke Figur betonte, erwiesen sich jedoch für den Weg zu Thomas' Restaurant als völlig ungeeignet. Aber sie wollte einen guten Eindruck bei ihm hinterlassen. Und für die kurze Wegstrecke wäre es wirklich zu albern gewesen, den Wagen zu benutzen. Sie sah schon die weißen Gardinenspitzen, die hinter den braunen Fensterrahmen leuchteten. Seitlich waren sie mit einer Schlaufe befestigt, wodurch jedes Fenster einladend und freundlich wirkte. Davor blühten prall die roten Geranien. Stolz reckten sie ihre Hälse der Sonne entgegen.

Vor dem Restaurant erstreckte sich ein kleiner Parkplatz. Vorsichtig schritt Jessie an dem liebevoll angelegten Kräutergarten vorbei zur Haustür, dessen geschwungenes Holz zu den braun getönten Glasfenstern passte. Die eine Hälfte der wuchtigen Flügeltür stand weit offen und lud sie ein, einfach einzutreten. Mit klopfendem Herzen folgte Jessie dieser stummen Einladung und blieb staunend im Innenraum stehen. Im Gegensatz zu dem dunklen Holz der Fensterrahmen strahlte das Weiß der getünchten Wände, an denen verschiedene Gemälde hingen, geradezu. Die weißen Schilder in der unteren Ecke des Rahmens verrieten den Künstlernamen und den jeweiligen Kaufpreis. Jessies Blick flog durch das Restaurant. Liebevoll arrangierte Wiesensträußchen schmückten die Fensternischen und verliehen dem Raum etwas Lebendiges. Thomas hatte wirklich ein gutes Auge fürs Detail. Die bereits festlich gedeckten Tische mit den dunklen Holzstühlen, auf denen weiße Spitzenkissen platziert waren, standen verwaist vor ihr. Bei dem herrlichen Sommerwetter zogen die Gäste es verständlicherweise vor, draußen auf der sonnigen Terrasse zu sitzen und das atemberaubende Bergpanorama zu genießen. Neugierig folgte sie dem fröhlichen Stimmengewirr und trat hinaus auf die kleine Panoramaterrasse.

»Kann ich Ihnen helfen?«

Eine tiefe Männerstimme hinter ihr ließ sie herumwirbeln. Zwei blaue Augen, die von vielen kleinen Lachfältchen umgeben waren, schauten sie aus einem markanten, länglichen Gesicht zuerst fragend, dann überrascht an.

»Nein, Jessie! Das gibt es doch nicht. Bist du es wirklich?« Mit einem breiten Grinsen in seinem sonnengebräunten Gesicht beugte sich Thomas zu ihr hinunter und küsste sie zur Begrüßung auf die Wangen. Er überragte sie um Kopflänge. Wenn man ihn so mit seinem dunklen lockigen Haar, das ihm bis in den Nacken reichte, seiner geraden Nase und dem markanten Kinn sah, dachte man unverzüglich an einen italienischen Künstler und nicht an einen bayerischen Koch. Das lag war wahrscheinlich daran, dass sein Vater Italiener war.

»Hallo Thomas, schön dass du mich noch erkennst«, lachte sie. »Ich habe Hunger und dachte mir, dass es keinen besseren Ort gibt, um ihn zu stillen.«

»Dafür hast du dich aber prima rausgeputzt.« Er trat einen Schritt zurück und ließ seinen Blick anerkennend über sie gleiten.

»Ich hab sogar mein Leben für dich mit diesen Schuhen riskiert.« Dabei wies sie scherzend auf ihre Absätze.

»Welch eine Ehre, welch eine Ehre«, grinste er, bevor er kopfschüttelnd ihre Schuhe betrachtete. »Euch Frauen soll einer verstehen. Magst du dich hier draußen hinsetzen?«

Als sie zustimmend nickte, führte er sie zu einem kleinen Tisch, der sich im hinteren Teil der Terrasse befand. Von dort aus konnte sie sowohl den Bergsee, als auch die in der Ferne liegende Zugspitze bewundern. Die unteren Berghänge durchbrachen das kahle Grau der Felswände mit dem satten Grün ihrer Wiesen. Obwohl ihr Haus keinen Kilometer entfernt war, konnte sie es nur erahnen, denn die gesamte Sicht war von hohen, dunklen Tannen und Bäumen verdeckt. Sehr gut. Hier oben konnte ihr mysteriöser Nachbar sie wenigstens nicht beobachten. Thomas' Worte rissen sie zurück in die Gegenwart.

»Leider muss ich zurück in die Küche, daher bestell dir doch schon mal etwas Leckeres. Ich leiste dir zum Nachtisch Gesellschaft. Mein Dreierlei an Crème Brûlée ist der Hit.« Dabei zwinkerte er ihr verschwörerisch zu.

»Das hört sich verlockend an. Dann überlass ich dir am besten auch direkt die Wahl für meinen Hauptgang.«

»Ich werde dich nicht enttäuschen.« Er grinste sie selbstbewusst an. Fasziniert blickte sie ihm nach, wie er mit zielstrebigen ausholenden Schritten über die Terrasse eilte. Dabei nickte er den Gästen an den verschiedenen Tischen freundlich zu, während er gleichzeitig zwei Servicekräften per Handbewegung Anweisungen gab. Er beherrschte die Szenerie mit einer beindruckenden Leichtigkeit. Vielleicht lag das auch daran, dass er mit seiner sportlichen Statur, den breiten Schultern und den dunklen Locken in dem weißen Kochhemd ziemlich männlich wirkte. Wie wohl seine Freundin aussah? Laut ihrer Mutter war er vor einiger Zeit mit ihr zusammengezogen. Jessie legte den Kopf leicht schief und kniff gedankenverloren die Augen zusammen. Ja, sie konnte sich gut vorstellen, dass Thomas im Dorf so manches Frauenherz höher schlagen ließ. Unmerklich schüttelte sie den Kopf über ihre absurden Gedanken und wandte ihre Aufmerksamkeit den anderen Tischen zu, die ausnahmslos belegt waren, teils von hungrigen Wanderern, die hier eine Rast nahmen, teils von Leuten, die wohl extra zum Mittagessen heraufgefahren waren, denn ihre Kleidung hätte den Bergweg zu Fuß sicher nicht unbeschadet überstanden. Entspannt lauschte sie dem Geläut der Kuhglocken und streckte der warmen Mittagssonne ihr Gesicht entgegen. Direkt neben dem Zaun, der die Terrasse begrenzte, befand sich eine riesige Wiese mit Bergblumen. Unzählige Libellen bewegten sich im Schutz der bunten Blütenpracht. Ein kleiner Salamander lag unweit ihres Tisches träge in der Sonne und schien zu schlafen.

»Hier ist Ihr Hauptgang, meine Dame.« Thomas' Stimme unterbrach Jessies Gedanken, als er galant einen großen Porzellanteller vor sie auf den Tisch stellte. »Gegrillte Scampi auf Mango Chutney mit süßer Chiliessenz, dazu einen frischen Bergsalat«. Er beugte sich zu ihr hinunter. »Lass es dir schmecken und sei nicht zu hart mit deinem Urteil«, raunte er ihr leise ins Ohr.

Doch bevor sie etwas erwidern konnte, war er schon wieder im Restaurant verschwunden. Der süßscharfe Duft der Chilisauce, die sich mit dem Aroma des Mango Chutneys vermischte, stieg ihr in die Nase. Genießerisch sog sie ihn ein, bevor sie sich neugierig einen ersten Bissen in den Mund schob. Himmlisch. Das milde Chutney verschmolz harmonisch mit der scharfen Chiliessenz. Es bildete das perfekte Gegenstück zum eher neutralen Fleisch der Scampi. Jessie begann zu verstehen, warum Thomas' Restaurant als wahrer Geheimtipp galt.

Als sie den ersten Löffel der Crème Brûlée probierte, gesellte sich Thomas zu ihr. Erleichtert sank er auf den gegenüberstehenden Stuhl und streckte entspannt seine langen Beine von sich. Seine Zeigefinger hingen lässig in den Hosentaschen. Langsam lehnte er sich zurück, wobei er Jessie neugierig anschaute. In seinen Augen blitzte es vergnügt. »Und?«

»Einfach köstlich. Du bist ein wahres Genie.« Sie nickte anerkennend.

»Prima. Dann kann ich ja weiterkochen«, grinste er.

Jessie legte ihren Löffel zur Seite. »Ich bin echt beeindruckt. Und das nicht nur wegen des traumhaften Essens, sondern auch wegen all dem hier.« Dabei ließ sie ihren Blick kurz über das Restaurant und die Terrasse schweifen. »Du hast wirklich etwas Wunderschönes geschaffen.«

»Schön, dass es dir gefällt. Ich wollte halt kein typisches Restaurantfeeling, sondern einen Ort, an dem man das Gefühl hat, bei Freunden zu sein.«

»Das ist dir wirklich gelungen. Es ist traumhaft.« Sie strahlte ihn begeistert an. Seine blauen Augen schauten sie gelassen, aber nicht weniger aufmerksam an. Sie erschienen ihr viel ausdrucksstärker als bei ihrem letzten Treffen. Vielleicht lag das aber auch nur daran, dass sie aus seinem sonnengebräunten Gesicht hervorstachen. Plötzlich fühlte Jessie sich unter diesem Blick ein wenig nervös. »Ich hätte dir gar nicht so viel Liebe zum Detail zugetraut. Wenn ich da so an früher denke.« Neckend legte sie den Kopf leicht schief, was ihn jedoch nur dazu veranlasste, eine Augenbraue fragend hochzuziehen. Um seine Mundwinkel spielte ein amüsiertes Lächeln. »So?« fragte er lediglich.

Aus unerfindlichen Gründen errötete sie. Was war nur mit ihr los? Entschlossen, die Kontrolle über die Situation zu behalten, grinste sie vielsagend und schob sich einen erneuten Löffel der Nachspeise in den Mund.

»Wie ich höre, kletterst du in München Stufe um Stufe die Karriereleiter herauf.«

Sie warf ihm einen schnellen misstrauischen Blick zu, aber er schien sein Kompliment ernst zu meinen. »Danke«, antwortete sie so leichthin wie möglich. »Karriereleitern zu erklimmen ist eine ganz schön schweißtreibende Angelegenheit. Da braucht man manchmal einen richtigen Urlaub in den Bergen.« Sie versuchte, ihrer Stimme einen unbeschwerten Klang zu geben.

»Das kann ich mir denken. Hier bist du goldrichtig. Besser kann man sich nirgendwo erholen. Hier oben gibt es einfach alles, was das Herz begehrt. Na ja, fast alles«, fügte er nachdenklich hinzu.

Sie traute sich nicht, ihn anzuschauen. Hatte sie aus seinen letzten Worten einen unterschwelligen Ton herausgehört oder bildete sie sich das nur ein? Stimmte etwas nicht in seiner Beziehung? Aber das konnte sie ihn ja schlecht hier und jetzt bei ihrem ersten Wiedersehen fragen. Ihr Blick fiel auf das kleine Geschenk, das sie ihm mitgebracht hatte. Lächelnd schob sie ihm das Buch über den Tisch. »Damit dir auch weiterhin nichts in den Bergen entgeht, habe ich dir ein kleines Geschenk mitgebracht.«

»So?« Neugierig griff er nach dem eingewickelten Päckchen. »Jetzt bin ich aber neugierig, was du dir für mich ausgedacht hast.« Mit diesen Worten riss er auch schon das Geschenkpapier auf und zog neugierig das Buch heraus. Sein Blick wanderte über den Titel, dann zu Jessie: »Das ist echt eine coole Idee. So kann ich ganz offiziell der Konkurrenz auf die Finger schauen. Vielen Dank.« Interessiert blätterte er durch die Seiten.

Jessie fand, dass dies nun der ideale Zeitpunkt war, um mehr über ihren Nachbarn zu erfahren. »Hier Urlaub zu machen scheint ja derzeit im Trend zu sein. Wie ich gesehen habe, sind unsere Nachbarn auch hier.«

»Unsere Nachbarn?« Thomas sah auf und runzelte leicht die Stirn, dann verstand er. »Ach, du meinst Christopher.«

»Christopher?« echote Jessie fragend.

»Ja, Christopher. Jetzt tu nicht so. Das ist doch der jüngste Sohn unserer Nachbarn dort unten.« Er nickte in Richtung Tannen, unterhalb derer sich Christophers Haus befand. Leichthin fuhr er fort: »Christopher ist hier nicht im Urlaub. Er wohnt hier.«

»Er wohnt hier?« Jessies Stimme klang ungläubig. »Arbeitet er denn im Dorf? Seit wann wohnt er hier?«

Thomas zuckte gleichmütig mit den Schultern. »Keine Ahnung, ich habe da nicht so nachgefragt. Bis vor zwei Jahren war er wohl sehr erfolgreich als Architekt und, soweit ich weiß, verantwortlich für ein Architekturbüro in München. Dann tauchte er plötzlich hier auf, machte es sich wohnlich und blieb. Keine Ahnung warum. Er hat nie darüber reden wollen.«

»Sein Bruder ist jedenfalls auch hier.«

»Stefan ist hier? Ich dachte, der wohnt irgendwo in Mittelamerika und berät dort Unternehmen. Bist du sicher, dass es Stefan ist?«

»Wie soll ich sicher sein, wenn ich beide in meinem ganzen Leben noch nie gesehen habe? Der Mann, den ich gesehen habe, war groß, sportlich und blond.«

»Ach so. Das ist nicht Stefan, sondern Arno, Christophers bester Freund. Er lebt und arbeitet in München, kommt aber relativ häufig zu Besuch. Ein echt lustiger Typ.«

Das waren ja wirklich merkwürdige Neuigkeiten. »Und wie ist dieser Christopher so?« Arglos blickte sie Thomas an.

»Ein super patenter Bursche mit viel Humor. Vielleicht lernst du ihn ja kennen, solange du noch hier bist. Wir spielen manchmal abends Karten und zu viert macht das gleich viel mehr Spaß.«

»Mal sehen«, antwortete Jessie lahm. Sie verspürte nicht die geringste Lust, Christopher näher kennenzulernen. Gedankenverloren strich sie sich eine Haarsträhne hinters Ohr. Warum hatte Christopher so plötzlich seine Zelte in München abgebrochen? Was war dort vorgefallen? Warum hatte er sich hier in die doch sehr einsame Gegend zurückgezogen, anstatt eine neue Möglichkeit in München zu suchen? Dort gab es doch viele Architekturbüros, sodass es für einen erfolgreichen Architekten, und das war er ja wohl gewesen, kein Problem sein durfte, einen neuen Job zu finden. Und warum kam sein Freund Arno so häufig hierher? Der war ja nun wirklich allem Anschein nach kein Kind von Traurigkeit. Was für eine seltsame Geschichte.

»Sei mir bitte nicht böse«, riss Thomas sie aus ihren Gedanken, »aber ich muss zurück zu meinen Jungs in die Küche, bevor sie mir das Dessert anbrennen. Ich rufe dich in den kommenden Tagen an. Vielleicht können wir uns auf ein Glas Wein treffen?«

»Prima, mach das. Ich muss eh wieder los.« Schnell erhob sie sich und küsste ihn zum Abschied flüchtig auf die Wange.

Nachdem sie gezahlt hatte, schlenderte Jessie zum Tor. Sie war froh, dass fast alle Gäste schon vor ihr das Restaurant verlassen hatten, so beobachtete niemand, wie vorsichtig sie auf ihren Absätzen den Heimweg antrat. Aber die kurze Strecke würde sie ja schnell geschafft haben. Allerdings entpuppte sich der Rückweg als recht steil und die kleinen Kieselsteine auf dem Weg zwangen sie, sehr vorsichtig einen Fuß vor den anderen zu setzen. Endlich erreichte sie den Hauptweg, wo sie den Weg einschlug, der am Nachbargrundstück entlang zu ihrem Haus führte. Vor dem Haus mit seinen dunklen Schindeln standen zwei Männer mit Reisetaschen vor einem roten Sportwagen. Vor Überraschung, Christopher und Arno plötzlich so nahe zu sein, gab sie nicht Acht und rutschte ungeschickterweise auf einem Kiesel aus. Erst in letzter Sekunde sprang sie zur Seite und rettete sich mit einem kleinen Aufschrei vor einem Sturz. Mist, dachte sie gerade noch, als beide Männer sich überrascht zu ihr umdrehten.

»Alles in Ordnung? Können wir Ihnen helfen?« Arno war bereits einen Schritt in ihre Richtung geeilt.

»Nein danke, es geht schon«, wehrte Jessie schnell ab. Alles, bloß das nicht. Sie wollte nicht mit ihnen reden, sondern einfach nur so schnell wie möglich heim. Warum mussten sie auch ausgerechnet jetzt vor dem Haus stehen, dachte sie wütend. Es blieb ihr wohl nichts anderes übrig, als einfach weiter zu gehen. Langsam setzte sie einen Fuß vor den anderen und schritt, so lässig wie möglich, an ihnen vorbei.

»Sie haben sich aber einen tollen Tag für Ihren Spaziergang ausgesucht, auch wenn Ihre Schuhe einen gepflegten Bordstein den Kieselsteinen hier vorziehen dürften.« Arno warf einen vielsagenden Blick auf ihre Schuhe, dann grinste er sie frech an.

»Stimmt, war wohl nicht die richtige Wahl«, entgegnete Jessie achselzuckend, wobei sie es tunlichst vermied, Christopher anzusehen. Aus ihren Augenwinkeln konnte sie sehen, wie er missbilligend den Kopf schüttelte.

»Keine Sorge«, rief Arno ihr hinterher. »Das passiert leicht, wenn man zum ersten Mal in den Bergen urlaubt.«

»Sie ist aber nicht zum ersten Mal hier in den Bergen«, murmelte Christopher. Erschrocken drehte sich Jessie zu ihm um und starrte ihn misstrauisch an. Er fing ihren Blick gelassen auf, hielt ihn einfach fest und blickte sie unergründlich aus schokoladenbraunen Augen an, deren schwarze Iris von einem kleinen honigfarbenen Kranz umgeben war. Plötzlich kribbelte es in ihrem Nacken. Abrupt riss sie sich von seinem Blick los und kniff misstrauisch die Augen zusammen. »Sie scheinen Ihre Nachbarn ja gut zu beobachten.« Ohne ein weiteres Wort wandte sie sich ab und eilte so schnell wie möglich den Weg hinunter. Nur weg, nichts wie weg. Hinter sich hörte sie die beiden ein paar Worte wechseln, worauf Arno herzhaft lachte. Wütend schloss sie das Tor zu ihrem Grundstück auf. Was dachte dieser Kerl eigentlich, wer er war? Zum Glück hatte sie ihm ja klar gesagt, dass sie über seine Beobachtungen Bescheid wusste. Da konnte er sich jetzt ruhig ertappt fühlen! Dennoch lief ihr ein kalter Schauer über den Rücken. Hoffentlich bereute sie ihre Worte nicht. Wer wusste schon, was Christopher für ein Mensch war? Unter mysteriösen Umständen war er hierher gezogen, niemand wusste, was er so trieb oder wodurch er sich seinen Lebensunterhalt verdiente. Das war doch mehr als seltsam!

KAPITEL 4

Jessie gähnte herzhaft und blinzelte verschlafen. Langsam drehte sie sich auf die andere Seite, bevor sie vorsichtig die Augen öffnete. Die Sonne schien ihr direkt ins Gesicht. Das beste Anzeichen für einen wunderbaren Tag, dachte sie verträumt. Sie fühlte sich ausgeruht und voller Energie. Beherzt streckte sie ein Bein aus dem Bett, doch mitten in der Bewegung hielt sie abrupt inne. Sie könnte doch wie früher einfach durch den See zur Badeinsel schwimmen. Es war schon so lange her, dass sie dies das letzte Mal getan hatte. Warum eigentlich nicht? Bei dem Gedanken durchlief sie ein freudiges Prickeln. Enthusiastisch stieg sie aus dem Bett, öffnete den Schrank und griff nach ihrem Bikini.

Unschuldig lag der See in der Morgensonne vor ihr. Er strahlte eine tiefe Ruhe der Abgeschiedenheit aus, die sie in vollen Zügen genoss. Seit jeher liebte sie diese Stimmung. Gut gelaunt steckte Jessie ihren Fuß ins Wasser, zog ihn jedoch ruckartig zurück. Das Wasser war ja eiskalt! Vielleicht sollte sie ihr Vorhaben doch lieber auf den Nachmittag verschieben? Dann würde sich der See sicherlich durch die Sonnenstrahlen erwärmt haben. Es war wirklich unglaublich, wie sehr die Sonne die Temperatur des Bergsees veränderte. Aber was sie als Kind mit Leichtigkeit geschafft hatte, dass sollte sie als erwachsene Frau ja wohl erst recht können, ermutigte sie sich und kletterte tapfer auf der Bootsstegleiter eine Stufe tiefer. Kalt war die Untertreibung des Jahres. Das Wasser war schlichtweg eisig. Bibbernd wagte sie sich Stufe um Stufe tiefer hinein. Als sie es bis zur Hüfte geschafft hatte, atmete Jessie tief ein, dann tauchte sie mit einer letzten beherzten Bewegung unter. Ihr Körper kribbelte vor Kälte von Kopf bis Fuß. Spätestens jetzt war sie vollkommen wach. Prustend tauchte sie auf, strich sich mit der Hand die Wassertropfen aus den Augen und blickte um sich. Es gab nur sie und den See. Gut so! Entschlossen schwamm sie am Rand entlang zu den Seerosen hinüber, deren geschlossene Knospen in der Morgensonne noch von leichtem Tau bedeckt waren. Im Zeitlupentempo öffneten sich die rosafarbenen Blütenblätter. Sie sahen so unschuldig aus, dabei waren sie mit ihrem Wurzelgeflecht ganz schön heimtückisch. Einmal war sie mit dem Ruder des Tretbootes darin hängen geblieben. Daher näherte sie sich ihnen seither mit gebührendem Respekt. Auf keinen Fall wollte sie mit ihren Beinen in das undurchdringliche Dickicht aus Seerosenwurzeln geraten.

Eine Stunde später betrat sie gut gelaunt die Küche, um sich frischen Kaffee zu kochen. Sie träufelte das Pulver in die Maschine und schaute versonnen auf den kleinen Vorhof mit seinen großen Blumenkübeln, in denen rote Geranien blühten. Die kleine Wiese dahinter lag noch im morgendlichen Schatten. Da die Sonne diesen Teil des Grundstücks noch nicht erreicht hatte, schimmerte das Gras noch tiefgrün und feucht. Am großen Eingangstor hing bereits der vertraute kleine Leinenbeutel. Ob sie kurz nach oben eilen und sich etwas überziehen sollte? Doch schon bei dem bloßen Gedanken daran schüttelte sie entschieden den Kopf. Oh nein, sie konnte hier tun und lassen, was sie wollte. Außerdem waren Christopher und Arno gestern abgereist. Sie konnte zwar nicht verhindern, dass Christopher neben ihr wohnte, aber sie konnte ihn aus ihrem Urlaub ausblenden. Er war absolut unwichtig und spielte in ihrem Leben keine Rolle. Ein wahrlich merkwürdiger Mann. Einerseits sehr gepflegt, gefährlich attraktiv und angeblich erfolgreich. Andererseits versteckte er sich hier in den Bergen und lebte in aller Abgeschiedenheit, die nur von sporadischen Besuchen seines Freundes Arno unterbrochen wurde. Was war damals in München geschehen? Warum brach ein erfolgreicher Mann wie er so plötzlich alle Zelte ab? Und warum hielt er die ganze Angelegenheit so geheim? War vielleicht eine Frau der Grund für seinen plötzlichen Lebenswandel? Vielleicht hatte er seine große Liebe auf tragische Weise verloren? Vielleicht sogar durch seine Schuld? Konnte er sich nicht verzeihen, was vorgefallen war? Hatte er sich deshalb für die Einsamkeit entschieden? Und woher kannte Christopher sie, Jessie? Woher wusste er, dass sie nicht zum ersten Mal hier am See war? Jessie überlegte angestrengt, aber sie konnte sich nicht an Christopher erinnern. Zu keiner Zeit hatte sie die Nachbarskinder gesehen, geschweige denn mit ihnen gesprochen. Nachdenklich biss sie sich auf die Lippen. Warum bloß beobachtete Christopher sie? In Romanen war dies normalerweise der Fall, wenn ein Bauunternehmer oder ein Investor ein Grundstück zum Bau eines Luxushotels erwerben wollte, dessen Eigentümer nicht zum Verkauf bereit war. Aber weder wäre es hier möglich, ein Luxushotel zu bauen, noch hatte jemand ihre Eltern wegen des Verkaufs ihres Grundstücks kontaktiert. Es war alles äußerst rätselhaft. Vielleicht konnte sich Thomas an den Namen des Architekturbüros erinnern, dann könnte sie im Internet recherchieren. Ja, das war eine gute Idee. Entschieden verließ Jessie die Küche und überquerte den sonnigen Vorhof. Vorsichtig öffnete sie das Tor, löste den Leinenbeutel vom Torgriff und lugte zum Nachbargrundstück hinüber. Dort sah alles still und verlassen aus. Wenn sie es nicht besser wüsste, wäre sie überzeugt, dass das Haus unbewohnt war. Das lag wahrscheinlich an seinen schwarzen Schindeln, dem dunklen Holz und den dunkelgrünen Fensterläden. Während das Haus ihrer Eltern eine gelungene Mischung aus weißen Wänden und braunen Holzbalkonen mit rot blühenden Geranienkästen war und dadurch einen hellen und freundlichen Eindruck erweckte, wirkte das Nachbarhaus immer dunkel und traurig. Und so war es schon immer gewesen. Achselzuckend wandte sie sich ab und schloss das Tor.

Das gleichmäßige Läuten der Kuhglocken vermischte sich mit dem unermüdlichen Zirpen der Grillen und lullte sie in eine wohlige Trägheit ein. Es tat so gut, einmal nichts zu tun und mit gutem Gewissen faul in der Nachmittagssonne zu dösen. Das war Urlaub, vor allem, wenn man neue Energien tanken musste. Irgendwo in der Ferne spielte sanft eine kleine Melodie, die im Sekundentakt anschwoll. Sie kam ihr seltsam vertraut vor. Leise summend wippte sie im Takt des Liedes, bis sie plötzlich die Augen aufriss. Das war doch der Klingelton ihres Handys! Sie brauchte eine Sekunde, um sich zu orientieren. Wo war ihr Handy? Schnell blickte sie zum Haus, aus dessen offener Wohnzimmertür vorwurfsvoll die bereits zu einem dröhnenden Crescendo angewachsene Melodie ertönte. Richtig, auf dem Wohnzimmertisch. Dort hatte sie es liegen gelassen. In

Windeseile schwang sie sich von der Liege und rannte so schnell sie konnte ins Haus. Vibrierend lag das Handy mit hell erleuchtetem Display auf dem Tisch. Jessie stolperte fast über den davor stehenden Sessel, als sie danach griff.

»Hallo, Frau Winter. Hier spricht Eberhard Gessler.«

»Hallo, Herr Gessler«, antwortete sie völlig überrascht. Wild wirbelten die Fragen in ihrem Kopf herum. Warum rief sie der Vorstand in ihrem Urlaub höchstpersönlich an? War dies der Anruf, um ihr zu sagen, dass das Unternehmen Multitec ihre Dienste nicht mehr benötigte, da nun Wolfgang Kettler die Verantwortung für ihren Bereich übertragen wurde?

»Ich hoffe, Sie konnten Ihren Urlaub bisher genießen.«

»Äh, danke, ja. Mein Urlaub verlief bisher wirklich gut.« Ihr Herz klopfte bis zum Hals. In böser Vorahnung sank sie in den neben ihr stehenden Sessel. Dabei hatte der Tag so toll begonnen.

»Das ist schön zu hören, vor allem, da ich einen besonderen Grund für meinen Anruf habe.« Er atmete bedeutungsschwer. Jessie konnte förmlich hören, wie er die Luft einsog. Ihr Magen verkrampfte sich schmerzhaft. Das hieß nichts Gutes. Vor Aufregung umfassten ihre Finger das Handy fester, so dass ihre Knöchel weiß hervor traten.

»Wie Sie wissen«, fuhr Herr Gessler unbeirrt fort, »haben wir, aber vor allem Sie, eng mit unserem Großkunden Arlsen in den Niederlanden zusammengearbeitet.«

Jessie vernahm ein leichtes Zögern in seiner Stimme. »Ja, das ist korrekt«, stimmte sie vorsichtig zu. Arlsen? Arlsen war der Grund für diesen Anruf? Warum rief Herr Gessler sie wegen eines ehemaligen Kunden an? Gab es dort plötzlich Probleme, die mit ihrem abgeschlossenen Projekt verbunden waren?

»Nun, Arlsen lädt uns zu ihrer Ausschreibung für ein neues Großprojekt in Südfrankreich ein. Der Projektumfang ist einzigartig und wäre ein Meilenstein in unserer Firmengeschichte.« Er schwieg beifallheischend.

»Das ist ja hervorragend«, freute sich Jessie. Ihr fiel ein Stein der Erleichterung vom Herzen. Es gab wohl nichts zu befürchten.

»Schön, dass Sie das auch so empfinden.« Herr Gessler atmete erneut tief ein, bevor er weitersprach. »Leider ist die Deadline für die Ausschreibung bereits in einer Woche. Und da Sie Arlsen am besten von uns allen kennen, und er mit Ihrer Arbeit immer sehr zufrieden war, werden Sie für diesen Auftrag verantwortlich sein. Das bedeutet, dass Sie die Unterlagen für die Ausschreibung zusammenstellen werden.«

Jessie war sprachlos. Mit allem hatte sie gerechnet, aber nicht mit dieser Neuigkeit! Monatelang hatte sie sich sehnlichst die Verantwortung für einen solchen Auftrag gewünscht. Ja, ihr ganzes Leben hatte sie auf diesen Kunden ausgerichtet. Dafür hatte sie fast Tag und Nacht gearbeitet, um die massive Arbeitslast erfolgreich bewältigen zu können. Endlich erkannte das Top-Management ihre Leistungen an und würdigte sie, indem es ihr, nicht Wolfgang Kettler, die Ausschreibung sowie auch die spätere Projektleitung anvertrauten. Was aber, wenn Wolfgang im Projektteam war oder schlimmer noch, sie an ihn berichten musste? Lieber verzichtete sie vollständig auf das Projekt, auch wenn es ihre Kündigung bedeutete. Für Wolfgang würde sie auf gar keinen Fall arbeiten. Niemals! Soweit würde sie ihren Stolz nicht verraten. Jessie nahm ihren Mut zusammen: »Welche Rolle spielt Wolfgang Kettler bei dieser Ausschreibung bzw. bei dem späteren Projekt?«

»Keine. Sie werden direkt an mich berichten.«

Jessie atmete erleichtert auf. Kein Wolfgang Kettler. Herr Gessler schien Jessies Zögern bemerkt zu haben. »Es tut mir leid, dass ich Ihre Urlaubspläne durchkreuze, Frau Winter. Der Auftrag ist wirklich sehr wichtig für uns, sonst würde ich Sie nicht bitten, in Ihrem Urlaub zu arbeiten. Sie können gerne die Unterlagen dort vorbereiten, allerdings treffen wir uns am Samstag um zehn Uhr im Café Wienert in München. Dort stellen Sie mir bitte Ihren genauen Projektvorschlag vor.« Und nach einer kleinen Pause fügte er hinzu: »Natürlich können Sie Ihre Urlaubstage später nachholen.«

Jessie war begeistert. Das war eine geniale Idee, hier zu arbeiten. Sie würde bestimmt sehr produktiv sein und konnte das Angenehme mit dem Nützlichen verbinden. Zudem verfügte sie über Internet, Fax und Telefon. Ihren Laptop hatte sie ja eh dabei.

»Vielen Dank, Herr Gessler, dass Sie an mich bei der Projektausschreibung gedacht haben. Ich war nur etwas überrascht. Natürlich übernehme ich diese Aufgabe sehr gerne.«

»Sehr gut.« Erleichterung schwang in seiner Stimme mit. »Die Unterlagen werden Ihnen im Laufe des Tages zugestellt. Wir sehen uns dann am Samstag. Viel Glück.«

»Vielen Dank, Herr Gessler. Ich freue mich darauf, Ihnen am Samstag meinen Vorschlag zu zeigen.«

»Auf Wiedersehen, Frau Winter.«

»Auf Wiedersehen.« Benommen starrte Jessie auf das silberne Handy in ihrer Hand. Wie ein einzelner Telefonanruf alles veränderte! Eben noch war sie davon ausgegangen, dass ein entspannter Urlaubstag vor ihr lag, und nun war sie dabei, das größte Projekt der Firmengeschichte an Land zu ziehen. Wenn sie den Auftrag wirklich gewinnen würde, stünde ihrer Beförderung in die erste Führungsriege nichts mehr im Weg. Auf diese Weise könnte sie doch noch Wolfgang Kettler aus dem Feld schlagen. Das war ihre einmalige Chance, denn Wolfgang war nicht in das Projekt involviert. Wenn sie Herrn Gessler von ihrer Leistung überzeugte, dann unterstützte sie ein starker Fürsprecher im Vorstand. Jessie atmete tief durch. Aber das war alles Zukunftsmusik, jetzt stand ihr erst einmal eine harte Arbeitswoche bevor. Umso besser, dass sie noch etwas Zeit hatte, bis die Unterlagen eintrafen, und die, entschied sie spontan, würde sie damit verbringen, im See zu schwimmen.

Das Wasser war herrlich klar und erfrischend. Gegen ihren Willen schaute sie zum Nachbarhaus, das verlassen vor ihr lag. Fasziniert näherte sie sich ihm Zug um Zug. Irgendwie fühlte sie sich trotz oder vielleicht sogar wegen seiner unheimlichen Dunkelheit magisch angezogen, ja fast kam es ihr vor, als ob das Haus nach ihr rief. Zehn Züge konnte sie ja noch schwimmen. Suchend ließ sie ihren Blick über das Grundstück schweifen, doch von Christopher war nichts zu sehen. Wahrscheinlich war er noch nicht an den See zurückgekehrt. Obwohl sie niemanden sah, klopfte ihr Herz plötzlich stürmisch. So nah war sie noch nie am Nachbarhaus gewesen. Sie erkannte die hellen Gartenmöbel auf dem Balkon, der entlang der gesamten Seeseite des Hauses verlief. Plötzlich reflektierte die Morgensonne in einer der Fensterscheiben. Geblendet kniff Jessie die Augen zusammen und starrte zum Fenster. Was war das? Bewegte sich die Fensterscheibe? Noch ehe sie es klar erkennen konnte, betrat Christopher den Balkon. Mist, fluchte sie und tauchte sofort unter. So lange es ihr Atem vermochte, schwamm sie unter Wasser und erschien erst einige Meter entfernt wieder an der Wasseroberfläche. Hoffentlich hatte Christopher sie nicht gesehen oder wenigstens nicht erkannt. Er war also zurück. Sie musste nun auf der Hut sein, wer wusste schon, was er im Schilde führte. Warum war er überhaupt hier? Egal, egal, egal. Dieser Mann sollte ihr egal sein, er lebte sein Leben dort in diesem gruseligen Haus mit seinem dunklen Geheimnis und sie war hier. Nichts hatten sie gemeinsam und nichts verband sie. Am besten verschwendete sie keinen weiteren Gedanken an ihn.

Das plötzliche Geläut der Torglocke riss sie zurück in die Wirklichkeit. Schnell schaute sie auf ihre Armbanduhr. Es war bereits später Nachmittag. Sie hastete zur Tür, von wo aus sie den Postmann vor dem geschlossenen Tor stehen sah. Müde wischte er sich die Schweißperlen von der Stirn.

»Hallo, sind Sie Frau Winter?«

»Ja, die bin ich.«

Erleichtert verzog sich sein Mundwinkel zu einem breiten Grinsen: »Mensch, bin ich froh, dass ich Sie gefunden habe. Die Ausschilderung hier ist ja nicht so toll. Ich habe schon nebenan geläutet, aber da war niemand.« Er machte eine bedeutungsvolle

Pause. »Ich habe eine Postsendung für Sie.« Er deutete vielsagend auf das weiße Päckchen in seinem Arm, dann hielt er ihr den Lieferschein entgegen, den sie schnell unterschrieb. Mit einem Seufzer übergab er ihr das Päckchen, um sich dann zu verabschieden und unter Gemurmel den Weg zurück zum Hauptweg hinauf zu stapfen. Jessie blickte ihm lächelnd nach, als ihr plötzlich ein Windhauch stürmisch durch das Haar wehte. Überrascht blickte sie zum Himmel. Unglaublich, er hatte sich vollständig zugezogen. Die tiefhängenden dunklen Wolken sahen aus, als ob sie sich jeden Moment entleeren wollten. Wenigstens war dies das ideale Wetter, um sich in die Arbeit zu vergraben.

Neugierig öffnete sie den großen Umschlag und zog einen dicken Stapel Papier heraus. Flink blätterte sie die ersten Seiten durch und begann zu lesen. Der Mutterkonzern Arlsen, der Naturdünger produzierte und in Westeuropa zu den »Top Drei« der Branche zählte, plante einen Eintritt in den südeuropäischen Markt. Dazu baute er eine riesige Produktionsanlage in Südfrankreich, von der aus Frankreich, Italien und Spanien beliefert werden sollten. Der Auftrag bestand nun darin, die Konzeption der Produktionsabläufe vorzunehmen, wobei eine Steigerung der Produktionsmenge von mindestens zwanzig Prozent bei gleichen Gesamtkosten wie in der bereits bestehenden Produktionsstätte in Eindhoven gewährleistet werden musste. Jessie seufzte. Das würde ein hartes Stück Arbeit werden, denn bereits im Eindhovener Werk hatte sie etliche Verbesserungsmaßnahmen vorgenommen, sodass es fast unmöglich war, darüber hinaus eine weitere

Produktionssteigerung in der geforderten Höhe zu realisieren. Sie hatte nur eine Chance, um Verbesserungsmöglichkeiten zu identifizieren: sie musste erneut alle Daten ihres vorherigen Projektes bis ins Detail analysieren. Jessie blätterte prüfend durch die weiteren Papiere. Neben ihren alten Projektunterlagen fand sie auch die aktuellen Produktionsstatistiken, die Kostenstruktur und Absatzmengen sowie logistischen Daten aus dem Eindhovener Werk. Ebenso lag ein detaillierter Bauplan des neuen Werkes dem Umschlag bei. Am besten fing sie mit den Blaupausen ihres alten Projektes an, um sich wieder alle Einzelheiten der Produktionsanlagen, besonders deren Stärken und Schwachstellen, einzuprägen. Als Jessie das Dokument vor sich auf dem Tisch ausbreitete, hatte sie das Gefühl, wieder im Büro von Arlsen zu sitzen. Sie roch förmlich den Geruch des Linoleumbodens. Die nackten Betonwände hatte sie mit Projektplänen bespickt, die dem kahlen Raum mit dem kalten weißen Licht der Neonröhren fast einen Hauch von Gemütlichkeit verliehen. Überall hatte es von Plänen, Statistiken und Berechnungen gewimmelt. Bis zum letzten Tag hatte sie Verbesserungen an ihren Vorschlägen vorgenommen, um das optimale Ergebnis zu erzielen. Und jede einzelne Veränderung war das erfolgreiche Ergebnis zäher Meetings gewesen, in denen jeder ihrer Vorschläge zuerst ablehnend oder doch zumindest skeptisch aufgenommen worden war. Jessie schüttelte ungewollt den Kopf. Sie hatte schnell gelernt, dass eine überzeugende Präsentation nicht ausreichte, um die vorgeschlagenen Modifikationen abgesegnet zu bekommen. Der einzige erfolgreiche Weg führte über die Berechnung eines

Einsparpotentials oder einer Volumensteigerung der Produktionsmenge. Daher hatte sie endlose Stunden mit Berechnungen in ihrem Büro zugebracht. Bei der Abschlusspräsentation war sie trotz all ihrer Berufserfahrung nervös gewesen. Das Ablehnen ihrer Arbeit hätte ihr berufliches Aus bedeutet, denn Arlsen war einer der bedeutendsten Großkunden ihres Arbeitgebers. Die Vorstandsmitglieder von Arlsen hatten während der Präsentation keine Gemütsregung gezeigt. Jessie wusste bis heute nicht, ob dies kühle Taktik oder schlicht fehlendes Feingespür der Vorstandsmitglieder gewesen war. Am Ende ihrer Ausführungen hatte sich eine bleischwere Stille über den Konferenzraum gelegt, bis dann Herr Kampmeyer, der Seniorchef, langsam genickt hatte. Dann war er aufgestanden, um sie sie vor dem gesamten Vorstand Arlsens zu loben und der Umsetzung ihrer Pläne zuzustimmen. Langsam strich Jessie mit der Hand über die alte Blaupause und begann die aufgezeigten Abläufe genau zu studieren.

Plötzlich unterbrach ein tiefes Grollen die Stille, gefolgt von einem heftigen Donnerschlag. Fast im selben Augenblick prasselte der Regen wie gepeitscht gegen die Fenster und ein greller Blitz erhellte den Himmel. Jessie schauderte. Es war kurz vor Mitternacht. Sie hasste Gewitter, vor allem in den Bergen, vor allem abends und vor allem, wenn sie allein war. Gewitter in den Bergen waren immer besonders heftig und durch die Nähe zum See auch nicht ungefährlich. Bei diesem Unwetter konnte sie sich nicht konzentrieren. Außerdem war ihr kalt. Suchend schaute sie sich nach ihrem Pullover um. Wahrscheinlich lag er oben im Schlafzimmer. Jessie stand auf, reckte ihre vom langen Sitzen steif gewordenen Glieder und stieg die Treppe ins obere Stockwerk hinauf. Als sie ihr Schlafzimmer betrat, trommelte der Regen bereits laut gegen die Fensterscheibe. Sekundenlang war der Himmel taghell. Ängstlich blickte sie durch das Fenster in die wieder eingekehrte Dunkelheit. Hoffentlich schlug der Blitz nirgendwo ein. Sie wünschte, sie wäre jetzt nicht allein hier mit diesem Gewitter, dann würde sie sich viel weniger fürchten. Seufzend trat sie ans Fenster und verschränkte schützend ihre Arme vor der Brust. Irgendwo dort draußen war er bestimmt, ihr Traummann. Wenn er jetzt bei ihr wäre, dann hätte sie garantiert keine Angst. Aber er war nicht da. Sie war allein und sie hatte auch keine Ahnung, wo er sich befand. Wie sie ihn wohl kennenlernen würde? Langsam wanderte ihr Blick durch den Garten und blieb wieder einmal am Dach des Nachbarhauses hängen. Dort war jetzt Christopher, genau wie sie, allein. Thomas war bestimmt unten im Dorf. Somit waren sie und Christopher allein hier oben. Bei dem Gedanken durchlief sie ein leichtes Schaudern. Warum lebte Christopher allein hier oben in den Bergen, abgeschieden vom gesellschaftlichen Leben? Und warum beobachtete er sie? Was war das? Ein Lichtschein unterbrach jäh ihr Grübeln. Das war doch das Licht einer Taschenlampe, das sich dem Weg entlang langsam ihrem Haus näherte! Es bewegte sich unrhythmisch, so als ob jemand nicht auf dem Weg, sondern sich vorsichtig vorantastend neben dem Weg her bewegte. Jessies Magen verkrampfte sich. Oh Gott, was sollte sie nur tun? Wenn jetzt ein Einbrecher kam und die Gelegenheit nutzte, dass sie hier vollkommen abgeschieden war? Glücklicherweise hatte sie wegen des Gewitters kein Licht im Schlafzimmer eingeschaltet, sodass sie von außen nicht zu sehen war. Wenn der Lichtkegel sich ihrem Tor weiter näherte, dann würde sie den Notfallknopf drücken müssen, der direkt mit der örtlichen Polizei verbunden war. Er befand sich im Schlafzimmer ihrer Eltern und somit nur einige Meter von ihr entfernt. Es würde wahrscheinlich mindestens eine halbe Stunde dauern, aber dann würde die Polizei da sein. Am besten sie schloss sich bis zu derem Eintreffen ein. Hoffentlich kamen sie rechtzeitig! Der Lichtkegel kam unaufhörlich näher. Jessie fühlte, wie ihr Herz raste und ihre Schläfen pochten. Die Sekunden erschienen ihr wie eine Ewigkeit. Nur noch wenige Meter und er erreichte das Tor. Sie hielt den Atem an. Ihre Muskeln waren angespannt, um jede Sekunde in das angrenzende Zimmer zu rennen. Jetzt gleich müsste sie die Gestalt sehen können. Eins, zwei, doch der Lichtkegel schien still zu stehen, so als ob die Person überlegte, was als nächstes zu tun sei. Sie wagte nicht zu atmen. Dann, ganz langsam bewegte sich der Lichtschein weiter nach rechts am Zaun des Grundstücks entlang in Richtung See. Die Person blieb also auf dem Nachbargrundstück. Hoffentlich hatte Christopher alle Türen verriegelt. Sollte sie ihn warnen? Aber wie? Jessie holte tief Luft, rannte die Treppe hinunter, verriegelte die Haustür und griff nach ihrem Handy. So schnell sie konnte, rannte sie die Treppe im Halbdunkel wieder hinauf in ihr Schlafzimmer, um den Lichtschein weiter zu beobachten. Hoffentlich hatte sie jetzt keine entscheidenden Ereignisse verpasst. Aber von der unteren Seite des Nachbargrundstücks war es unmöglich, auf ihr Grundstück zu gelangen. Und über den See würde sich bei dem Gewitter nur ein Wahnsinniger wagen. Konzentriert spähte sie hinaus, konnte aber

nichts mehr erkennen. Zitternd wählte sie Thomas'
Handynummer, die sie sich glücklicherweise von ihrer Mutter
hatte geben lassen.

»Hallo?« Thomas' Stimme wirkte müde.

»Hallo Thomas, hier ist Jessie. Ich hoffe, ich störe dich nicht so
spät am Abend. Habe ich dich geweckt?« Sie versuchte mit aller
Kraft ihre Stimme unter Kontrolle zu halten.

»Hallo Jessie, was ist los? Du hörst dich ja ganz verstört an.«
Der Klang seiner Stimme beruhigte sie etwas. »Mir geht es gut.
Hier ist nur ein Gewitter und eben war da jemand mit einer
Taschenlampe unterwegs, der sich am Grundstück entlang
geschlichen hat. Da dachte ich mir, ich rufe dich an deinem
sicheren Ort im Dorf an und beruhige mich so ein wenig.«

»Schön wäre es«, lachte Thomas. »Ich habe noch gearbeitet und
sitze im Restaurant im gleichen Gewitter.« Doch sofort wurde er
ernst. »Soll ich vorbeikommen? Dann können wir gemeinsam
warten bis das Unwetter vorüber ist und sicher sein, dass du keine
ungebetenen Gäste bekommst.«

»Das würdest du tun? Das wäre wirklich super!« rief Jessie
erleichtert. »Aber bist du sicher, dass du wirklich jetzt durch den
Regen gehen willst?«

»Kein Problem. Ich bin in fünf Minuten bei dir.« Und nach einer
kurzen Pause fügte er hinzu: »Ich klingel drei Mal, dann weißt du,
dass ich es bin.«

Jessie konnte ihn förmlich grinsen sehen. Er glaubte
wahrscheinlich, dass sie eine überspannte Fantasie besaß. »Ok,
Agent 006, auf Ihr Zeichen werde ich Ihnen öffnen. Bis gleich.«
Sie überlegte kurz, dann fügte sie hinzu: »Hm, vielleicht könntest

du Christopher anrufen, damit er keinen ungebetenen Gast zu Besuch bekommt? Pass aber bitte auf dich auf.«

»Klar, mache ich. Bis gleich.«

Die Torglocke läutete. Einmal, zweimal, dreimal. Jessie rannte die Treppe hinunter und schaute aus dem Küchenfenster zum Tor. Die Gestalt dort draußen sah aus wie Thomas. Erleichtert schloss sie die Haustür auf: »Hey, das ging aber schnell.«

»Jessie, mach bitte auf. Ich dachte, mein Zeichen genügt.«

Ja, das war Thomas' Stimme. Schnell drückte Jessie den Türöffner. Sie würde ihm nicht sagen, dass sie lieber auf Nummer sicher gegangen war. Schließlich hätten ja auch andere Leute eine ähnliche Statur haben können, zumal er den Regenschirm tief über den Kopf hielt. Mit ausholenden Schritten lief er über den Vorplatz und schüttelte sich, als er die überdachte Haustür erreichte. Wie bei einem nassen Pudel flogen die Regentropfen zu allen Seiten. Schnell sprang Jessie zurück ins Haus.

»So, meine Dame. Sie riefen, ich kam und hier bin ich nun.« Er verbeugte sich theatralisch, wobei ihm dicke Regentropfen aus dem nassen Haar tropften. Seine blauen Augen lachten vergnügt. Wie er so vor ihr stand und sie anschaute, fühlte Jessie sich plötzlich ziemlich klein und hilflos. Das lag bestimmt daran, dass sie erschöpft und müde war.

»Das ist sehr nett von Ihnen, dafür kann ich Ihnen eine heiße Tasse Tee als Lohn anbieten.«

»Tee ist super. Sehr gerne.« Mit einer raschen Bewegung entledigte er sich seiner Regenjacke und zog seine Gummistiefel aus. Auf Socken folgte er Jessie in die Küche, wo er sich entspannt in die offene Küchentür lehnte. Seine Daumen hakte er lässig in die Hosentaschen seiner Jeans und beobachtete, wie sie Teewasser aufsetzte und anschließend zwei weiße Porzellantassen aus dem Schrank nahm. Über seinem T-Shirt trug er einen dunkelblauen Pulli. Seine Anwesenheit füllte die kleine Küche vollkommen aus.

Entspannt schaute er sich um. »Ich hatte schon vergessen, wie schön es hier bei euch ist. Und wie gemütlich.«

Jessie nickte zustimmend. »Ich bin auch immer sehr gerne hier. Irgendwie hat dieses Haus eine magische Wirkung auf mich. Ich liebe diesen Ort. Alles ist so heimelig und vertraut.«

»Bis auf heute Abend vielleicht«, erwiderte er trocken.

»Ja, ich hasse Gewitter, egal wo. Danke, dass du gekommen bist.« Sie blickte ihn dankbar an.

»Keine Ursache. Das ist doch die ideale Gelegenheit, unser Gespräch fortzusetzen. Übrigens habe ich auf meinem Weg hierher mein Leben für dich riskiert. Ich bin nämlich dem mysteriösen Lichtkegel und der dazugehörigen Person begegnet.« Er schwieg bedeutungsvoll.

Jessie erschrak, sodass die Teetassen in ihrer Hand gefährlich klirrten. Schnell stellte sie diese auf die Küchenablage. Mit weit aufgerissenen Augen drehte sich zu Thomas um. Über sein Eintreffen hatte sie die beängstigende Beobachtung ganz vergessen. »Ich hoffe, er hat dich nicht angegriffen. Oh, es tut mir so leid, dass ich dich in diese entsetzliche Situation gebracht habe.«

Thomas zuckte gelassen mit der Schulter. »Mach dir keine Gedanken. Ich glaube, ich habe den armen Kerl mehr erschreckt als er mich.«

»Oh nein!« Jessie fasste sich erschrocken an den Hals. »Was ist passiert?« fragte sie tonlos.

»Eigentlich nicht viel. Es war Christopher.«

»Christopher?« Fast panisch schrie sie seinen Namen. »Was zum Teufel treibt er denn bei dem Wetter da draußen?«

Völlig überrascht über ihre heftige Reaktion, blickte Thomas sie nachdenklich an. »Durch das Gewitter ist sein Strom ausgefallen und da sich der Hauptstromkasten in einem separaten Gebäude befindet, ist er halt dorthin gegangen, um die Sicherung wieder einzulegen. Dummerweise musste er den langen Weg am Grundstücksrand wählen, da der andere Weg mit hohen Bäumen gesäumt ist und er nicht das Risiko eines Blitzschlags auf sich nehmen wollte.«

»Ach so«, erwiderte Jessie leise. Das war also die einfache Erklärung für ein solch erschreckendes Verhalten. Sie hatte wohl in der Tat falsche Schlüsse gezogen. Aber woher sollte sie auch wissen, dass sich der Hauptstromkasten nicht im Haupthaus selbst befand?

»Keine Sorge. Ich habe ihm schon die Leviten gelesen und ihm gesagt, dass er dir einen gehörigen Schrecken eingejagt hat.« Verschwörerisch zwinkerte Thomas ihr zu.

Jessie hoffte, dass sie sich verhört hatte. Wieso hatte er Christopher gesagt, dass er sie ängstigte? Das wollte Christopher doch nur! Dabei war es doch zu verständlich, einen Lichtkegel während eines nächtlichen Gewitters als merkwürdig zu empfinden.

Thomas, der Jessies Schweigen aufmerksam beobachtete, fügte besänftigend hinzu: »Ich soll dir ausrichten, dass es ihm leid tut, dich so erschreckt zu haben. Er hatte nicht damit gerechnet, dass du ihn siehst.«

Jessie nickte bedächtig. Was interessierte es sie, was Christopher dachte. »So, der Tee ist fertig. Lass uns ins Wohnzimmer gehen«, wechselte sie abrupt das Thema.

»Gerne.« Thomas löste sich vom Türrahmen und trat dicht an sie heran, um an ihr vorbei nach den Tassen zu greifen. Sie roch sein After Shave. Der sportliche, klare Duft passte zu ihm. Schweigend folgte sie ihm ins Wohnzimmer, wo sie die dampfende Teekanne auf den Couchtisch abstellte. Das Wohnzimmer befand sich im selben offenen Raum wie das Esszimmer und bestand aus einem riesigen Ecksofa aus cremefarbigem Stoff mit einem dunklen Holzcouchtisch und zwei bequemen hellen Ledersesseln, die vor einem offenen Kamin standen. Die Wand verdeckte ein offener, dunkler Eichenschrank mit gerahmten Familienfotos, von denen einige Jessie und ihre Geschwister in verschiedenen Alters- und Lebenslagen zeigten. Auf dem Kamin stand ein Strauß frischer Sommerblumen. Thomas' Blick fiel auf den gegenüberliegenden Esszimmertisch, übersät mit Dokumenten, die kreuz und quer darauf verteilt waren. Spöttisch verzog er seinen Mund.

»Ist das für dich Urlaub? Oder studierst du Reisemagazine?«

»Du kannst dir deine Ironie sparen. Ich arbeite. Heute Morgen rief mich der Vorstandsvorsitzende an. Sie haben mir die Projektleitung für eine wirklich wichtige Ausschreibung übertragen.«

»Dann wünsche ich dir viel Glück. Aber musst du dafür deinen Urlaub einbüßen?«

Jessie grinste. »Nein, glücklicherweise darf ich von hier aus arbeiten. Die Deadline ist nämlich bereits in einer Woche, und die Unterlagen, die ich zu erstellen habe, brauchen meine volle Konzentration.« Am liebsten hätte sie hinzugefügt, dass ihr Chef schließlich nicht wissen konnte, dass Christopher sie um genau diese Konzentration brachte, aber sie biss sich auf die Lippen.

»Das ist doch ein toller Deal.« Thomas nickte anerkennend. »Und was wird aus deinem Urlaub?«

»Den kann ich anschließend dranhängen. Ich finde das echt toll.«

»Ich auch«, stimmte Thomas lachend zu. Um seine Augen erschienen wieder die kleinen Lachfältchen. Vorsichtig nippte Jessie an ihrer heißen Teetasse. »Warum bist du eigentlich noch so spät hier oben? Solltest du nicht schon längst einen gemütlichen und wohlverdienten Feierabend genießen?«

»Na, das tu ich doch.« Thomas streckte sich entspannt. »Ich finde es sehr gemütlich, bei dir einen Tee zu trinken.«

»Charmeur. Du konntest ja wohl kaum darauf spekulieren, dass ich dich anrufe, oder?« Sie grinste ihn frech an.

»Nein, ich gebe mich geschlagen. Die öde Wahrheit ist, dass ich noch Abrechnungen erledigen musste. Weil es morgens immer so hektisch ist und ich am kommenden Wochenende volles Haus haben werde, wollte ich den Papierkram direkt erledigen. Ich konnte ja nicht wissen, dass du Angst vor Gewittern hast.«

»Und ich konnte nicht ahnen, dass Christopher wie ein Einbrecher durch den Garten schleicht und nicht wie jeder normale Mensch das Gewitter abwartet, bevor er auf gewöhnlichem Weg zu seinem Stromkasten geht. Außerdem, woher sollte ich wissen, dass unsere Nachbarn eine solch komische Stromversorgung haben?« Jessies Stimme klang gegen ihren Willen gereizt.

»Armer Christopher. Er scheint ja keinen Stein im Brett bei dir zu haben. Dabei wollte ich euch eigentlich alle zu mir zum Skatabend einladen. Meinst du, du könntest ihm verzeihen?« Er schaute sie mit solch einem flehenden Blick an, dass sich fast ihr schlechtes Gewissen regte. Doch dann sah sie, wie es um seine Lippen verräterisch zuckte.

»Keine Sorge, solange er normale Verhaltensweisen an den Tag legt, habe ich nichts dagegen«, lenkte sie schnell ein.

»Das ist gut. Ich verspreche dir auch, ich werde dich beschützen.« Jessie grinste, doch als sie Thomas anblickte, sah sie keinen Schalk in seinen Augen. Bevor sie jedoch weiter darüber nachdenken konnte, riss er sie aus ihren Gedanken.

»Wie wäre es mit Sonntagabend?«

Sie schüttelte bedauernd den Kopf. »Sonntag ist leider schlecht. Nächsten Mittwoch ist meine große Deadline. Wie wäre es mit Sonntagabend in einer Woche?«

Thomas überlegte einen kurzen Augenblick. »Ja, das geht auch. Ich denke, Arno könnte dann auch hier sein. Das wird bestimmt eine lustige Runde.«

Ihrer Meinung nach war es vielmehr eine bizarr zusammengestellte Runde. Vier Erwachsene mit völlig unterschiedlichen Interessen, die sich zufällig auf engstem Raum befanden und sonst keinerlei Verbindungen zueinander aufwiesen. Und von diesen vier Erwachsenen war zumindest einer äußerst seltsam. Lustig war nun wirklich etwas anderes. »Ich lass mich überraschen. Unternimmst du häufiger etwas mit Christopher?«

»Du vergisst, dass ich eine zeitraubende Beschäftigung habe, und so, wie ich Christopher kenne, langweilt er sich auch nicht.« Dabei legte Thomas seinen Arm auf die Sofalehne, blickte Jessie mit undurchdringlicher Miene an, die an ihrem Tee nippte.

»Ich muss sagen, du leistest tolle Arbeit in deinem Restaurant«, wechselte sie das Thema.

»Das freut mich. Es steckt wirklich viel Arbeit darin. Fast zu viel. Meine Freizeit schrumpft dadurch enorm. Aber es macht so viel Spaß, das kannst du dir gar nicht vorstellen.«

»Wie bist du denn auf die Idee mit den Künstlerbildern gekommen, die man kaufen kann?«

»Genial, nicht wahr? Christopher hat mich darauf gebracht. Er meinte, er würde einige Restaurants mit solchen Angeboten kennen. Soweit er von den Eigentümern wusste, sei es eine gute Werbung. Du wirst es nicht glauben, aber letzten Monat haben wir drei Bilder verkauft.«

Jessie war sprachlos. Christopher besaß wohl wirklich ein gutes Urteilsvermögen, zumindest schien Thomas viel Wert auf seine Meinung zu legen. Warum nur musste ihr Christophers Name in diesen Tagen immer und immer wieder zu Ohren kommen?

Thomas fuhr sich mit der Hand durchs Haar, ohne den Blick von Jessie zu wenden. »Ich finde es echt schön, dich nach so langer Zeit wiederzusehen, Jessie. Aber warum machst du hier so ganz allein Urlaub? Entschuldige, wenn ich dich so direkt frage.«

Ihr wurde plötzlich heiß. Gebannt starrte sie in ihren Tee. »Ich brauchte einfach mal eine Auszeit von meiner Arbeit, von meinen

Verpflichtungen und von meinem Leben in München. Und dafür ist dieser Ort einfach wie geschaffen.«

Zweifelnd zog Thomas eine Augenbraue hoch und nickte in Richtung des Esszimmertisches. »Das hast du wirklich gut geschafft, wie ich sehe.«

Jessie folgte seinem Blick und musste gegen ihren Willen lachen. »Stimmt. Aber jetzt siehst du zumindest, wieviel all diese Sachen von mir einnehmen.« Sie wandte sich ihm wieder zu. »Aber wie geht es dir und deiner Freundin? Ich habe gehört, ihr seid zusammengezogen.«

Thomas' Gesicht wirkte plötzlich verschlossen. Das Blau seiner Augen verdunkelte sich. »Ich hoffe, Kathrin geht es gut. Wir haben uns vor einem Jahr getrennt.«

»Oh, nein. Entschuldige bitte. Das wusste ich nicht.«

»Schon gut.« Er strich sich eine Locke hinters Ohr. »Kathrin konnte meine Kochleidenschaft nur mäßig teilen und irgendwann hielt ich ihre Beschwerden über die wenige gemeinsame Zeit nicht mehr aus. Da war eine Trennung einfach besser.« Konzentriert rührte er in seinem Tee. Dann hob er den Kopf und schaute Jessie aufmerksam an. Dabei schienen seine Augen nicht sie, sondern etwas ganz tief in ihrem Inneren sehen zu wollen. »Und du? Wie schaut es bei dir in Sachen Liebe aus?«

»Im Moment verschwende ich daran keine Zeit. Mir ist der Richtige einfach noch nicht über den Weg gelaufen, schätze ich.« Allerdings hoffe ich, dass er sich endlich einmal blicken lässt und diesen Zustand ändert, fügte sie in Gedanken hinzu.

Thomas nickte langsam, ohne seinen Blick abzuwenden. Dann verzog sich sein Mund zu einem breiten Grinsen. »Anscheinend

haben sich hier die Richtigen getroffen. Lass uns darauf trinken.«
Zur Untermalung hob er seine Teetasse an.

»Sehr stilsicher mit Teetassen, aber gut. Auf was trinken wir?«

»Auf dass uns die große Liebe ereilt, der wir beide nicht widerstehen können.«

Jessie nickte zustimmend. »Auf die große Liebe.«

»Auf die große Liebe.«

Vorsichtig stießen sie die feinen Teetassen aneinander.

»Es ist richtig schön bei dir. Man fühlt sich gleich wie zu Hause.«

»Du bist hier jederzeit herzlich willkommen. Fährst du heute Nacht noch runter ins Dorf?«

»Keine Ahnung. Bei dem Wetter ist das nicht sehr ratsam, oder?«

»Wenn du magst, kannst du hier übernachten.« Als er fragend eine Augenbraue hochzog, fügte sie schnell hinzu: »Ich kann dir das Sofa hier anbieten. Die Gästezimmer sind leider nicht hergerichtet und du müsstest wieder durch den Regen bis hinunter zum Gästehaus laufen.«

»Bist du sicher?« fragte er langsam. Als er sah, wie sie errötete, fuhr er fort: »Das Sofa ist prima. Ich nehme deine Einladung gern an. Bei dem Regen habe ich wirklich keine Lust den Berg hinunter zu fahren, zumal meine kleine Dachwohnung im Restaurant noch nicht fertig ist. Lieber spiele ich deinen Beschützer. Dann brauchst du auch heute Nacht keine Angst vor Christopher zu haben, falls er wieder einmal zum Stromkasten geht.«

Ihre Blicke trafen sich. Wie tiefblau seine Augen doch waren. Vielleicht brauchte sie wirklich einen Beschützer. Ob sie Thomas von Christophers seltsamen Verhaltensweisen erzählen sollte?

Lieber nicht, wahrscheinlich lachte er sie dann aus. »Stimmt. Da schlagen wir gleich zwei Fliegen mit einer Klappe. Am besten bringe ich dir jetzt dein Bettzeug. Ich bin nämlich auch hundemüde und morgen wird ein harter Arbeitstag für mich.«

»Soll ich dir helfen?«

»Wenn du magst, dann kannst du mir mit dem Bettzeug helfen«, nahm Jessie dankbar sein Angebot an. Sofort stellte er seine Tasse auf den Tisch, stand auf und streckte ihr die Hand entgegen. »Na los, sonst schläfst du hier noch im Sessel ein.«

Grinsend ergriff sie seine Hand. Im selben Moment zog Thomas sie jedoch so kraftvoll aus dem Sessel, dass sie leicht gegen ihn taumelte. Sofort legte er beschützend einen Arm um sie. Nur wenige Zentimeter trennten sie. Seine blauen Augen blickten belustigt auf sie herab. »Vorsicht, Vorsicht, nicht so stürmisch junge Frau«, neckte er sie.

Jessie versuchte, ihre Kontrolle wiederzugewinnen. »Ach du«, lachte sie, »dann lass uns meine restliche Energie dazu nutzen, dein Bettzeug zu suchen.«

»Eine wunderbare Idee«, entgegnete er trocken und ließ sie los.

Langsam stieg sie vor ihm die Wendeltreppe ins obere Stockwerk hinauf. Sie fühlte ihn dicht hinter sich auf der Treppe und betrat zielstrebig das Schlafzimmer ihrer Eltern, wo sie den großen Wandschrank öffnete. Dann drehte sie sich zu ihm um. Mit ausgestrecktem Arm deutete sie auf das oberste Regal, das weit oberhalb ihres Kopfes befestigt war. »Dort ist es. Könntest du es bitte herausholen? Ich suche dann schon mal nach dem Bezug.«

»Kein Problem.« Mit zwei Schritten trat er an den Schrank und zog geschickt das Bettzeug heraus, während Jessie die neben dem

Fenster stehende Kommode öffnete und einen Bettbezug herausnahm. Voll beladen stiegen beide vorsichtig die Treppe hinunter und begannen Thomas' Nachtlager vorzubereiten. Nach einigen Minuten begutachteten sie zufrieden die gemütlich aussehende Schlafgelegenheit. Langsam wandte Thomas sich zu Jessie um. »So, nun solltest du aber schleunigst ins Bett. Gute Nacht, Jessie.« Dabei beugte er sich zu ihr herunter und küsste sie leicht auf die Wange. Einen Moment lang fühlte Jessie sich von klarem, sprudelndem Bergwasser umhüllt, das sie mit sich fortriss. Schnell öffnete sie die Augen und blickte direkt in zwei tiefblaue Augen, die sie fragend anschauten. »Gute Nacht, Thomas.« Ihre Wange prickelte noch immer. Sie lächelte ihm noch einmal zu, bevor sie sich umdrehte und die Treppe hinaufstieg.

KAPITEL 5

Ein Geräusch weckte sie. Was war das gewesen? Die Leuchtzeiger ihres Weckers zeigte auf sechs Uhr morgens. Im Haus schien sich nichts zu regen. Verschlafen, aber neugierig, schlug sie die Bettdecke zurück, setzte müde ein Bein vor das andere und wankte zur Balkontür, um zu sehen, woher das Geräusch gekommen war. Der Garten lag ruhig zu ihren Füßen. Leichter Tau bedeckte den Rasen. Jessie blickte zum Tor, wo gerade Thomas' T-Shirt zwischen den Büschen verschwand. Dann hörte sie entfernt Stimmen. Thomas schien sich mit jemandem zu unterhalten. Neugierig stellte sie sich auf die Zehenspitzen, um den Weg besser einsehen zu können. Doch vergebens! Plötzlich hörte sie ihn herzlich lachen, dann nahm sie leises Reden wahr, bevor wieder Stille herrschte. Wen hatte Thomas getroffen? Die Sonne war doch gerade erst aufgegangen. War Christopher schon so früh auf? Aber natürlich, vor ein paar Tagen hatte er um diese Uhrzeit bereits in seinem Boot gesessen und auf ihr Haus gestarrt. Sie wandte sich ab, doch einschlafen würde sie jetzt nicht mehr. Vielleicht sollte sie eine Runde schwimmen? Allein der Gedanke daran vertrieb ihre Müdigkeit. Sie liebte es, nach einem klärenden Gewitter im See zu schwimmen. Das Wasser war dann zwar ein paar Grad kühler, aber der See war wie unberührt und kam ihr wie rein gewaschen vor.

Zug um Zug durchschwamm sie das seichte Wasser. Der leichte Frühnebel lichtete sich und die Morgensonne hatte bereits begonnen, die ersten Berggipfel rot zu erhellen. Keine Wolke war am Himmel zu entdecken. Was für ein perfekter Morgen. Jessie näherte sich bereits der Badeinsel, als sie plötzlich ein Geräusch hinter sich vernahm. Sie wandte sich neugierig um. Unweit von ihr kraulte ein weiterer Schwimmer, der ebenfalls auf die Badeinsel zusteuerte. Mit dynamischen Bewegungen verringerte er rasant die zwischen ihnen liegende Distanz. Woher war der denn so plötzlich gekommen? Schnell wandte Jessie sich um und schwamm zügig weiter.

Plötzlich ertönte eine tiefe Männerstimme hinter ihr. »Guten Morgen.«

»Guten Morgen«, erwiderte Jessie, während sie sich umdrehte und sofort erstarrte. Keinen Meter von ihr entfernt blickte sie in Christophers Gesicht.

»Entschuldigen Sie, ich wollte Sie nicht erschrecken.«

»Ach nein? Sie scheinen dazu aber ein ausgesprochen gutes Talent zu haben.«

»Warum, weil ich morgens im See schwimme oder weil ich Sie gestern Abend erschreckt habe?«

»Beides.«

»Für gestern entschuldige ich mich. Ich konnte nicht ahnen, dass Sie mich beobachteten, als ich zum Stromhaus gegangen bin. Aber der See ist doch sicherlich groß genug für uns beide.«

Jessie ignorierte seine Antwort und schwamm schweigend die letzten Meter zur Badeinsel. Was glaubte er eigentlich, wer er war? Plötzlich verspürte sie keine Lust mehr, auf der Insel zu verschnaufen, aber die Distanz zurück zum Ufer war einfach zu groß. Sie hatte keine Wahl. Vielleicht kehrte Christopher ja direkt wieder um? Aber den Gefallen tat er ihr nicht. Stattdessen streckte er bereits die Hand nach der Holzkante aus. Neugierig schaute er Jessie an. »Na, Sie scheinen morgens ja nicht sehr gesprächig zu sein. Vielleicht sind Sie aber auch nur ein wenig erschöpft.«

Hatte sie einen spöttischen Unterton in seiner Stimme gehört? Spielte er auf Thomas an? Was bildete er sich eigentlich ein, sich ständig über sie lustig zu machen?

»Sind Sie Arzt?«

»Nein, wieso?«

»Dann weiß ich nämlich nicht, wieso Sie mein Wohlbefinden etwas angeht.«

Christopher lachte laut auf. »Herrje, Sie sind wirklich nicht in guter Stimmung.« Dabei stützte er sich auf die Kante der Badeinsel und zog sich fast zeitgleich leichthändig hinauf.

Jessie brauchte mehr Kraft, um sich auf die Badeinsel zu ziehen und hoffte, dass es nicht allzu ungeschickt aussah. Außerhalb des Wassers war die Morgenluft kalt. Schnell zog sie ihre Beine dicht an sich und schloss die Arme darum. Christopher streckte entspannt seine langen Beine von sich, dann blickte er Jessie von der Seite an: »Können wir noch mal von vorne anfangen? Ich bin Christopher, dein Nachbar.«

In ihrem Nacken kribbelte es plötzlich. Er duzte sie einfach. Das klang vertraut. Was sollte sie tun? Wieder hatte sie keine Wahl. Sie wandte ihm den Kopf zu: »Ich bin Jessie«, entgegnete sie knapp.

»Schön dich wiederzusehen. Bist du im Urlaub hier?«

»Ja.« Sie würde ihm keine weiteren Informationen über sich geben. Schließlich wusste sie ja nicht, was er im Schilde führte.

»Und du? Bist du im Urlaub hier?«

»Nein, ich wohne hier, auch wenn ich häufig das Gefühl habe, hier im Urlaub zu sein. Ich liebe diesen Ort.« Dabei strich er sich mit der Hand durch das feuchte Haar, sodass einige Wassertropfen hinter ihm auf die Badeinsel fielen. Jessie wandte ihren Kopf. »Seit wann lebst du denn hier?« Gespannt beobachtete sie seine Reaktion.

»Seit etwas mehr als einem Jahr. War eine gute Entscheidung.« Er streckte sein Gesicht der Sonne entgegen.

»Arbeitest du denn nicht?«

»Doch, Miss Neugier, das tue ich. Deshalb mache ich mich jetzt auch wieder auf meinen Rückweg. Bis bald.« Bei diesen Worten stand er auf und sprang ins Wasser. Ohne sich noch einmal umzudrehen, kraulte er zurück zum Ufer.

Bildete sie sich das ein oder hatte Christopher gerade abrupt ihr Gespräch beendet, das er selbst begonnen hatte? Hatte sie eine Frage gestellt, die er nicht weiter vertiefen wollte? Was war das für ein Geheimnis, das er versteckte? Er wollte wohl zu seinem Beruf keine Informationen geben. Das war doch mehr als ungewöhnlich. Und sie so einfach sitzen zu lassen war wirklich mehr als unhöflich. Er hätte sie wenigstens fragen können, ob sie mit ihm zusammen zurückschwimmen wollte. Schließlich schwammen sie ja in die gleiche Richtung. Auch egal, sie wollte eh allein sein. Aufgewühlt glitt Jessie ins Wasser, das ihr nun grausam kalt vorkam. Energisch begann sie zu schwimmen, wobei sie immer wieder das kurze Gespräch mit Christopher im Geist durchspielte. Auch wenn ihn ein dunkles Geheimnis umgab, so war er dennoch sehr attraktiv. Sicherlich war sie nicht die Einzige, die das bemerkte. Natürlich interessierte er sie nicht als Mann. Sie wollte lediglich herausfinden, was der Grund für sein mysteriöses Verhalten war. Mit dieser Überzeugung erreichte Jessie den Bootssteg, kletterte schnell aus dem Wasser und hüllte sich frierend in ihren kuscheligen Bademantel ein. Dann rannte sie ins Haus, um eine heiße Dusche zu nehmen.

KAPITEL 6

Die folgenden drei Tage arbeitete Jessie ununterbrochen. Sie stand früh morgens auf, schwamm eine kurze Runde durch den See, bevor sie sich wieder an den Esszimmertisch setzte, auf dem ihre Unterlagen ausgebreitet waren. Mittags unterbrach sie ihre

Arbeit lediglich, um eine Kleinigkeit zu essen. Sie schrieb an ihrem Projektvorschlag, führte Berechnungen durch, erstellte Graphiken und analysierte die Blaupausen. Erst weit nach Mitternacht schleppte sie sich müde ins Bett, um am nächsten Morgen wieder früh aufzustehen. Wenn sie morgens die Treppen zum See hinunter stieg, schaute sie sich zwar immer um, aber Christopher sah sie nicht mehr.

Das unbarmherzige Klingeln ihres Weckers drang an Jessies Ohr. Müde drückte sie die Snoozetaste und rieb sich die Augen. Heute war Samstag. Gleich würde sie Herrn Gessler treffen, um ihm ihren Projektvorschlag für die Ausschreibung zu präsentieren. Müde stieg sie aus dem Bett, duschte sich und zog ihr dunkelblaues Kostüm mit der cremefarbenen Crèpebluse an. Dann packte sie ihre Unterlagen in die schwarze Laptoptasche und eilte zum Auto. Vorsichtig lenkte sie den Wagen den schmalen Bergweg hinauf, wobei sie neugierig zum Nachbargrundstück spähte. Dort stand kein Wagen. Christopher war also gar nicht hier. Das erklärte natürlich, warum sie ihn morgens nicht mehr im See traf.

Vorsichtig parkte sie ihren Wagen im Parkhaus und blickte auf ihre Armbanduhr. Die Zeit reichte noch für eine Tasse Cappuccino in der kleinen Kaffeebar nebenan. Dort könnte sie entspannt noch einmal ihre Präsentation durchgehen.
Gut gelaunt betrat sie das moderne Café mit seinen dunklen Holztischen und setzte sich an einen kleinen Tisch am Fenster. Wie gewohnt griff sie nach einer Zeitung, schlug sie auf und legte

sie ausgebreitet vor sich auf den Tisch, damit es nicht seltsam wirkte, wenn sie bei ihrer Vorbereitung auf ihre Cappuccinotasse oder den Tisch starrte. Trotz des frühen Samstagmorgens war fast jeder Tisch im Restaurant belegt. Jessies Blick wanderte von dem Ehepaar mittleren Alters neben sich, bei dem jeder in seinen eigenen Zeitungsteil vertieft war, zu dem verschlafen aussehenden Studenten mit seinen ungekämmten Haaren, hinüber zu einem Tisch, an dem zwei junge Frauen saßen und aufgeregt die Köpfe zusammensteckten. Bestimmt diskutierten sie den neuesten Tratsch aus dem Bekanntenkreis. Am Tisch daneben saß ein Pärchen. Die Frau hatte ihre Hand vertraulich auf die ihres Gegenübers gelegt. Sie lächelte ihn gewinnend an, während sie leise auf ihn einredete. Der dunkelhaarige Mann kehrte Jessie den Rücken zu, sodass sie seine Reaktion nicht sehen konnte. Bestimmt hörte er seiner Freundin gebannt zu. Der nächste Tisch war leer, sodass ihr Blick unwillkürlich zu den beiden zurückwanderte. Irgendetwas an ihnen faszinierte sie, aber sie wusste nicht was. Plötzlich weiteten sich ihre Augen. Das durfte doch nicht wahr sein! Das war ja wie in einem schlechten Film! Der Mann, der ihr den Rücken zukehrte, war niemand anderes als Christopher! Und die blonde Frau war also seine Freundin. Kritisch begutachtete Jessie sie. Seine Freundin war in der Tat sehr hübsch mit dem langen blonden Haar und den großen blauen Augen. Ihre schlanke Figur kam durch ihre eng geschnittene Jeans und das weiße körperbetonte Top gut zur Geltung. Ihre üppigen silbernen Halsketten gaben dem Ganzen den letzten Schliff. Sie passte optisch wirklich gut zu Christopher, der ebenfalls eine Jeans trug. Dazu hatte er eine hellbraune kurze

Lederjacke angezogen, die den gleichen Ton wie seine Lederschuhe besaß. Die zwei konnten wirklich in einem Modemagazin erscheinen. Sie selbst kam sich dagegen in ihrem dunkelblauen Kostüm wie eine unscheinbare graue Maus vor. Wäre sie doch nur in ein anderes Café gegangen. Jetzt fehlte nur noch, dass Christopher sich zu ihr umdrehte oder seine Freundin sie dabei ertappte, wie sie die beiden anstarrte. Schnell griff Jessie zu der vor ihr ausgebreiteten Zeitung und hob sie leicht an. Aus den Augenwinkeln sah sie, wie Christopher einen Geldschein auf den Tisch legte. Dann erhob er sich. Sofort beugte Jessie sich tiefer über die Zeitung, gerade rechtzeitig, bevor beide an ihrem Tisch vorbei in Richtung Ausgang gingen. Jessie beugte sich so tief wie möglich über den vor ihr liegenden Artikel, ohne auch nur ein Wort zu lesen. Dazu war sie viel zu aufgeregt. Plötzlich blieb Christopher stehen und blickte in ihre Richtung. Jessies Herzschlag setzte aus. Oh nein, jetzt hatte er sie entdeckt. Aber sie wollte jetzt nicht mit ihm reden. Alles, nur das nicht.

»Bitte, bitte geh einfach weiter. Geh! Kümmere dich um deine Freundin. Heute ist ein ganz wichtiger Tag für mich, also lass mich einfach in Ruhe«, flehte sie innerlich.

Als ob er ihre Bitte hörte, wendete er sich ab. Langsam folgte er der blonden Frau hinaus auf die Straße. Jessies Herz raste. Warum musste sie diesem Mann nun ständig auf Schritt und Tritt begegnen? Die Welt war so groß. Früher hatte sie ihn doch auch nie gesehen. Sie schaute auf die Uhr. Es war kurz vor zehn. Mist, in weniger als zehn Minuten musste sie im Café Wienert sein. Hastig trank sie ihren Cappuccino, zahlte und verließ das Café in Richtung Marienplatz.

Suchend blickte sie sich in dem altehrwürdigen Restaurant Wienert um. Der Innenraum war mit einem beigen Velourteppich ausgelegt. Überall im Raum verteilt standen dunkelbraune Tische mit cremefarbigen Decken und kleinen Rosensträußchen dekoriert. In den Raumecken befand sich jeweils ein Tisch mit einer Eckbank und zwei Stühlen. An einem dieser Tische in dem hinteren und noch ruhigeren Teil des Raumes entdeckte sie Herrn Gessler. Er blätterte in der Tageszeitung. Mit seinen grau melierten Haaren und der randlosen Brille wirkte er sehr seriös. Jessie eilte auf ihn zu. »Guten Morgen, Herr Gessler. Ich hoffe, ich habe Sie nicht lange warten lassen.«

Er faltete sofort die Tageszeitung zusammen und erhob sich. Lächelnd schüttelte er Jessies Hand. »Guten Morgen, Frau Winter. Keine Sorge, ich bin auch gerade erst gekommen.«

»Dann bin ich ja beruhigt.« Sie setzte sich ihm gegenüber und legte ihre Laptoptasche neben sich auf den Stuhl.

»Und? Haben Sie gute Neuigkeiten dabei? Ich bin schon sehr gespannt. Aber bevor Sie anfangen, lassen Sie uns kurz bestellen.«

Jessie nahm die Karte, die ihr Herr Gessler hinhielt, und schaute pflichtbewusst hinein. Sie entschied sich kurzerhand für einen Cappuccino und ein Glas stilles Wasser. Nachdem sie ihre Bestellung aufgegeben hatte, schaltete sie ihren Laptop ein. »Ich habe mir noch einmal alle Blaupausen von der Produktionsanlage in den Niederlanden sowie die damals bestimmten Verbesserungspotentiale angeschaut. Dabei habe ich einige interessante Entdeckungen gemacht.« Sie klickte auf die erste Seite ihrer Präsentation, auf der sie alle Potentiale bei einer Umstellung des Ablaufprozesses aufzeigte. Dann erklärte sie ihm die Erweiterungsmöglichkeiten der Produktionsanlage. Schritt für Schritt führte sie ihn durch ihre Überlegungen, ihre Gründe für die Umstrukturierungen der bisherigen Produktionslinien und die damit verbundenen Verbesserungspotentiale. Dann zeigte sie ihm die Produktionsstatistiken des Eindhovener Werks und erklärte ihm den Projektplan zur Umsetzung ihrer Lösungsvorschläge.

Eine Stunde später lehnte Jessie sich in ihrem Stuhl zurück. Fragend blickte sie Herrn Gessler an: »Nun, was meinen Sie?«

Nachdenklich rieb er sich das Kinn. »Ich finde Ihre Überlegungen großartig, nur gefällt mir die Produktionsmenge noch nicht. Wieviel, glauben Sie, können wir bei einer Optimierung Ihres Vorschlages zusätzlich erzielen? Wir müssen mindestens eine Gesamtverbesserung der Produktionsmenge von zweiundzwanzig Prozent anbieten, damit wir den Zuschlag bekommen.«

Jessie schwieg konzentriert und überlegte. »Wenn wir an die zweite Produktionsphase einen parallelen Produktionsarm hängen können, sodass wir Haupt- und Nebenprodukt nicht nacheinander, sondern parallel produzieren, dann könnten wir den Platz des Nebenproduktes sowie den Platz für dessen Lagerhaltung für eine zweite Produktionsanlage nutzen. Dies müsste im Idealfall sogar zu einer noch höheren Produktionsmenge führen. Allerdings muss ich das erst noch berechnen und mir die Konstruktion der Produktionshalle ganz genau anschauen, bevor ich Ihnen dies zusichern kann.«

Herr Gessler nickte begeistert. »Wenn Sie das hinbekommen, dann reichen wir Ihren Vorschlag genau so ein.« Wieder legte er eine Hand unter sein Kinn und begann es leicht zu massieren. »Bis

wann können Sie Ihre Berechnungen fertig gestellt haben?«
Neugierig blickte er sie an.

»Ich denke, dass ich Ihnen Montag Genaueres sagen kann. Danach habe ich noch drei Tage Zeit, die Unterlagen zu schreiben und fristgerecht einzureichen.«

»Einverstanden. Dann warte ich am Montag auf Ihre Nachricht. Ich bin mit Ihrer bisherigen Arbeit sehr zufrieden, Frau Winter.« Jessie lächelte ihn dankbar an, bevor sie ihren wohlverdienten, aber mittlerweile erkalteten Cappuccino austrank. Kurze Zeit später verließ sie glücklich das Café. Heute Nachmittag würde sie die Berechnungen durchführen und ab morgen früh den Bericht schreiben. Dann konnte sie in drei Tagen wieder ihren Urlaub genießen. Frohgelaunt stieg sie in ihren Wagen und fuhr über den Ring zurück in Richtung Alpen.

Zwei Stunden später schloss sie erschöpft die Haustür auf, streifte sich die Stöckelschuhe von den Füßen, stellte ihren Laptop auf den Esszimmertisch und tauschte ihr Kostüm gegen eine weiße Leinenhose und ein eng geschnittenes rosa Shirt. Nach der heutigen Aktion hatte sie sich eine kleine Verschnaufpause verdient. Gut gelaunt legte sie sich in den Liegestuhl und genoss den freien Blick auf den gesamten See mit seinem Bergpanorama. Die Sonne schien ihr mitten ins Gesicht. Irritiert öffnete Jessie die Augen. Sie musste eingeschlafen sein. Genüsslich streckte sie sich. Der Schlaf hatte ihr gut getan. Sie fühlte sich ausgeruht und voller Energie. Lächelnd dachte sie an ihr Treffen mit ihrem Chef, das so gut verlaufen war. Ihr Berufsleben schien sich entgegen all ihrer vorherigen Annahmen endlich so zu entwickeln, wie sie es sich immer gewünscht hatte. Am besten, sie fing sofort mit den Berechnungen an, denn die waren das Herzstück ihrer Vorschläge. Irgendwie musste sie es schaffen, die verlangte Produktionsmenge zu realisieren. Nachdenklich ging sie zurück ins Haus, wo sie sich eine frische Kanne Kaffee kochte. Dann öffnete sie ihren Laptop, holte ihre Projektunterlagen aus der Tasche und untersuchte jeden einzelnen Produktionsschritt mit seinen Kosten, Optimierungspotenzialen und Produktionsvolumen im Zusammenhang mit den veränderten Rahmendaten. Sie rechnete und analysierte jedes noch so kleine Detail, aber bald wurde ihr klar, dass sie nur durch die Veränderung der Produktionsanlage selbst die Produktionsmenge steigern konnte. Zur Hilfe griff sie zu den gefalteten Bauplänen der Produktionshalle und breitete diese vor sich aus. Wo konnte sie die Anordnung der verschiedenen Produktionsphasen am besten verändern? Die Halle war ein Ebenbild des Eindhovener Standortes, nur um einiges größer. Um Sicherheits- und Lärmschutz in den verschiedenen Phasen zu verbessern, war sie in L-Form gebaut worden, wobei verschiedene Schutzwände zwischen den Produktionsanlagen eingefügt worden waren. Jessie wusste, dass diese zum Teil auch wegen der breitflächigen Dachkonstruktion notwendig waren. Am besten, sie begann noch einmal von vorn und zwar so, als ob es nur eine Halle mit Außenmauern gab. Konzentriert schnitt sie sich kleine Schablonen der verschiedenen Produktionsstätten zurecht und fing an, sie innerhalb der Außenmauern hin und her zu schieben. Dieser Teil der Projektplanung kam ihr immer wie ein Puzzlespiel vor. Es war eine Sondierung, ob die Maschinen überhaupt neu angeordnet werden konnten und zum Beispiel der notwendige Sicherheitsabstand, eine ausreichende Belüftung oder optimale Produktionswege auch in einer anderen Anordnung ideal genutzt werden konnten. Schließlich baute man eine Produktionsanlage nach der Installation nicht einfach so um. Bei jeder neuen Variante erstellte Jessie eine detaillierte Kosten- und Produktionsliste, mit der sie anschließend die verschiedenen Varianten verglich. Nachdem sie einige Stunden lang alle möglichen Optionen durchgespielt hatte, sah auf die Uhr. Es war schon später Abend und draußen war es, ohne dass sie es bemerkt hatte, dunkel geworden. Wieder einmal war sie überrascht, wie schnell die Zeit verging, wenn sie sich in ein Projekt hineinarbeitete. Nachdenklich goss sie sich eine letzte und mittlerweile schon erkaltete Tasse Kaffee ein. Vielleicht hatte sie gerade die Lösung gefunden, die sogar die Steigerung der Produktionsmenge um 25 Prozent ermöglichte, allerdings mussten hierzu zwei Wände verschoben werden. Aber konnte man diese einfach versetzen, ohne die Stabilität der Dachkonstruktion zu gefährden? Falls es sich um tragende Wände in der Hallenkonstruktion handelte, dann konnte sie ihre neue Anordnung nicht umsetzen und ihr Projektvorschlag war sofort vernichtet. Jessie seufzte. Wie konnte sie nur herausfinden, ob es sich um tragende Wände handelte? Sie durfte keine Zeit verlieren, denn eventuell musste sie einen völlig neuen Lösungsansatz finden. Sie würde bestimmt wahnsinnig werden, wenn sie bis Montag warten musste. Hektisch suchte sie in den Projektunterlagen nach den Kontaktdaten des involvierten Bauunternehmens und wählte sofort dessen Nummer. Nach dreimaligem Klingeln meldete sich jedoch nur der Anrufbeantworter, der ihr bestätigte, dass sie außerhalb der Geschäftszeiten anrief. Mist, sie hatte ganz vergessen, dass heute Samstagabend war. Wen konnte sie nur anrufen? In ihrem Freundes- und Bekanntenkreis gab es keine Bauunternehmer oder Architekten. Es musste aber eine Alternative geben! Plötzlich hellte sich ihr Gesicht auf. Hatte Thomas nicht erwähnt, dass Christopher Architekt war? Natürlich! Er konnte ihr sicherlich binnen fünf Minuten sagen, ob diese zwei Wände tragende Funktionen in der Produktionshalle besaßen oder nicht. Das war für ihn keine Arbeit. Ein Blick auf die Pläne würde genügen, soviel wusste Jessie von früheren Projekten. Und er wohnte keine fünf Minuten von ihr entfernt, sodass sie gleich bereits eine Antwort auf diese für sie so elementare Frage haben konnte. Doch sie zögerte. Sie wollte keinen Kontakt zu Christopher. Außerdem war es Samstagabend und schon relativ spät. Es widerstrebte ihr zutiefst, ihn um Hilfe zu bitten. Sie wollte nichts von ihm und am wenigsten wollte sie mit ihm allein sein. Er war ein komischer Vogel und sie musste sich vorsehen. Vielleicht würde er ihren Besuch sogar missverstehen? Resigniert schüttelte sie den Kopf. Was sollte sie tun? Sie brauchte jetzt eine Auskunft, dieses Projekt war einfach zu wichtig. Es half wohl alles nichts. Sie konnte es drehen und wenden, wie sie wollte. Christopher war ihre einzige Hoffnung. Sie musste ihre eigenen Gefühle und ihren Stolz außer Acht lassen. Ihr Projekt besaß jetzt oberste Priorität. Als Jessie schließlich ihren eigenen Argumenten glaubte, hängte sie sich ihren weißen Pulli über die Schultern und rollte die Baupläne zusammen.

Mit klopfendem Herzen näherte sie sich dem Nachbarhaus und atmete erleichtert auf, als sie den schwarzen Geländewagen davor stehen sah. Außer dem Fahrzeug deutete jedoch nichts weiter darauf hin, dass Christopher zu Hause war. Das Haus lag dunkel vor ihr. Vielleicht sollte sie doch einfach wieder umkehren und bis Montag warten? Dann konnte sie einfach das Bauunternehmen erneut anrufen. Unschlüssig blieb sie stehen und biss sich nervös auf die Unterlippe. Aber das waren zwei kostbare Tage, die sie nicht verlieren durfte. Ach, Christopher war bestimmt daheim. Entschieden trat sie auf die Tür zu und drückte mit zittrigem Finger den Klingelknopf. Nichts. Kein Laut. Ob sie noch einmal klingeln oder doch besser umkehren sollte? Vielleicht sollte sie es lieber noch einmal morgen früh versuchen. Plötzlich hörte sie Geräusche im Haus. Fast zugleich wurde der Schlüssel im Schloss herumgedreht. Dann stand Christopher im Lichtschein in der Tür. Sein blaues Hemd hing lose über der Jeans und sein dunkles Haar war ein wenig zerzaust, so als ob er einige Male mit der Hand hindurch gestrichen hatte. Die eine Hand auf der Türklinke, schaute er sie völlig überrascht an. Jessie war wie gelähmt, so nah vor ihm zu stehen.

»Hallo«, erwiderte sie verlegen. Plötzlich erschien ihr die ganze Situation absurd. Was hatte sie sich nur gedacht? Am liebsten wäre sie einfach davon gerannt. Aber dazu war es nun zu spät.

»Es tut mir leid, dass ich dich so unangemeldet am Samstagabend störe. Aber ich würde dich gerne kurz sprechen.«

»Du störst nicht. Komm doch herein.« Christopher versteckte seine Überraschung meisterlich und öffnete die Tür, sodass der Lichtstrahl der Flurlampe auf die kleine Rasenfläche vor der

Haustür fiel. Langsam trat Jessie an ihm vorbei ins Haus. Ihr Herz klopfte wild. Warum war sie nur so nervös? Sie war doch sonst nicht so leicht einzuschüchtern. Dann blickte sie überrascht um sich. Das Innere des Hauses war ganz anders als sie es erwartet hatte. Anstatt eines düsteren rustikalen Raumes betrat sie ein helles modernes Zimmer, das eine gelungene Kombination aus klaren Linien und warmen Naturelementen war. An der linken Wand befand sich ein breites helles Eckledersofa, zu dessen Rechten ein großer Blumentopf aus Chrom mit einer mannshohen Palme stand. Gegenüber vom Sofa eröffnete sich eine zimmerbreite Glasfront, vor der ein durchgehender Balkon verlief. Der Blick von dort auf den See war bestimmt wunderschön. Wenn sie sich nicht irrte, dann hatte genau dort Christopher gestanden, erinnerte sich Jessie. An der Innenseite des Fensters stand ein großer ovaler Glastisch mit sechs Stühlen aus hellem Leder. An der Wand dahinter befand sich ein Sideboard mit Büchern sowie ein moderner Druck, den Jessie schon einmal gesehen und bewundert hatte. Wie hieß er noch? Sie überlegte einen Moment, aber der Name fiel ihr nicht ein. Ihr Blick wanderte zur Zimmerdecke. Die Holzbalken bestanden genau wie die Türen und Fensterrahmen aus hellem Naturholz. Sie verliehen dem ganzen Raum etwas Harmonisches. Der Fußboden, der mit einem wollweißen Velourteppich ausgelegt war, unterstrich die modernen Linien des Raumes. Alles in allem drückte er gleichwohl moderne Leichtigkeit und anziehende Behaglichkeit aus. Man fühlte sich sofort wohl. »Wow! Das ist ja ein wunderschöner Raum.«

»Danke.« Christopher lächelte über Jessies spontanes Kompliment. »Nach meinem Einzug hier habe ich einige Veränderungen vorgenommen, um meinem neuen Heim ein wenig vom alten Staub zu nehmen.«

»Das ist dir wirklich gelungen. Ich meine, ich habe den Raum zwar vorher nicht gesehen, aber er wirkt alles andere als verstaubt.« Dabei fiel ihr Blick auf eine gegenüberliegende Tür, die halb offen stand und den Blick auf einen modernen Glasschreibtisch, ein Zeichenboard sowie unzählige Papierrollen freigab. »Oh, ich wollte dich nicht beim Arbeiten stören. Entschuldige bitte.«

»Nicht wirklich. Ich tüftele gerade an einem Problem, habe aber leider noch nicht die Lösung gefunden.«

»Ja, das kenne ich. Mir geht es gerade auch so. Deswegen bin ich auch vorbei gekommen. Ich bräuchte deinen Rat.«

»Meinen Rat?« Christopher hob erstaunt eine Augenbraue. Er lehnte lässig mit den Händen in den Hosentaschen an der Wand neben der Wohnzimmertür und schaute Jessie abwartend an.

Sie riss sich zusammen. »Thomas hat mir erzählt, dass du Architekt bist. Und ich benötige dringend eine fachliche Auskunft über zwei hoffentlich nicht tragende Wände.«

»Das müssen ja besondere Wände sein, wenn sie dich dazu bringen, am Samstagabend bei mir zu klingeln«, entgegnete er trocken.

Hatte sie etwa einen ironischen Unterton gehört? Jessie warf ihm einen argwöhnischen Blick zu, aber er sah sie völlig unschuldig an. Vielleicht war er einfach nur ein guter Schauspieler. Es war aber auch wirklich eine zu blöde Idee von ihr gewesen, Christopher um Rat zu fragen. »Du hast recht. Es ist in der Tat eine unangemessene Zeit. Vergiss einfach, dass ich vorbeigekommen bin.« Sie drehte sich auf dem Absatz um und wollte an ihm vorbei zur Haustür eilen, doch Christopher hielt sie zurück: »Jessie, nun bleib. Klar gebe ich dir meinen fachlichen Rat. Komm, zeig mir deine Pläne.« Er streckte ihr versöhnlich die Hand entgegen.

Skeptisch drehte Jessie sich zu ihm um. »Bist du sicher? Du musst dich wirklich nicht verpflichtet fühlen, mir zu helfen, nur weil du mich hereingebeten hast.«

»Nun komm schon.«

Langsam folgte sie ihm zurück ins Wohnzimmer, wo er bereits an den Esszimmertisch getreten war. Als er ihr leicht ungeduldig zunickte, rollte sie schnell die Baupläne vor ihm auf dem Tisch aus.

»Darf ich fragen, was das für Baupläne sind? Baust du ein Haus?«

»Nein, ich arbeite an einem Projekt. Dies ist eine Produktionshalle. Für die Optimierung der Produktionsanlage muss ich diese zwei Wände verschieben. Nur weiß ich nicht, ob sie eine tragende Funktion haben. Falls ja, dann habe ich ein Problem.«

»Lass mich mal sehen.« Eingehend studierte er den Bauplan. Dabei schaute Jessie ihn verstohlen von der Seite an, wie er mit seinen langgliedrigen gepflegten Fingern über die Papiere fuhr. Die lässige Art, wie er sich über den ausgebreiteten Plan beugte, stand im vollkommenen Widerspruch zu seinem konzentrierten Gesicht, das ebenmäßig, schmal und dank der Zeit, die er draußen im Freien verbracht haben musste, eine attraktive Sommerbräune aufwies. Auf die kurze Distanz konnte sie sogar die kleinen dunklen Bartstoppeln sehen, die seit der letzten Rasur am Morgen minimal nachgewachsen waren. Sein After Shave hing zwischen ihnen im Raum und schien sich in ihrem Kopf festzusetzen. Wie es sich wohl anfühlte von so einem Mann geküsst zu werden? War sie von Sinnen? Schnell blinzelte sie einige Male, um sich wieder auf den wahren Anlass ihres Besuches zu konzentrieren. Wahrscheinlich hatte sie zu viel gearbeitet. Wie konnte sie bloß ihre Gedanken in so absurde Wege treiben lassen? Dies war ausschließlich ein beruflich bedingter Besuch. Als ob er ihre Gedanken gehört hatte, hob Christopher seinen Kopf. Fragend blickte er sie an. Jessie spürte, wie sie gegen ihren Willen leicht errötete und ein heftiges Kribbeln in der Magengegend verspürte. Reiß dich zusammen, ermahnte sie sich. Aber das war leichter gesagt als getan, denn sie war nicht auf Christophers Augen gefasst gewesen, die sie beim bloßen Anblick völlig in ihren Bann zogen und ganz tief in sie hineinschauten. Christophers Stimme riss Jessie zurück in die Realität.

»Ich habe gute und schlechte Nachrichten für dich.«

»Oh nein. Sag schon.« Sofort waren alle Gedanken verflogen.

»Also, diese Wand hier kann ohne weiteres verschoben werden.« Er deutete auf die linke Wand, wo Jessie die neue Düngermischanlage aufstellen lassen wollte. »Diese hier«, Christophers Finger wanderte auf dem Bauplan zur zweiten Wand im zentralen Bereich der Produktionshalle, »ist allerdings notwendig, um die Last des mittleren Dachbaus abzufedern. Es ist also eine tragende Wand.« Jessie nickte enttäuscht, doch so schnell wollte sie nicht aufgeben. »Gibt es nicht irgendeine

Möglichkeit sie so zu verschieben, dass sie ihre tragende Funktion behält und mir nicht im Weg steht?«

Nachdenklich schaute Christopher Jessie an. »Welchen Platz benötigst du denn exakt?«

Sie trat einen Schritt näher an ihn heran und beugte sich ebenfalls über den Bauplan. »Also, die erste Produktionsphase wird bis hierhin erfolgen. Danach wird ein Förderband das Zwischenprodukt in die Mischanlage befördern, die hier beginnt.« Sie fuhr den Produktionsverlauf mit ihrem Finger nach. »Von hier werden dann die weiteren Zutaten zugeführt.« Während sie den Produktionsverlauf auf dem Bauplan so exakt wie möglich erklärte, berührte sie versehentlich Christophers Arm und zuckte impulsiv zusammen. Ein elektrischer Schlag hätte nicht stärker sein können. Ihre Haut brannte. Mit aller Disziplin, die sie aufbringen konnte, versuchte sie, ihre Reaktion zu ignorieren. »Und um Produktionszeit zu sparen und die Ausschüttungsvolumina zu steigern, benötige ich die Trocknungsmaschinen bereits direkt hier«, sprach sie hektisch weiter. Vorsichtig blickte sie Christopher an, aber er schien ihre Berührung gar nicht wahrgenommen zu haben. Erleichtert atmete sie auf. Das wäre doch wirklich zu peinlich gewesen.

»Wieviel Freiraum hast du denn neben der Trocknungsmaschine, die du nicht für deine Logistik benötigst?«

»An jeder Seite zwei Meter fünfundzwanzig. Die Wege der Gabelstapler führen nicht zwischen den Maschinen hindurch. Das Risiko von Unfällen oder Beschädigungen der Produktionsanlagen wäre einfach zu groß. Dafür habe ich Förderbänder vorgesehen.«

Christopher nickte langsam. »Wenn du einen Stahlträger einziehst und das Gewicht der Hallendecke über zwei Außenpfeiler abträgst, dann wärst du in der Lage, die Wand dadurch zu ersetzen.«

»Bist du sicher?« Jessie war wie elektrisiert.

»Ziemlich, aber warte einen Moment. Ich rechne es kurz durch.« Mit ausholenden Schritten verschwand er im angrenzenden Zimmer, aus dem er kurz darauf mit Lineal, Stift, Block und Taschenrechner bewaffnet zurückkam. Jessie beobachtete ihn gedankenvoll. Es war beneidenswert, wie selbstsicher er war. Obwohl sie ihn ja regelrecht mit ihrem Besuch überfallen hatte, hatte er kurzerhand die Kontrolle über die Situation übernommen. Und nun verhalf er ihr vielleicht sogar noch zu einer Lösung ihres Problems. Und das am Samstagabend! Eine spontane Woge der Dankbarkeit stieg in ihr auf. Soweit sie es beurteilen konnte, war er sich seines Könnens sehr wohl bewusst und beherrschte sein Handwerk. Warum, ja warum nur hatte er plötzlich seinen Lebenswandel so geändert? War vielleicht doch eine Frau im Spiel? Währenddessen legte Christopher seine Utensilien auf den Tisch und begann die Linien der Pläne zu vermessen, tippte unaufhörlich in seinen Taschenrechner, notierte sich Zahlen, tippte, maß und notierte. Dabei schien er Jessies Gegenwart völlig vergessen zu haben, so konzentriert berechnete er die Statik. Endlich schob er zufrieden den Rechner zur Seite. »Ja, ich bin mir sicher. Mit einem eingezogenen Stahlträger und zwei stabilen Außenpfeilern kannst du die Wand ersetzen und somit die Produktionsanlage nach deinen Wünschen umstellen.«

Jessie starrte ihn ungläubig an. »Wirklich? Bist du dir ganz sicher?«

Er nickte entschieden. »Ja, das bin ich.«

»Oh du ahnst nicht, wieviel du mir damit geholfen hast. Du bist einfach großartig«, rief sie spontan, worauf er breit grinste.

»Da habe ich ja wirklich Glück, dass du diese Wände verschieben wolltest.«

»Wie kann ich mich bei dir für deinen Rat bedanken?«

»Du musst dich nicht bei mir bedanken. Ist schon ok.«

»Nein ist es nicht«, beharrte Jessie. »Dann werde ich mir halt etwas ausdenken müssen.«

»Und was schwebt dir da vor?« Mit zur Seite geneigtem Kopf sah er sie herausfordernd an.

Was tat sie da? Sie konnte doch nicht mit Christopher flirten! Sie musste diese Unterhaltung professionell und am besten schnell zu Ende bringen. Schließlich benötigte sie nur einen fachlichen Rat, den sie ja nun erhalten hatte. Unmerklich straffte sie ihre Schultern. »Eine gute Flasche Wein.« Dann blickte sie entschuldigend auf ihre Uhr. »Ich habe wirklich genug Zeit von deinem Samstagabend in Anspruch genommen. Ich muss los.« Dabei rollte sie flink die Baupläne wieder zusammen und verließ das Wohnzimmer. Christopher folgte ihr schweigend zur Haustür.

»Vielen Dank für deine Hilfe. Ich hoffe, du hast dich nicht geirrt, denn meine berufliche Zukunft hängt an diesen zwei Wänden.«

Fragend hob er eine Augenbraue. »Das ist ja wirklich eine Ehre.« Und nach einer kleinen Pause fügte er mit ernster Stimme hinzu: »Du kannst mir vertrauen. Ich habe mich zwar mit manchem in meinem Leben geirrt, aber nie mit statischen Berechnungen.«

Irritiert blickte sie Christopher an, aber der stand ganz gelassen in der Tür. Sein Gesicht verriet keine Emotion. Was hatte er gemeint? Womit hatte er sich in seinem Leben geirrt? »Danke«, antwortete sie schlicht. »Ich gehe dann jetzt.« Lächelnd nickte sie ihm zu, dann trat sie hinaus in die dunkle Nacht.

»Jessie!«

Erstaunt wandte sie sich um.

»Ich habe dir gern geholfen. Also lass mich wissen, wenn du wieder mal meinen Rat brauchst.«

»Mache ich. Danke nochmals.«

»Gute Nacht und viel Glück.«

»Danke. Gute Nacht.« Langsam ging sie den vom Mond erhellten Weg zurück zu ihrem Haus. Sie fühlte sich aufgewühlt, glücklich und zugleich irgendwie enttäuscht. Was für ein wundervoller Abend, was für ein wundervolles Projektergebnis, was für eine wundervolle Erkenntnis, dass Christopher ein wirklich netter Typ war. Warum nur war sie so enttäuscht? Zurück im Haus legte sie die Pläne auf den Tisch und beschloss ein wenig Ordnung in ihr Gefühlsleben zu bringen. Was war nur los mit ihr? Am besten, sie dachte darüber bei einem Glas Rotwein nach. Als sie die Wohnzimmerlampe einschaltete, kam ihr die Idee. In romantischen Filmen setzte sich die Heldin abends an den See oder ans Meer zum Nachdenken. Vielleicht half das ja wirklich und war nicht nur eine filmreife Szenerie. Jetzt war der ideale Moment, um es auszuprobieren, zumal sie nur wenige Schritte vom See trennten. Niemand würde sie sehen. Sie wollte sich nur kurz ihren Pullover überziehen und ein Glas Wein einschenken. Suchend schaute sie sich um. Wo hatte sie ihren Pullover hingelegt? Sie versuchte sich daran zu erinnern, wann sie ihn zuletzt gesehen hatte. Bei Christopher hatte sie ihn noch gehabt. Mist. Er war ihr am Tisch heruntergerutscht und sie war dann einfach ohne ihn nach Hause gegangen. Was hatte das nur passieren können? Sie war doch sonst nicht so vergesslich. Egal, morgen würde sie ihn sich abholen. Dabei konnte sie gleich Christopher die Flasche Wein als Dank bringen, bevor jeder von ihnen wieder seines Weges ging. Entschlossen stieg sie die Treppen hinauf ins Schlafzimmer, öffnete die Schranktür und entnahm ihm einen warmen wollenen Pullover.

Um sie herum herrschte tiefe Dunkelheit, die nur durch die einzelnen Gartenlampen und den Vollmond durchbrochen wurde. Mit ihrem Rotweinglas in der Hand stieg sie vorsichtig die Stufen hinunter zum Bootssteg. Gedämpftes Läuten der Kuhglocken drang an ihr Ohr. Ein sanfter Windhauch streichelte ihr Gesicht, während der Steg in fahlem Mondlicht vor ihr lag. Vorsichtig betrat Jessie die hölzernen Planken und setzte sich an seinen Rand. Ihre Beine baumelten frei über dem Wasser. Nachdenklich schaute sie hinaus auf den dunklen See. Die hohen Berge ragten wie drohende Wachtürme in den schwarzblauen Nachthimmel. Es war in der Tat ein wundervolles Erlebnis jetzt allein am See. Der See strahlte tiefe Ruhe aus. Im Mondlicht verlor die Dunkelheit ihren Schrecken. Jessies Gedanken begannen zu fliegen. Sie trank einen Schluck und genoss den Geschmack des schweren Rotweins. Plötzlich dachte sie an Christopher, wie er mit Arno die Dorfstraße herauf schlenderte, sie sah seine feingliedrigen Finger, die langsam über die Baupläne glitten. Sie roch sein After Shave und verlor sich in seinen braunen Augen, die jeden Millimeter von ihr aufnahmen. Sie spürte die Wirkung der kurzen, versehentlichen Berührung seines Arms und hörte seine tiefe Stimme: »Du kannst mir vertrauen. Ich habe mich mit manchem in meinem Leben geirrt, aber nie mit Berechnungen.« Was hatte er damit gemeint? Hatte er wirklich nur über die Berechnungen gesprochen oder hatte er noch mehr gesagt, ohne es zu wollen? Aber vor allem, warum löste dieser Mann so viele Empfindungen bei ihr aus? Sie war während der wenigen Minuten in seinem Haus verängstigt, wütend, nervös, sachlich, dankbar und aufgeregt gewesen. Ja, es hatte sogar eine gewisse Spannung in der Luft gelegen. Oder war ihr das nur so vorgekommen? Verwirrt strich sie sich eine Strähne hinter das Ohr. Vielleicht hatte sie einfach zu viel gearbeitet und bildete sich alles nur ein? Bestimmt waren ihre Empfindungen das Ergebnis der letzten angespannten Tage und des fehlenden Schlafs. Was aber hatte Christopher an sich, dass sie in Sekundenschnelle weglaufen wollte, dann aber die kleinste Berührung sie elektrisierte? Warum interessierte sie sich überhaupt für sein Geheimnis, das Thomas völlig nebensächlich erschien? Eine leichte Bewegung ließ Jessie zusammenschrecken. Auf dem Wasser näherte sich fast lautlos ein dunkler Schatten. Gelähmt vor Angst starrte sie ihn an. Sie wollte laut schreien, bekam aber keinen Ton heraus. Noch wenige Meter und er würde sie hier auf dem Bootssteg im Mondlicht entdecken. Es gab keine Chance sich zu verstecken. Das Boot glitt unaufhaltsam auf sie zu. »Jessie, nicht erschrecken. Ich bin es nur.«

Ein spitzer Schrei entfuhr ihrer Kehle. »Christopher! Meine Güte, was machst du denn hier? Du hast mich zu Tode erschreckt.«

»Entschuldige, aber das Licht heute Nacht ist einfach wunderschön, daher wollte ich mir die Berge im Mondlicht ansehen. Das ist absolut einzigartig.«

»Jetzt?« fragte sie ungläubig.

»Ja, genau jetzt. Es ist Vollmond. Hast du das noch nie gemacht?«

»Nein, was ich ehrlich gesagt auch nicht sehr ungewöhnlich finde.« Sie versuchte sich zu beruhigen, aber das war leichter gesagt als getan, wenn das Herz wild bis zum Hals schlug.

»Warum bist du hier zum Bootssteg gerudert?« fragte Jessie argwöhnisch. »Schließlich kann man die Berge ja auch von deinem Grundstück aus sehen.«

Um seinen Mund spielte ein nachsichtiges Lächeln. »Das stimmt, aber um den schönsten Blick zu haben, muss ich nun einmal hier am Bootssteg entlang.«

Das klang wenig überzeugend.

»Hast du Lust auf eine kleine Bootsfahrt?«

Sie allein mit ihm in einem Boot? Jetzt in der Nacht? Konnte sie Christopher überhaupt vertrauen? Sie hatte kein Handy dabei, um Hilfe zu rufen. Aber falls er sie in den See stieß, dann wäre es eh nutzlos hier oben in der Einsamkeit. Gegen ihren Willen, gegen ihr besseres Wissen und gegen die Vorsicht stimmte sie zu. Geschickt manövrierte er das Ruderboot an die Leiter des Bootsstegs. Vorsichtig stieg Jessie die schmalen Stufen der Leiter hinunter, während er sich mit der einen Hand am Bootssteg festhielt und ihr die andere entgegenstreckte. Dankbar ergriff sie seine Hand, die sich sanft um ihre Finger schloss und sie erst wieder los ließ, als sie sicher im Boot auf dem Holzbrett saß. Unerklärlicherweise fühlte sie sich berauscht. Vielleicht träumte sie das alles nur? Fasziniert beobachtete sie, wie Christopher sich vom Bootssteg abstieß, sich ihr gegenüber setzte und mit gleichmäßigen Schlägen das Boot langsam in die Seemitte manövrierte. Das Mondlicht schimmerte auf der Seeoberfläche und tauchte alles um sie herum in ein verträumtes Licht. Es war, als ob der Mond nur für sie beide schien.

»Machst du so etwas häufiger?« flüsterte Jessie.

»Was meinst du? Bootsfahrten zu ungewöhnlichen Zeiten oder das Einladen von verträumt auf Bootsstegen sitzenden jungen Frauen?«

»Beides«, antwortete Jessie knapp.

»Ich liebe es hier auf dem See die Veränderungen des Lichts zu beobachten. Es inspiriert mich für meine Arbeit. Schau, ist es nicht wunderschön?« Dabei zeigte er auf die Bergkette oberhalb ihres Ferienhauses. Der Mond erhellte die Bergspitzen und hob die massiven Felsen wie fahl angestrahltes Gold aus den dunklen Tannenwäldern hervor. Mit einer raschen Bewegung setzte Christopher sich neben Jessie. Sie rutschte so weit sie konnte zur Seite, dennoch spürte sie seine Wärme durch den Stoff ihrer Hose. Ein wohliges Schaudern durchlief sie. Verstohlen blickte sie ihn aus den Augenwinkeln an, wie er gebannt auf die Bergketten starrte. Sie folgte neugierig seinem Blick. Es war wirklich atemberaubend schön. Der weißgoldene Schein der Berge untermalt von den schwarzdunklen Konturen der Tannen bannte ihre Aufmerksamkeit. Die Massive wirkten wie goldene Steine in einer überdimensionalen Schatztruhe. Sie wusste nicht mehr, wie lange sie so versunken dort verharrt hatten, aber plötzlich zitterte sie vor Kälte.

»Entschuldige, ich habe ganz vergessen, dass es nicht mehr warm ist. Frierst du sehr? Ich rudere dich direkt zurück.«

Sie blickte Christopher an, doch konnte sie in der Dunkelheit sein Gesicht nicht erkennen. »Kein Problem. Es war ein wunderschönes Erlebnis. Danke, dass du es mir gezeigt hast.« Es kam ihr vor, als ob sein Blick eine Ewigkeit auf ihr ruhte.

»Schwimmst du morgen früh wieder im See?« fragte er endlich.

»Ich habe es auf jeden Fall vor. Es ist so erfrischend, vor der Arbeit im See zu schwimmen.«

»Und, ist der See morgen früh groß genug für uns zwei?«

Sie glaubte Christopher grinsen zu sehen, doch die Dunkelheit konnte sie auch täuschen. »Wir können es ja noch einmal probieren.«

»Gut.« Mit einer ausholenden Bewegung zog er das Boot an den Steg und half ihr beim Aussteigen. Als er sich mit den ersten Ruderschlägen entfernte, fühlte sie sich plötzlich allein. »Danke für die Bootsfahrt. Gute Nacht.«

»Gute Nacht, Jessie«, antwortete Christopher leise, bevor ihn die dunkle Nacht verschluckte. Verwirrt griff Jessie nach ihrem Weinglas und stieg langsam die Treppe hinauf zum Haus.

KAPITEL 7

War das wieder einer dieser wunderschönen Träume gewesen, die beim Aufwachen wie Seifenblasen zerplatzten? Verträumt drehte

sich Jessie zum Fenster. Das erste Sonnenlicht fiel fahl ins Zimmer und die hohen Baumspitzen bewegten sich vor einem wolkenlosen Himmel sanft im Wind. War der gestrige Tag wirklich passiert? Hatte sie tatsächlich allein mit Christopher eine romantische Bootsfahrt im Mondschein unternommen? Ihr Mund verzog sich zu einem glücklichen Lächeln. Gut gelaunt streckte sie sich im Bett. Es war kein Traum gewesen. Wie hätten sie sich sonst für heute Morgen auf der Badeinsel verabreden können? Musste sie schon aufstehen? Schnell flog ihr Blick zum Wecker. Wenn sie Christopher wirklich treffen wollte, dann musste sie jetzt aufstehen. Mit kribbelnder Vorfreude schlug sie die Bettdecke zurück. Wenig später lief sie in ihren flauschigen Bademantel gehüllt die Treppen zum See hinunter. Ob Christopher wohl schon im See schwamm? Neugierig blickte sie um sich, aber weit und breit war niemand zu sehen. Vielleicht hatte er verschlafen. Enttäuscht stieg sie die Stufen des Bootsstegs hinunter. Das kalte Wasser weckte jäh ihre Lebensgeister. Frierend schwamm sie die ersten Meter, doch dann fühlte sie sich mit jedem Zug wacher und energiegeladener. Plötzlich ertönte hinter ihr das ersehnte Geräusch eines weiteren Schwimmers. Er hatte sie also doch nicht vergessen. Oder war er einfach wie gewohnt aufgestanden, ohne dabei absichtlich an ihre Verabredung zu denken? Noch während sie überlegte, durchbrach Christophers tiefe Stimme die morgendliche Stille.
»Guten Morgen. Hast du gut geschlafen?«
Ihr Herz tat aus unerfindlichen Gründen einen kleinen Sprung.
»Guten Morgen. Habe ich. Und du?« Sie konnte sich ein Lächeln nicht verkneifen.

»Ausgezeichnet.« Christopher schwamm langsam neben ihr her. Sie bewegten ihre Arme und Beine im gleichen Rhythmus, so als ob sie schon seit Jahren nebeneinander her schwimmen würden. Vielleicht taten sie das ja auch. Sie verbrachten seit Jahren ihre Ferien am gleichen Ort, jeder auf seine Weise, ohne sich zu begegnen. An der Badeinsel hob sich Christopher wieder mit Leichtigkeit aus dem Wasser. Jessie folgte seinem Beispiel, doch zog sie ihre Knie ganz nah an ihren Körper, um in der kühlen Morgenluft nicht allzu sehr zu frieren. Plötzlich traute sie sich nicht, Christopher anzuschauen. Stattdessen blickte sie starr vor sich auf den See.

»Es gibt nicht viele Frauen, die gerne morgens durch einen Bergsee schwimmen«, begann Christopher.

Jessie zuckte mit den Schultern. »Es gibt wahrscheinlich nicht viele Frauen, die dazu Gelegenheit haben.«

»Selbst wenn, bezweifle ich, dass sie es tun würden.«

»Ich habe nie behauptet, wie andere Frauen zu sein.« Herausfordernd schaute sie ihn an.

»Stimmt«, räumte er ein. »Du bist anders.«

»Dito würde ich sagen. Schließlich gibt es nicht viele Männer, die sich so in die Natur zurückziehen wie du.«

»Stimmt nicht, da fällt mir mindestens Thomas ein«, lachte Christopher, doch seine Augen beobachteten Jessie genau.

»Stimmt, aber Thomas zählt nicht. Er ist praktisch hier aufgewachsen und konnte sich nie wirklich von seinen Bergen trennen.« Sie fing seinen Blick auf, hielt ihm trotzig stand, wich ihm nicht aus. Würde sie jetzt erfahren, warum er hier oben lebte und seinem erfolgreichen Leben in München den Rücken gekehrt hatte? Doch statt einer Antwort ließ Christopher seinen Blick einfach ungeniert über sie gleiten. »Komm, lass uns zurück schwimmen, sonst erkälten wir uns noch.« Dabei war er einfach aufgestanden und ohne ein weiteres Wort ins Wasser geglitten. »Komm, sonst wachsen mir hier noch Flossen«, forderte er sie ungeniert auf.

Gehorsam rutschte Jessie ins Wasser, das ihr nun eiskalt vorkam. Mit energischen Zügen schwamm sie schweigend neben ihm her, bis sie sich dem Ufer näherten. Dort verlangsamte er sein Tempo. »Und wie schaut dein Tag heute aus?«

»Ich muss arbeiten und meinen Projektvorschlag schreiben. Mir bleiben nur noch drei Tage bis zur Abgabe. Vielleicht komme ich nachher kurz vorbei, um mein Dankeschön vorbeizubringen und meinen Pullover abzuholen.«

»Klar, komm vorbei, wann du willst. Gutes Vorankommen. Bis später.« Und schon kraulte er mit ausholenden Bewegungen zurück zu seinem Bootssteg.

Jessie sprühte vor Energie. Elanvoll beschrieb sie Seite um Seite ihre Analysen, Berechnungen und Optimierungsvorschläge, wobei sie präzise die Gründe für eine neue Anordnung der Produktionsanlage darlegte. Als sie die Stützpfeiler als Ersatz für die tragende Wand beschrieb, lächelte sie. Falls ihr Projektvorschlag die Ausschreibung gewann, dann war das auch ein bisschen Christophers Verdienst. Einige Stunden und etliche Seiten später speicherte sie ihre Ausführungen ein letztes Mal. Zufrieden rieb sie sich ihren steifen Nacken. Sie war schneller vorangekommen als geplant und hatte sich eine kleine Pause redlich verdient. Die Wanduhr zeigte frühen Nachmittag an. Die ideale Zeit, um kurz bei Christopher vorbeizuschauen.

Aus unerklärlichen Gründen klopfte ihr Herz, als sie sich dem Nachbarhaus näherte. Schon von Weitem sah sie Arnos roten Sportwagen. Er war also zurück. Am besten, sie gab einfach den Wein ab, nahm ihren Pullover in Empfang und verabschiedete sich sofort. Ja, das war ein guter Plan. Entschieden drückte sie die Klingel und lauschte. Schritte näherten sich, dann öffnete Christopher die Tür.

»Hallo Jessie. Schön dich zu sehen.«

»Hallo. Ich wollte nur mein Dankeschön abgeben und meinen Pullover holen.« Dabei streckte sie ihm leicht verlegen die Flasche Wein entgegen. »Das versprochene Dankeschön. Vielen Dank noch einmal für deinen Rat.«

»Dafür brauchst du dich nicht zu bedanken.«

»Das möchte ich aber«, beharrte sie.

Christopher blickte sie einen Moment schweigend an, dann nickte er und nahm ihr die Flasche ab, wobei seine Finger leicht die ihren berührten. Genau wie am Vorabend durchlief sie ein elektrisierender Schauer. Angestrengt bemühte sie sich, ihre Reaktion zu überspielen und lächelte.

»Danke«, antwortete er schlicht. Dann drehte er sich um, griff nach ihrem Pullover, der bereits auf dem Wandtisch neben der Haustür lag. Mit einem Lächeln reichte er ihn ihr. Kam es ihr nur so vor oder war Christopher plötzlich viel reservierter als gestern? War dies derselbe Mann?

»Christopher, Schatz, wo hast du denn mein Badetuch hingelegt?«
Die Frauenstimme drang aus dem Wohnzimmer zu ihnen heraus.
Jessies überraschter Blick flog zu Christopher, dann begriff sie.
Wie hatte sie nur so dumm sein können? Die Blondine aus dem
Café. Seine Freundin. Das erklärte alles. Sie selbst hatte hier nichts
mehr verloren, sie hatte ihm die Flasche Wein gegeben und ihren
Pullover abgeholt. Jetzt ging jeder wieder seinen eigenen Weg, so
wie es all die Jahre über gewesen war. Unmerklich straffte Jessie
die Schultern. Ok, sie war dumm gewesen, aber es war noch nicht
zu spät, dies sofort zu korrigieren. »Danke für den Pulli. Ich muss
leider wieder los, du weißt ja, die Arbeit ruft. Ciao.« Sie schenkte
ihm ein betont unbeschwertes Lächeln und eilte, ohne ein
weiteres Wort, zurück zur Straße.

»Jessie, warte«, hörte sie Christopher rufen, aber sie ignorierte ihn.
Er hatte eine Freundin und eine war durchaus genug. Sie würde
nicht so tief sinken und sich auf einen Mann einlassen, der
vergeben war. Gut, dass sie die Situation noch rechtzeitig
verstanden und bereinigt hatte. Für was hielt er sie bloß? Dachte
er, sie sei so dumm und würde nicht dahinter kommen, dass er
bereits vergeben war? Wütend stapfte Jessie ins Haus, warf ihren
Pullover auf das Sofa und setzte sich an den Esszimmertisch.
Doch zum Arbeiten war sie viel zu aufgewühlt. Wie hatte sie nur
so naiv sein können? Sie hatte ihn doch bereits mit seiner
Freundin zusammen gesehen. Es war ihre eigene Schuld.
Schließlich hatte Christopher ja nicht damit rechnen können, dass
sie den gestrigen Abend gemeinsam verbrachten. Das beruhte
leider ganz allein auf ihrer eigenen Initiative. Und die Bootsfahrt
war ebenso nur ein Zufall gewesen. Es war auch nicht seine

Schuld, dass er eine solch starke Ausstrahlung auf sie ausübte. Sie schüttelte entschieden mit dem Kopf. Aus und vorbei, am besten, sie vergaß Christopher einfach. Mit einem tiefen Seufzer öffnete sie schließlich ihren Laptop.

Das Klingeln des Telefons riss Jessie aus ihrer Arbeit. Die eingeblendete Nummer auf ihrem Display kannte sie nicht. Wer mochte sie heute am Sonntag anrufen? Neugierig drückte sie die Annahmetaste.

»Hallo?«

»Hallo Jessie. Ich bin es, Thomas.«

Ihr schlechtes Gewissen regte sich sofort. »Oh, Thomas. Bitte entschuldige, dass ich mich nach dem Gewitter nicht mehr bei dir gemeldet habe, aber ich war komplett in mein Projekt vertieft.«

»Kein Problem«, versicherte er. »Wie kommst du denn voran?«

»Zum Glück recht gut.« Jessie trat ans Fenster und blickte hinaus auf den See.

»Das hatte ich gehofft.« Seine Stimme klang erleichtert.

»Wieso?« Sofort erwachte ihre Neugier.

»Weil ich dich, wie angekündigt, zu einem lustigen Abend mit ambitioniertem Kartenspiel einlade. Absagen ist ausgeschlossen.«

»Und wann findet dieser Abend statt, an dem mein Erscheinen bereits entschiedene Sache ist?«

»Heute.« Sie hörte seine Begeisterung und sah ihn vor sich, wie er mit breitem Grinsen den Telefonhörer hielt. »Arno ist auch hier, also steht unserem lustigen Abend nichts im Weg.«

Sie verspürte aber nicht die geringste Lust auf einen gemeinsamen Abend mit Arno und Christopher. »Ich dachte, der ist erst in einer

Woche. Ich muss noch an meinem Projekt arbeiten«, entgegnete sie lahm.

»Ach Jessie, komm schon. Wenn du heute Nachmittag noch ein paar Stunden arbeitest, kannst du doch bestimmt am Abend eine kleine Pause einlegen. Wegen dir beginnt unser Skatabend auch erst um 21 Uhr. So eine Gelegenheit bietet sich so schnell nicht wieder. Komm schon, lass einen alten Freund nicht hängen.«

Thomas war wirklich unmöglich. Schnell ging sie im Kopf ihre noch zu erledigenden Arbeitsschritte durch, die sie vor dem finalen Ausdruck des Projektvorschlags erledigen musste. Ihr war gestern in der Tat ein Meisterwerk gelungen, sodass sie mit der Korrektur schneller als gedacht vorankam. Wenn sie weiter so arbeitete, dann konnte sie die Unterlagen morgen früh an Herrn Gessler schicken, drei Tage vor dem vereinbarten Abgabetermin. Also konnte sie durchaus heute Abend ein paar Stunden frei nehmen. Aber wollte sie das auch? Erst vor einigen Stunden hatte sie sich doch geschworen, Christopher aus ihren Gedanken und ihrem Leben zu verbannen. Da lag es wirklich nicht in der Natur der Sache, heute Abend zum Skatabend zu gehen. Thomas, der Jessies Schweigen als Absage interpretierte, fuhr in einschmeichelndem Tonfall fort: »Vielleicht hilft es dir zu wissen, dass ich die anderen schon eingeladen habe.«

Jessie seufzte betont laut in den Hörer. »Du bist echt unmöglich.«

»Ich weiß«, lachte er herzlich. Von schlechtem Gewissen keine Spur, stellte Jessie resigniert fest.

»Also gut. Neun Uhr heute Abend ist in Ordnung, du Erpresser.«

Thomas ignorierte ihren Vorwurf. »Du bist ein Schatz. Ich wusste doch, dass ich mit dir rechnen kann.«

»Du alter Charmeur. Soll ich irgendetwas mitbringen?« fragte sie versöhnlich.

»Vielleicht solides Schuhwerk für den Rückweg?« Sein sonores Lachen hallte durch den Hörer, sodass Jessie ihr Handy einige Zentimeter vom Ohr entfernt hielt. Gegen ihren Willen stimmte sie in sein Lachen ein. »Davon kannst du ausgehen. Meine Mühen werden, wie ich sehe, nicht geschätzt.«

»Wenn du magst, kannst du natürlich auch schon früher kommen.«

»Das wird schwierig, weil ich wirklich noch viel schaffen muss. Aber ich verspreche dir, um neun Uhr bin ich da.«

»Du bist ein Schatz.« Seine Stimme klang warm.

»Ich werde dich zu gegebener Zeit daran erinnern. Bis später.«

»Bis heute Abend.« Dann klickte es in der Leitung und Jessie starrte schweigend hinaus auf den See. Sie bezweifelte, dass sie gerade klug entschieden hatte, aber als Spielverderberin wollte sie auch nicht gelten. Ob Christophers Freundin auch kommen würde? Zumindest hatte Thomas sie nicht erwähnt. Andererseits konnte Christopher sie ja schlecht alleine im Haus zurücklassen. Einen gemeinsamen Abend mit ihr und Christopher zu verbringen war wirklich das Letzte, was sie wollte. Aber das ließ sich nun nicht mehr verhindern.

Unschlüssig drehte sich Jessie vor dem bodenlangen Spiegel in ihrem Schlafzimmer. Ihre Korrekturarbeiten waren beendet und der Projektvorschlag lag fein säuberlich ausgedruckt auf dem Esszimmertisch. Nun stand ihre nächste Herausforderung bevor. Was sollte sie anziehen? Sie wollte unbedingt souverän wirken, aber gleichzeitig auch sehr attraktiv aussehen. Schließlich würde Christophers Freundin bestimmt wieder fantastisch aussehen. Leider hatte sie aber keine Ahnung, wie sie das bewerkstelligen sollte. Schließlich griff sie nach ihrer Jeans und einer langärmligen cremefarbenen Bluse. Dazu wählte sie ihre dunkelblauen Designerturnschuhe und ihren Pullover im passenden Blauton. Prüfend drehte sie sich um die eigene Achse. Es fehlte noch ein passendes Accessoire. Sie griff in die Schublade und holte ihre Silberkette mit Saphiren heraus, von denen ihre beste Freundin Nadine behauptete, dass sie ihren Augen eine magische Aura verliehen. Das konnte sie heute Abend gut gebrauchen. Sie drehte sich ein letztes Mal vor dem Spiegel. Das musste reichen. Dann stieg sie die Treppe hinunter und griff nach der bereitstehenden Weinflasche. Sollte Christopher ruhig sehen, dass sie öfter eine Flasche Wein verschenkte. So brauchte er sich auf seine Flasche nichts einbilden. Wenn er nicht genau das Etikett studierte, würde er auch nicht herausfinden, dass seine um etliches teurer war als diese. Aber schließlich hatte sie sich entsprechend für seine Hilfe bedankt. Oh nein, sie schuldete ihm nichts. Entschieden warf sie sich ihren Pullover über die Schultern und verließ das Haus.

Das Nachbarhaus lag dunkel am Wegesrand. Der Mini, der vorhin noch neben Arnos Wagen geparkt hatte, war verschwunden. Hatten die Männer Christophers Freundin einfach verbannt, um ungestört ihren Männerabend zu verbringen? Obwohl es ihr egal sein konnte, spürte Jessie eine Welle der Erleichterung. Wenigstens blieb ihr der Anblick von Christophers Freundin erspart. Das war doch schon einmal etwas. Genießerisch sog sie die würzige Bergluft ein. Was für eine Wohltat! In den letzten Tagen hatte sie keine Gelegenheit gehabt, diese wirklich zu genießen. Das würde sich nun ändern. Übermorgen würde sie wandern und sich nach all dem langen Sitzen endlich wieder richtig bewegen. Bei diesen Gedanken erreichte sie das kleine Restaurant. Warmes Licht fiel aus den Fenstern und erhellte die dunkle Nacht. Als der Klingelton die Stille der Nacht zerriss, wurde fast zeitgleich die Tür schwungvoll aufgerissen und Thomas stand im hell erleuchteten Flur vor ihr. Er blickte grinsend auf sie herunter. Sein kurzärmeliges Shirt hing lässig über seine Jeans und betonte seine durchtrainierten, gebräunten Oberarme. Er trat entspannt einen Schritt auf sie zu: »Da bist du ja. Schön dich zu sehen.« Dabei drückte er ihr herzlich einen Kuss auf die Wange. Seine kurzen Bartstoppeln kitzelten sie.

»Na, du scheinst mich ja wirklich vermisst zu haben«, lachte Jessie.

»Und wie. Komm rein, die anderen sind auch schon da.«

Bei diesen Worten schlug ihr Herz plötzlich bis zum Hals. Jetzt kam es darauf an, keine Nerven zu zeigen. »Hier, bevor ich es vergesse. Mein kleiner Beitrag für einen lustigen Abend.« Sie streckte ihm die Weinflasche entgegen.

»Danke. Dann kann ja heute Abend nichts schiefgehen.« Er nahm ihr die Flasche ab, legte ihr den freien Arm um die Schultern und führte sie ins Restaurant, wo am Stammtisch bereits Christopher und Arno saßen. Sie schienen sich über irgendetwas zu amüsieren. Vor ihnen auf dem Tisch standen halbvolle Biergläser. Als Jessie zusammen mit Thomas eintrat, blickten beide auf, wobei Christophers Blick rasch zwischen beiden hin und her flog.

»Guten Abend«, grüßte Jessie leichthin.

Arno grinste sie offen an. »Schön, Sie wieder zu sehen. Kommen Sie, ich habe den Platz neben mir extra für Sie freigehalten.«

»Dann setze ich mich natürlich sehr gerne dorthin.« Jessie rutschte betont fröhlich neben ihn auf die Sitzbank.

»Ich bin übrigens Arno. Ich hoffe es ist ok, wenn wir uns duzen?«

»Klar, kein Problem. Ich bin Jessie.«

»Das hier ist mein bester Freund und mein Gewissen, Christopher.«

»Hallo«, erwiderte Jessie und nickte Christopher kurz zu.

»Hallo«, antwortete er schlicht.

»Ich habe ein bisschen Fingerfood vorbereitet. Bin sofort wieder da«, warf Thomas ein.

»Warte, ich helfe dir.« Hastig folgte Jessie ihm in Richtung Küche.

»Danke«, antwortete Thomas überrascht und hielt ihr galant die dunkle Holzschwingtür auf. Vor ihr lag eine blank polierte Restaurantküche. Neben den zwei großen Kochstellen, die sich in der Mitte des Raumes befanden, erstreckten sich lange Arbeitsflächen. An der linken Küchenseite war die Spüle installiert, während an der gegenüberliegenden Wand zwei Industrieöfen sowie zwei riesige Kühlschränke standen. Lässig durchschritt Thomas den Raum und öffnete die Tür des vorderen Kühlschranks. Interessiert beobachtete Jessie, wie er eine belegte Platte nach der anderen heraus zog. Auf jeder befanden sich kleine Kunstwerke, die eigentlich viel zu kostbar für einen einfachen Skatabend waren. Interessiert beäugte sie die Köstlichkeiten. »Das ist einfach unglaublich, was du da kreiert hast.« Bewundernd drehte sie sich zu Thomas um, während er die

Kühlschranktür zuwarf und dicht neben sie trat, um die schützenden Klarsichtfolien zu entfernen.

»Ich hoffe, deine Meinung ändert sich nicht, nachdem du sie probiert hast.« Sein Mund umspielte ein schelmisches Grinsen.

»Quatsch. Und das weißt du auch«, neckte sie ihn.

Er warf ihr einen amüsierten Blick zu. »Stimmt.« Geschickt entfernte er mit wenigen Handgriffen die Abdeckungen, dann drehte er sich plötzlich zu ihr um. Prüfend schaute er ihr ins Gesicht. »Danke, dass du heute Abend gekommen bist.« Seine Gesichtszüge nahmen einen besorgten Ausdruck an. »Du siehst müde aus. Bist du wenigstens gut vorangekommen?«

Sie nickte. Energisch schluckte sie den Kloß herunter, der plötzlich in ihrem Hals saß. Sie war es nicht gewohnt, dass man sich um sie sorgte. »Ja, glücklicherweise ist es fast geschafft«, versicherte sie schnell.

»Übertreib es bitte nicht«, langsam strich er ihr über die Wange.

Noch ehe sie etwas erwidern konnte, schwang die Küchentür auf.

»Ich glaube, wir brauchen noch Bier.« Mitten in der Bewegung verharrte Christopher regungslos. Mit undurchdringlichem Gesichtsausdruck starrte er Thomas und Jessie an.

»Klar, das steht hier drüben.« Thomas nickte entspannt in Richtung Kühlschrank.

Irritiert griff Jessie nach zwei kleinen vor ihr stehenden Platten. Ohne Christopher eines weiteren Blickes zu würdigen, schob sie sich an ihm vorbei durch die Schwingtür und eilte zurück zu Arno, der alleine am Tisch auf sie wartete. Er reckte sich, um die Köstlichkeiten auf den Servierplatten sehen zu können.

»Das sieht ja himmlisch aus.« Neugierig beäugte Arno die kleinen Kunstwerke.

»Nicht wahr? Genau das Gleiche habe ich auch gesagt.« Erleichtert stellte sie die Platten auf den Tisch und rutschte neben ihn. Noch bevor Arno etwas erwidern konnte, näherten sich Thomas, der die anderen Servierplatten trug, und Christopher, der einen Kasten Bier in den Händen hielt. Jessie wagte nicht, Christopher anzuschauen, während Thomas die Platten auf dem Tisch verteilte. »Lasst es euch schmecken.«

Kaum hatte er den Satz beendet, griffen alle zu einem der appetitlichen Häppchen. Die Auswahl fiel Jessie schwer. Endlich entschied sie sich für ein Lachshäppchen und biss neugierig hinein. Es war einfach köstlich. Zweifelsfrei war ein Mann, der kochen konnte, ein Geschenk des Himmels.

»Und wie verläuft dein Urlaub bisher?« wandte Arno sich an sie.

»Danke, bisher prima. Allerdings hoffe ich, dass ich in den nächsten Tagen mehr Bewegung bekomme. Das ist leider bisher viel zu kurz gekommen.«

»Ja, das geht mir auch immer so«, Arno nickte verständnisvoll. »Am Anfang des Urlaubs fühle ich mich immer so träge, dass ich mich meist nicht von meinem Liegestuhl fortbewege. Und was sind deine Pläne?«

Jessie schielte aus den Augenwinkeln zu Christopher herüber. Würde er etwas zu ihrer Arbeit und seiner Hilfe bei ihrem Projekt sagen? Er biss jedoch genießerisch in ein Käsehäppchen und schien nicht an ihrer Unterhaltung interessiert zu sein. Wahrscheinlich war es für ihn nur eine Lappalie gewesen. Klar, was sollte es auch anderes gewesen sein?

»So genau weiß ich das noch nicht. Übermorgen werde ich mit einer kleinen Bergtour beginnen«, antworte Jessie ausweichend.

»Eine Wanderung klingt toll. Es ist Jahre her, dass ich gewandert bin. Wenn ich meinen Freund hier oben in der Abgeschiedenheit besuche, dann wandert er nie mit mir«, beklagte sich Arno, doch dann grinste er breit. »Wenn du magst, könnte ich dich begleiten.« Überrascht sah Jessie ihn an. »Musst du denn nicht arbeiten?«

Arno warf einen raschen Blick zu Christopher hinüber. »Ich habe mir für die nächsten zwei Tage Urlaub genommen und gedenke, meinem besten Freund hier oben in der Einsamkeit Gesellschaft zu leisten.«

»Klar können wir übermorgen gemeinsam wandern«, entgegnete Jessie, wobei sie es eisern vermied, Christopher anzuschauen.

»Super.« Strahlend biss Arno in ein kleines Käsehäppchen.

»Und wohin willst du wandern?« Thomas schob sich entspannt eine mit einer Gemüseterrine belegte Köstlichkeit in den Mund, aber seine Augen waren wachsam auf Jessie gerichtet.

»Sie zuckte mit den Schultern. »Das muss ich mir noch überlegen.«

Thomas nickte verständnisvoll. »Schade, dass ich hier alle Hände voll zu tun habe, sonst hätte ich dich gern begleitet.« Und mit einem Augenzwinkern fügte er hinzu: »Jetzt musst du leider mit diesem Städter in die Berge ziehen.«

»Wie sieht es denn nun mit Skatspielen aus?« wechselte Jessie schnell das Thema.

»Kannst du noch Skat spielen?« Thomas griff nach dem Kartenspiel, das vor ihm auf dem Tisch lag.

»Ich denke schon. Lass es uns einfach probieren.«

»Wenn du meinst.« Dabei zog er den Stapel zu sich herüber und mischte sorgfältig die Karten, bevor er sie anschließend auf dem Tisch verteilte. Verschwörerisch zwinkerte er Jessie zu. Trotz seines südländischen Charmes besaß er die Seele eines Urbayern. Sie überlegte angestrengt, welche Regeln es zu beachten galt, schließlich wollte sie sich auf keinen Fall blamieren, vor allem nicht vor Christopher. Doch ihre Sorge war unbegründet. Runde um Runde verbesserte sie sich und gewann vier Spiele in Folge.

»Du bist ja ein richtiges kleines Ass.« Arno nickte anerkennend. »Das hätte ich dir gar nicht zugetraut.«

Jessie blinzelte zu Thomas herüber. »Ich hatte ja auch einen sehr guten Lehrer, der jahrelang verzweifelt versuchte, einen richtigen Skatspieler aus mir zu machen, nicht wahr, Thomas?«

»Ja, und mit Erfolg wie man sieht. Das Warten hat sich gelohnt.« Dabei blickte er sie stolz von der Seite an.

»Das wird sich zeigen«, entgegnete sie lapidar, zwinkerte ihm aber noch einmal zu, bevor sie sich auf die neu zugeteilten Karten konzentrierte. Ihre Glückssträhne riss leider ab, aber dafür wurde das Gelächter lauter, die Witze häufiger und die Bierflaschen leerer. Jessie amüsierte sich, doch vermied sie es, Christopher anzusehen.

»Sagt mal«, unterbrach Thomas plötzlich das Spiel. »Am kommenden Samstag habe ich zu einem Empfang eingeladen, bei dem ich mein neues Sommermenü vorstelle. Ihr seid alle herzlich eingeladen und könnt natürlich gerne weitere Freunde mitbringen. Je mehr Werbung desto besser. Seid ihr dabei?«

»Klar, auf uns kannst du zählen«, antwortete Arno spontan. »Wir können ja Sarah einladen, dann weiß es binnen vierundzwanzig

Stunden ganz München. Eine bessere und überzeugendere Werbung als Sarah gibt es nicht, oder Chris?«

Christopher zuckte gleichgültig mit den Schultern.

»Nun komm schon Chris. Jessie hat uns alle drei heute Abend über den Tisch gezogen.« Arno klopfte seinem Freund aufmunternd auf die Schulter.

»Ja, ja, ein richtiges Pokerface«, murmelte Christopher. Der Blick, den er Jessie zuwarf, schien sie durchbohren zu wollen, um in die Tiefen ihrer Seele zu blicken. Oh nein. Er würde nicht weiter als in ihre Augen sehen können. Sie war nicht gewillt, mehr von sich preiszugeben. Schnell wandte sie den Kopf zur Seite, wo sie geradewegs in Arnos blaue Augen blickte. Er beobachtete sie aufmerksam. Geistesgegenwärtig griff Jessie nach ihrem Glas und trank einen Schluck.

»Wenn wir diese Abende zu oft veranstalten und du dich jedes Mal so ins Zeug legst, dann können wir uns alle ins Dorf rollen«, wandte sich Christopher an Thomas.

»Darauf trinke ich.« Thomas erhob sein Bierglas und fröhlich stießen sie die Gläser aneinander.

Nach zwei weiteren feucht fröhlichen Pokerrunden gähnte Jessie plötzlich herzhaft. Es war bereits weit nach Mitternacht. Mist, morgen musste sie früh aufstehen. Es war allerhöchste Zeit für ihren Heimweg.

»Ich glaube, ich werde euch jetzt eurem Männerabend überlassen und mich ins Bett begeben. Ich muss morgen früh raus.«

»Aber du bist doch im Urlaub, Süße«, Arno beugte sich vertraulich zu ihr hinüber.

»Das eine hat mit dem anderen nichts zu tun.«

Er gab sich geschlagen. »Das ist mir jetzt zu hoch. Ich glaube, ich komme mit ins Bett.«

»Ich hoffe, du meinst dein eigenes«, warf Thomas streng ein.

»Mein eigenes geht wohl kaum, das steht in München«, feixte Arno.

Jessie wollte jetzt heim und weg von Christopher. Sie hatte diesen Abend so gut wie möglich über die Bühne gebracht. »Gute Nacht«, wandte sie sich an Arno und Christopher. Entschieden stand sie auf.

»Hey warte, du kannst dich nicht einfach so aus dem Staub machen.« Arno blickte sie entrüstet an. »Schon vergessen, wir haben den gleichen Weg und können dich doch nicht so mutterseelenallein in der tiefen, dunklen Nacht nach Hause gehen lassen.«

»Das schaffe ich schon. Ich kenne den Weg, keine Sorge.«

»Das musst du mir aber beweisen. Ich will ja schließlich nicht auf meine Bergtour verzichten, auf die ich mich schon den ganzen Abend freue. Ich komme mit und bringe dich nach Hause«, beharrte Arno. Betont langsam fügte er in Thomas Richtung gewandt hinzu: »Und damit Thomas keine schlaflose Nacht bekommt, kann uns Chris als Aufpasser begleiten.«

Jessie zuckte mit den Schultern. »Wie dem auch sei, ich gehe jetzt.« Entschieden ging sie zur Restauranttür.

Christopher stand ebenso auf. »Los Arno, lass uns gehen.«

Schweigend schaute Thomas von einem zum anderen, bevor er sich ebenso erhob und Jessie zur Tür folgte.

Sie umarmte ihn herzlich. »Vielen Dank, Thomas, besonders für die wunderbaren Häppchen.« Ihr Mund verzog sich zu einem schiefen Grinsen. »Es tut mir leid, dass meine Skatkenntnisse etwas eingerostet sind.«

Er küsste sie zum Abschied auf die Wange. »Ich fand es wirklich toll, dass du gekommen bist. Und deine Skatkenntnisse sind absolut in Ordnung. Beim nächsten Mal schlagen wir die Beiden.«

»Du alter Optimist.« Christopher war von hinten neben Thomas getreten und legte ihm freundschaftlich eine Hand auf die Schulter. »Wir werden ja sehen. Vielen Dank für den heutigen Abend, Thomas. Der nächste Skatabend findet wieder bei mir statt.« Die beiden Männer schüttelten sich die Hände.

»Ja, war echt nett. Kommt gut heim, Ihr Drei.«

Während Arno als Antwort breit grinste, nickte Christopher nur, wobei es Jessie schien, dass er irgendwelchen Gedanken nachhing.

Die Nacht war fast sternenklar. Der Mond schien blass durch einen dünnen Wolkenschleier hindurch. Die Temperaturen hatten sich merklich abgekühlt und Jessie kuschelte sich in ihren Pullover. Langsam schritt sie neben Arno und Christopher her, die sie schützend in ihre Mitte nahmen. Während Arno die ganze Zeit irgendetwas erzählte, sprachen Jessie und Christopher kein Wort. Vor dem Nachbarhaus blieben sie stehen.

»Gute Nacht und danke für die Begleitung.«

»Gute Nacht.« In der Dunkelheit konnte sie Christophers Augen nicht erkennen und war froh darüber. Das war es nun gewesen, dachte sie. Jetzt trennten sich ihre Wege endgültig. Und das war gut so, denn außer ihrer Liebe zum See verband sie nichts. Arnos Stimme riss sie aus ihren Gedanken.

»Aber Jessie, du musst ja noch ein ganzes Stück zu Fuß gehen. Das kommt gar nicht in Frage, dass ich dich alleine gehen lasse. Chris, ich bin gleich zurück.«

»Das ist wirklich nicht nötig, Arno«, beeilte sich Jessie.

»Keine Widerrede, denk daran, dass Thomas darauf bestanden hat«, und schon hatte Arno den Arm um ihre Schultern gelegt und führte sie den Weg hinunter zu ihrem Tor, während Christopher ihnen schweigend nachblickte. Als sie das Tor aufschloss, beugte Arno sich plötzlich zu ihr herunter: »Gute Nacht, Jessie«, flüsterte er ihr ins Ohr. »Du bist wirklich ein Phänomen. Lässt drei erwachsene Männer mit Leichtigkeit einen ganzen Abend um deine Aufmerksamkeit buhlen. Ich bin wirklich gespannt, wer am Ende das Rennen gewinnt.« Ohne eine Antwort abzuwarten, küsste er sich leicht auf die Wange, drehte sich um und entschwand in der Dunkelheit. Völlig perplex blickte Jessie ihm nach. Was meinte Arno? Hatte er zu viel getrunken oder hatte er etwas gesehen, was sie nicht bemerkt hatte? Verständnislos schüttelte sie den Kopf, dann schloss sie das Tor.

KAPITEL 8

Schlaftrunken schaltete Jessie den Wecker aus, drehte sich auf die andere Seite und zog die Bettdecke über den Kopf. Es war noch zu früh, um aufzustehen. Doch wenn sie jetzt liegen blieb, dann hatte sie keine Zeit mehr, durch den See zu schwimmen, bevor sie ins Dorf zur Post fuhr. Schließlich musste sie ihre Unterlagen vor zehn Uhr postieren. Sie blinzelte verschlafen zum Fenster, wo sie ein strahlender Himmel begrüßte. Ergeben warf sie die Bettdecke zurück, stieg gähnend aus dem Bett und tapste ins Badezimmer, um sich die Zähne zu putzen. Dann zog sie ihren Bikini an, wickelte sich in ihren Bademantel und stieg die Treppen hinunter zum See. Das Licht war so früh am Morgen besonders schön. Die gegenüber liegenden Berggipfel erstrahlten orangerot. Noch niemand hatte die Stille durchbrochen. Unberührt lag der See zu ihren Füßen, umringt von leichtem Bodennebel, der von den Berghängen aufstieg. Das erste Eintauchen kostete sie große Überwindung, doch beherzt stieg sie die Bootsstegleiter weiter hinunter. Als sie endlich vorsichtig ins Wasser glitt, erschrak sie über dessen Eiseskälte. Doch nun war sie so weit im Wasser, dass Aufgeben keine Alternative war. Energisch schwamm sie die ersten Züge. Um sie herum war es ganz still, nur das leichte Eintauchen ihrer Hände im Wasser war zu hören. Vorsichtig schaute sie sich um. Von Christopher war weit und breit nichts zu sehen. Vielleicht schlief er noch. Ach, es war doch egal. Ihre Wege hatten sich getrennt und es war wirklich besser, wenn das auch so blieb. Außerdem wusste sie nicht einmal, wie sie sich verhalten sollte, falls sie ihn traf. Das seichte Wasser teilte sich bei ihren Bewegungen, wie sanfte Liebkosungen glitt es um ihren Körper. Sie schloss für einen Moment die Augen. Es war einfach himmlisch hier, dies war ihr Paradies. Endlich spürte sie das feuchte Holz der Badeinsel unter ihren Fingern und zog sich erleichtert auf die kühle Oberfläche. Sie fror fürchterlich. Das änderte sich auch nicht, als sie zum Schutz ihre Beine ganz nah an den Körper heranzog. Ihr Blick schweifte über die majestätischen Berggipfel, die den See umgaben. Dabei flogen ihre Gedanken zurück zum gestrigen Abend. Was hatte Arno beim Abschied gemeint? Mit einiger Phantasie konnte sie ihm zustimmen, dass man Thomas' und Arnos Sprüche als Flirt verstehen konnte, aber Christopher? Er hatte doch gar nicht mit ihr gesprochen.

»Guten Morgen.«

Sie wirbelte herum. Direkt neben ihr tauchte Christophers Gesicht aus dem Wasser auf. Gegen ihren Willen schlug ihr Herz plötzlich bis zum Hals. »Guten Morgen«, erwiderte sie kurz.

»Ich hätte nicht gedacht, dich heute so früh hier zu sehen.« Bei diesen Worten schwang er sich auf die Badeinsel.

»Wieso sollte er?« Argwöhnisch kniff sie die Augen zusammen, doch er grinste sie nur belustigt an. Wahrscheinlich genoss er seine komischen Kommentare.

»Hätte ja sein können«, antwortete er vage, zog eine Augenbraue hoch und schaute sie dann kurz, aber durchdringend an, bevor er sein Gesicht der Sonne zuwandte. »Heute wird ein ausgesprochen schöner Tag.«

»Ich hoffe es«, entgegnete sie schlicht. Sie fühlte sich wie gelähmt und berauscht zugleich. Und doch fehlten ihr die Worte. So leicht, wie sie mit ihm noch vor zwei Tagen gesprochen hatte, so schwer fiel es ihr jetzt, die Konversation aufrecht zu erhalten.

»Wie lange hast du noch Urlaub?«

Seine Frage irritierte sie. Prüfend schaute sie ihn von der Seite an, aber er hielt die Augen geschlossen, schien gelassen auf eine Antwort zu warten.

»Wenn ich Glück habe, noch zwei Wochen. Wenn wir jedoch den Projektzuschlag gewinnen, ist er jederzeit vorher vorbei.«

»Und was wünschst du dir?« Nun blickte er sie direkt mit diesen braunen Augen an, die einfach in ihr Inneres drangen. Das wollte sie nicht. Sie fühlte sich überrumpelt. Die ganze Situation schien ihr zu entgleiten. Sie musste dem Einhalt gebieten und zwar sofort. Außerdem durfte Christopher nichts von ihrem Gefühlschaos erfahren. Sie wusste ja selbst nicht, was mit ihr los war. Wie sollte sie dann wissen, was sie sich wünschte? »Ich weiß es nicht«, antwortete sie knapp und stand abrupt auf. »Ich muss zurück. Schönen Tag noch.«

»Dir auch, Jessie. Bis morgen früh?«

Sie drehte sich erstaunt zu ihm um. »Vielleicht«, antwortete sie vage, sprang beherzt mit einem gekonnten Kopfsprung ins Wasser und tauchte erst einige Meter entfernt wieder auf.

Es war schon früher Nachmittag, als Jessie ihr neu erworbenes hellblaues Chiffonkleid auf den Bügel hängte. Sanft strich sie über das schlichte Neckholder-Oberteil und den knielangen Rock aus locker fallenden Wasserfällen. Zu ihrer leicht gebräunten Haut und den blauen Augen würde es bestimmt toll aussehen. Auch wenn sie jetzt noch nicht wusste, zu welchem Anlass sie es tragen würde, war sie über ihren Spontankauf glücklich. Es war Liebe auf den ersten Blick gewesen und die perfekte Belohnung für die harte Arbeit der letzten Tage. Vorsichtig hängte sie den Bügel in den Schrank und zog ihr kurzes Strandkleid hervor, das sie schnell überstreifte. Dann griff sie nach ihrem Sonnenhut, der Sonnenbrille und einer kleinen Wasserflasche. Keine fünf

Minuten später bestieg sie voll ausgerüstet das Tretboot und glitt langsam an den Seerosen entlang zur Seemitte. Von dort konnte sie sich ruhig ein wenig treiben lassen, ohne Gefahr zu laufen, plötzlich in vermodernde Äste am Seerand zu geraten oder schlimmstenfalls steckenzubleiben. Entspannt trank sie einen Schluck Wasser, streckte die Beine auf dem Tretgehäuse aus und schloss die Augen. Um sie herum hörte sie das vertraute Geläut der Kuhglocken, untermalt vom Summen der Libellen. So wie sie dort auf dem Boot saß, kam sie sich wieder wie fünfzehn und nicht wie zweiunddreißig vor. Früher hatte sie mit ihrer Schwester stundenlang auf dem Tretboot gelesen, gequatscht und sich mit den Jungs aus dem Dorf vergnügt, die immer versuchten, das Tretboot zu erobern. Heute war das alles anders. Heute versuchte niemand, ihr durch einen Kopfsprung ins Wasser zu imponieren, dachte sie wehmütig. Plötzlich schwankte das Boot beängstigend, sodass sie um ein Haar ins Wasser rutschte.

»Süße Träume?« Ein nasser Kopf tauchte neben ihr aus dem Wasser auf, dann strahlten Arnos große blaue Augen sie an.

Jessie atmete erleichtert aus und versuchte, sich den Schreck nicht anmerken zu lassen. »Arno! Du hast mich vielleicht erschreckt.«

»Das tut mir leid. Aber als ich diesen Blickfang auf dem See so vor sich hintreiben sah, da dachte ich mir, ich frage lieber noch einmal nach, ob unsere Verabredung morgen noch steht.« Dabei lachte er sie mit einer Reihe weißer Zähne an.

»Klar, Wegproviant ist schon eingekauft. Ich baue darauf, dass du den Rucksack für uns beide trägst.« Jessie lachte ebenfalls und zog provozierend eine Augenbraue hoch.

Arno schien jedoch wenig begeistert. »Sind Rucksäcke nicht total aus der Mode gekommen? Ich hatte an eine lauschige Jause auf einer romantischen Alm umgeben von grasenden Kühen gedacht, und nicht an Essen aus dem Rucksack.« Entrüstet schüttelte er den Kopf, so dass die Wassertropfen nach allen Seiten flogen.

»Wenn es dir so wichtig ist, dann gehen wir halt ohne Proviant in die Berge.«

»Prima. Dann hat es sich ja doppelt gelohnt, quer durch den See zu schwimmen. Weißt du eigentlich, wie kalt der ist?«

»Wirklich?« Jessie stellte sich ahnungslos. Es war früher Nachmittag und die Sonne schien vom blauen Himmel. Der See war bestimmt schon richtig aufgewärmt und kein Vergleich zur Wassertemperatur von heute Morgen.

»Du bist ja ein richtiger Held. Warum kommst du nicht kurz aufs Boot und wärmst dich auf?«

Arno grinste gespielt zerknirscht. »Würde ich ja gerne, aber Chris ist bestimmt grantig, wenn ich ihn so lange mit der Arbeit alleine lasse.«

»Wieso soll er grantig sein? Du kannst doch tun und lassen, was du willst.«

»Klar, tue ich ja auch. Ich riskiere für dich mein Abendbrot«, feixte Arno.

»Ach du Clown, schwimm zurück und lass ahnungslose junge Frauen ihre Ruhe genießen.«

»So, so, jung klar, aber ahnungslos? Jessie, du bist selbst ein Scherzkeks.« Dabei zog er ein paar Mal am Boot, sodass sie laut aufschrie.

»Ich freue mich auf morgen, ehrlich.« Mit diesen Worten stieß er sich kräftig vom Boot ab und kraulte zurück. Jessies Blick flog zum Nachbarhaus hinüber, wo Christopher, wie schon beim letzten Mal, mit verschränkten Armen auf dem Balkon stand und sie beobachtete. Sollte sie einfach winken und der ganzen Situation etwas Leichtes verleihen? Aber warum? Sie beide hatten sich doch nichts zu sagen. Daher entschied sie, ihn zu ignorieren und schlug die erste Seite ihres Buches auf.

Erst als ein kühler Windstoß sie frösteln ließ, sah Jessie auf. Die Sonne stand bereits tief am Horizont. Sie musste Stunden gelesen haben. Sie blickte um sich. Niemand außer ihr war auf dem See. Das war eine gute Gelegenheit, um ein paar scheue Hechte sehen, schoss es ihr durch den Kopf. Schon immer war dies für sie ein besonderes Erlebnis gewesen - ein kleines Zugeständnis des Sees, sie nicht als Fremdkörper zu sehen - denn Hechte kamen nur aus ihren Behausungen, wenn sie sich frei von jeglicher Gefahr fühlten. Sacht bewegte sie die Pedalen und blickte gespannt ins Wasser. Nichts. Plötzlich nahm sie eine Bewegung unterhalb der Wasseroberfläche wahr. Tatsächlich, da schwamm ein Hecht vertraulich an ihrem Boot entlang. Fasziniert beobachtete sie, wie er geschmeidig durch das Wasser glitt. Als er aus ihrer Sichtweite verschwunden war, blickte sie auf. Dabei streifte sie zufällig das Nachbarhaus. Christopher und Arno saßen auf dem Balkon. Neugierig kniff sie die Augen zusammen, um besser sehen zu können. Bildete sie es sich ein, oder schauten die beiden abwechselnd zu ihr herüber? Wahrscheinlich machten sie sich über sie lustig, dass sie immer noch auf dem See war. Schnell wendete sie das Boot und trat in die Pedalen.

KAPITEL 9

Heute Morgen erschien ihr die Distanz zur Badeinsel unendlich. Zug um Zug arbeitete sie sich durch das gefühlt frostige Wasser des Sees, wobei sie mit jedem Zug eine kleine Welle entfachte, die in immer größeren Kreisen um sie in den See gedrückt wurde. Ansonsten gab es keine Bewegung auf der Wasseroberfläche. Ihr Blick wanderte am Ufer hinauf zu den Bergmassiven. Der Waxenstein thronte majestätisch in der Ferne, strahlte im hellen Licht der Morgensonne. Sein graues Gestein hob sich klar vom hellblauen Himmel ab. Sie wandte ihren Kopf zum Nachbarhaus. Dort sprang Christopher gerade ins Wasser und kraulte energisch los. Heute würde er definitiv vor ihr auf der Badeinsel ankommen.

Endlich berührte sie die ersehnte Holzplanke und zog sich erschöpft hinauf. Erleichtert legte sie sich auf den Rücken, um wieder Kraft zu schöpfen, aber heute verfehlte selbst die kühle Luft ihre gewohnte Wirkung.

»Guten Morgen«, begrüßte Christopher sie.

Jessie hielt die Augen geschlossen. »Guten Morgen.«

»Geht es dir nicht gut?«

»Doch, warum?«

»Na ja, sonst sitzt du immer ganz aufmerksam auf der Badeinsel und heute liegst du ziemlich fertig auf dem Rücken, wenn ich das so sagen darf.«

»Und? Was folgerst du daraus?« Sie blinzelte ihn von der Seite an.

»Keine Ahnung. Was soll ich denn daraus schließen?«

Sie zuckte mit den Schultern. »Woher soll ich das wissen? Ich habe ja keine tiefgründigen Analysen zu meiner Körperhaltung angestellt.«

»Und, wohin geht deine Wanderung heute?« wechselte er abrupt das Thema.

»Ich dachte zur Sonnenalm. Arno wollte partout eine Jause auf einer Alm, und da fiel mir nur die Sonnenalm ein.«

»Gute Wahl. Geht ihr über die Kuhweide beim alten Mayer?«

»Ja, genau. Die finde ich immer wieder schön und für Arno wird das bestimmt ein unvergessliches Erlebnis.«

Christopher lachte herzlich. Es klang warm und angenehm. Gegen ihren Willen verspürte sie plötzlich ein leichtes Kribbeln in ihrer Magengegend.

»Garantiert. Das ist auch die nicht so steile Variante. Hoffentlich verlauft ihr euch nicht.«

Hatte sie da eine Spur Ironie gehört? »Ja, hoffentlich nicht. Sonst hast du morgen deine Badeinsel wieder für dich alleine.«

»Das wäre wirklich schade«, erwiderte er leise. Und nach einer kleinen Pause fügte er grinsend hinzu: »Vor allem, wo wir sie uns jetzt so friedlich teilen.«

»Wenn du das so siehst, dann will ich mich heute anstrengen, den Heimweg zu finden.«

»Tu das, ich vertrau dir.« Mit diesen Worten sprang Christopher ins Wasser und ließ eine ratlose Jessie zurück.

Voller Vorfreude auf einen lustigen Wandertag drückte Jessie den Klingelknopf. Sie lächelte vergnügt, als Arno die Tür mit einem anerkennenden Pfiff öffnete. »Ja mai, welch eine fesche Maid holt mich denn heute Morgen ab?« versuchte er sich im Dialekt.

Jessie schüttelte zwar den Kopf, doch freute sie sich, dass ihre knielange Lederhose und ihr weißes kurzärmliges Trachtenhemd solch einen Eindruck auf ihn machten. Als Accessoire hatte sie sich ein rot kariertes Halstuch umgebunden. »Nimmst du mich so mit?« Dabei drehte sie sich lachend um die eigene Achse.

»Was für eine Frage! Ob ich dich allerdings wiederbringe, ist eine ganz andere Geschichte. Hey Chris, komm und wünsch uns brav Waldmannsheil, damit wir uns ins Abenteuer stürzen können.«

»Ich dachte ihr geht wandern und nicht«, Christopher, der aus dem Wohnzimmer zur Haustür kam, stockte, »jagen«, vollendete er seinen Satz, dann glitt sein Blick mit undurchdringlicher Miene über Jessie.

»Bist du sicher?« Arno schlug ihm lachend auf die Schulter.

»Nein, ehrlich gesagt nicht«, antwortete Christopher lakonisch.

»Ich sag dir auf jeden Fall schon mal Waldmannsdank. Fehlt jetzt nur noch ein plötzlicher Wolkenbruch und die Geschichte ist perfekt, oder?« Arno amüsierte sich köstlich.

»Städter.« Jessie schüttelte den Kopf. »Nun komm schon, Arno, sonst brauchen wir heute nicht mehr loszugehen.«

»Bin schon da.«

Am Hauptweg winkten sie belustig dem ihnen nachblickenden Christopher fröhlich zu.

»Ich wette, mein guter alter Chris ärgert sich jetzt schwarz, dass er nicht mit uns wandert.«

»Warum? So hat er doch wieder seine geliebte Ruhe.« Jessie zuckte mit den Schultern.

Fragend blickte Arno sie von der Seite an. »Kannst du dir das nicht denken?«

»Klar, er verpasst heute eine Menge Spaß.«

»Wenn es mal nur das ist«, murmelte Arno.

Entspannt erreichten sie die erste Wegkreuzung. Die Alm würden sie allerdings erst in zwei Stunden erreichen. Jessie genoss Arnos Gesellschaft. Mit einer bemerkenswerten Leichtigkeit führte er das Gespräch, wechselte die Themen und ließ keine Langeweile aufkommen. Die Sonne schien durch die Blätter und tauchte ihren Wanderweg abwechselnd in Licht und Schatten.

»Sag mal, was machst du eigentlich beruflich, dass du dir so spontan zwei Tage freinehmen kannst?« wandte sich Jessie plötzlich an Arno.

»Ich arbeite in einer führenden Position, da geht das schon mal.« Entspannt kickte er einen Stein in die Böschung.

»Und was ist das für eine Position? Oder ist das geheim? Entschuldige, falls ich zu direkt bin«, schob Jessie nach.

»Kein Problem.«

Sie blickte ihn von der Seite an. Konnte es sein, dass er sich leicht anspannte, oder bildete sie sich das nur ein? Seine Miene zeigte jedoch keine Emotion. »Ich bin Geschäftsführer in einem Architekturbüro in München«, antwortete er langsam.

»Ach so.« Jessie nickte. »Aber wieso hast du vorgestern immer von deinem Chef geredet? Du bist doch dann dein eigener Chef.«

Überrascht blieb Arno stehen, prüfend schaute er sie an. »Du hast wirklich keine Ahnung, oder?«

Jessie, die ebenfalls stehen geblieben war, entgegnete seinen Blick verständnislos. »Wovon soll ich keine Ahnung haben?«

»Sag mal«, wechselte er das Thema. »Du und Chris, ihr kennt euch doch von früher oder?«

Was sollte das denn jetzt? Jessie verstand nicht, worauf Arno hinaus wollte. »Nicht wirklich. Ich habe ihn nie gesehen. Außerdem waren wir einige Jahre jünger und somit keine interessanten Spielkameraden für ihn oder seinen Bruder. Aber warum fragst du das?«

»Nur so, ich hätte schwören können, dass ihr euch noch von früher kennt«, antwortete Arno ausweichend.

»Und, magst du meine Frage noch beantworten oder nicht?« hakte Jessie erneut nach.

»Klar«, erwiderte Arno zögernd. »Chris ist mein Chef.«

»Christopher?« Sie blieb abrupt stehen, starrte ihn ungläubig an.

»Warum bist du denn so überrascht? Ich leite Chris' Architekturbüro, genau gesagt, seit er hier wohnt. Und du? Warum verbringt eine Frau wie du ihren Urlaub allein hier oben in der Wildnis?«

»Ich brauchte einfach mal eine Auszeit, Zeit zum Energieauftanken.«

»Und das kannst du am besten hier?«

»Ja, ich liebe diesen Ort.« Ein Lächeln umspielte ihre Lippen. »Er nimmt dich einfach auf in seine Arme, umschließt dich und lässt dich erst wieder los, wenn du bereit bist, der Welt die Stirn zu bieten. Für mich ist dieser Ort etwas ganz Besonderes.«

»So ähnlich hat Chris es mir auch erklärt, warum er nur hierhin ziehen wollte«, antwortete Arno ernst.

»Weshalb ist er denn hierher gezogen?« Konnte sie nun die Frage aller Fragen lösen?

Doch Arno schüttelte bedauernd den Kopf. »Es tut mir leid, aber das muss dir Chris schon selbst erzählen.«

Jessie stutzte. Was war denn so geheimnisvoll an Christophers Umzug in die Berge? Hatten die Gründe, die zu diesem Schritt geführt hatten, doch stärkere Narben in Christophers Leben hinterlassen, als er wahrscheinlich zugeben wollte? Warum sonst machte Arno so ein Geheimnis daraus? Aber hatte sie es nicht sofort gewusst, dass Christopher eine äußerst mysteriöse Person war, der es nur mit Vorsicht zu begegnen galt? Besonders, da er jeden nur vor die von ihm kreierte Fassade blicken ließ. Aber sie, Jessie, hatte es von Anfang an gewusst. Ob sie je eine Antwort auf diese Frage erhalten würde? Eigentlich war es ja vollkommen irrelevant. Sie war nur noch wenige Tage hier und wollte ihren Urlaub in Ruhe genießen. Danach fand ihr Leben wieder in München statt. Was kümmerte es sie also, was Christopher tat? Er hatte sein eigenes Leben mit Sarah. Jessie entschied, das Thema zu wechseln. »Und du? Was verschlägt dich so oft hierher auf den Berg?«

»Chris. Er ist nicht nur mein Chef, sondern vor allem mein allerbester Freund. Ich kann ihn ja schlecht zum neuen Almöhi mutieren lassen, oder?« Arno grinste Jessie an. »Und, Frau Bergführerin, wie schlage ich mich?«

»Vortrefflich, aber bisher war ja auch noch keine Herausforderung zu bestehen. An der nächsten Wegbiegung dort oben beginnt der Spaß erst wirklich.«

Er blickte in die angedeutete Richtung. »Ich folge dir einfach ganz treu Schritt für Schritt, bis ich meine wohlverdiente Jause bekomme.«

Jessie lachte fröhlich. Mit Arno wurde der Wanderweg wirklich zu einem lustigen Spaziergang. Plötzlich bückte er sich, pflückte eine Butterblume, dann fing er laut an zu zählen: »Sie liebt mich, sie liebt mich nicht, sie liebt mich, sie liebt mich nicht.« Dabei zog er der Blume jedes Mal ein Blütenblatt aus.

»Die arme Blume, sie muss für so ein dämliches Spiel ihre Blütenblätter lassen, vor allem aber ist sie die falsche: mit einer Butterblume funktioniert das nämlich nicht.«

Triumphierend hielt er ihr den Blütenstengel mit nur einem verbleibenden Blütenblatt entgegen: »Sie liebt mich!«

»Herzlichen Glückwunsch! Dann hoffe ich für dich, dass du weißt, wer SIE ist«.

»Ich schon, aber ich bin mir nicht sicher, ob SIE das auch weiß«, entgegnete Arno neckend.

»Wenn sie die Richtige ist, dann wird sie das schon merken.« Jessie stemmte die Hände in die Hüfte und genoss die Aussicht. Tief unten lag der Bergsee. Von hier oben hatte man fast das Gefühl, dass er Teil einer anderen Welt war. Die hohen Tannen um sie herum spendeten Schatten, ja verdunkelten geradezu den blauen Himmel. Ab jetzt würden sie über die Almwiesen durch die Sonne laufen. Jessie liebte diesen Wanderweg mit seinen Licht- und Schattenphasen. »Schau, wie weit oben wir schon sind. Gleich geht es nur noch über die Almwiesen, und dann sitzen wir bei einem kühlen Radler und genießen die Alpensonne.«

»Das ist doch mal eine Aussage.« Arno wischte sich theatralisch über die Stirn, während Jessie das Wiesengatter öffnete. Leicht verunsichert trat er durch das geöffnete Tor. »Was machen wir denn jetzt?«

»Na, durch die Almwiesen laufen.«

»Was, wir gehen jetzt einfach so zwischen den Kühen hindurch? Hast du eigentlich eine Ahnung, wie groß die sind?« Pures Entsetzen lag in seiner Stimme.

»Na komm schon, keine Panik.« Flink schritt sie voraus. Dabei achtete sie tunlichst darauf, fest auf die quer über die Bergwiese verlaufenden Bohlendielen aufzutreten.

»Warum gehst du denn so vorschriftsmäßig? Schau, hier ist so viel Platz«, rief Arno hinter ihr. Noch während sie sich umdrehte, passierte es. Er war mit seinen Schuhen mitten in einen großen Kuhfladen getreten. Angeekelt verzog er sein Gesicht. Den Rest des Weges würde er mit einem weißen und einem braunen Turnschuh weitergehen müssen. Sein Anblick war zu komisch. Jessie konnte nicht an sich halten und brach in schallendes Gelächter aus.

»Jetzt weißt du, warum«, brachte sie lachend unter Tränen hervor.

»Na warte, mich so auszulachen, das sollst du mir büßen«, drohte ihr Arno und sputete hinter Jessie her.

Geschickt sprang sie von einer Holzbohle zur anderen und rannte den angrenzenden Schotterweg hinauf, bis sie plötzlich von zwei Armen gepackt und hoch gehoben wurde. Sie zappelte mit den Beinen. »Lass mich runter, das ist unfair.«

»Das ist die verdiente Strafe für deinen Spott.«

»Ich lade dich zu einem Radler ein, aber lass mich bitte runter.«

»Abgemacht.«

Als sie wieder festen Boden unter den Füßen fühlte, strahlte sie Arno übermütig an. Ihre Wangen waren leicht gerötet. Plötzlich trat er einen Schritt auf sie zu. Seine blauen Augen strahlten sie an, während er ihr sanft über die Wange strich. »Du bist echt süß, Jessie. Wenn ich es nicht besser wüsste, würde ich dich für süße siebzehn halten.«

»Wegen mir kannst du das gerne tun. Mit siebzehn kann ich mir jede Schandtat erlauben.« Damit drehte sie sich übermütig um und rannte zur Almhütte. Sie hatte Glück, an einem Tisch waren noch zwei Plätze frei. Schnell setzte sie sich. Tief atmete sie würzige Bergluft ein. Arno hatte Recht, sie fühlte sich in der Tat wie siebzehn. Als sie sah, dass er den Garten vor der Almhütte betrat, winkte sie ihm zu. Lachend setzte er sich neben sie und zog ihr neckend am Ohr. »Dafür sollte ich dich eigentlich übers Knie legen. Einen armen Städter so an der Nase herumzuführen.«

»Ich glaube eher, eine kleine Herausforderung tut dir ganz gut.« Dabei griff sie nach der Menükarte, wobei sie die Frau neben ihr zu ihrem Mann sagen hörte: »Schön, dass es heute noch so verliebte junge Paare gibt.« Überrascht schaute Jessie auf und streifte Arnos Blick. Mit hochgezogener Braue sah er sie belustigt an. Sie grinste zurück, dann drehte sie sich schnell nach dem Ober um, damit Arno nicht sah, wie sie errötete.

»Ein Radler und ein Käsebrot, bitte.«

»Für mich auch«, warf Arno schnell ein, bevor er sie vorwurfsvoll anblickte. »Nanu, ich dachte du orderst uns ein opulentes Mahl.«

»Wieso? Du wolltest doch eine echte Brotzeit erleben. Einen Salat kannst du auch zu Hause essen. Und wenn du nach kulinarischen Köstlichkeiten Ausschau hältst, dann hätten wir nicht den weiten Weg gehen brauchen, sondern uns nach 500 Metern bei Thomas einquartieren können.«

»Ach ja, Thomas. Auch einer deiner Verehrer. Ich wette, sie säumen den Wegesrand von München bis nach Garmisch.«

»Schön wäre es«, seufzte Jessie theatralisch. »Träum weiter.« Sie stützte sich mit einem Arm auf den Tisch, legte ihren Kopf auf die Hand und wandte ihn mit geschlossenen Augen der Sonne zu. Plötzlich drehte sie sich zu Arno um, dessen wasserblauen Augen sie neugierig beobachteten. Das Blau seiner Iris erinnerte sie an einen sprudelnden Bach, der unbekümmert den Berg hinabfloss. Sie fühlte sich stark und souverän. »Und? Wie gefällt dir die Wanderung bisher?« Neugierig beobachtete sie seine Reaktion.

»Einfach wunderbar. Eine tolle Erfahrung.«

»Schön, dann macht es dir also Spaß zu wandern?«

»Ganz ehrlich? Mit dir macht es ungeheuren Spaß. Da kommt einem dieses Heraufkraxeln wie ein Heidenspaß vor. Aber das hat man dir bestimmt schon hunderttausend Mal gesagt.«

»Nein, hat man nicht.« Sie schüttelte lachend den Kopf. »Früher habe ich wandern gehasst, weil ich es zu anstrengend fand. Heute allerdings genieße ich es.« Sie blickte ihn nachdenklich an. Ohne Zweifel war er sehr attraktiv. Seine Sommerbräune ließ seine blauen Augen noch blauer erscheinen und sein blondes Haar stand vorne ein wenig ab, so als ob es keine Lust hatte, den vorgegebenen Regeln zu folgen. Genau wie Arno. Er ging das Leben mit Elan an und gewann ihm stets die positiven Seiten ab.

Als ob er ihren Blick spürte, zog er fragend eine Augenbraue hoch, doch dann griff er nach seinem Glas und stieß es grinsend an ihres.

Es war schon später Nachmittag, als sie den Heimweg antraten. Wie erwartet, gingen sie auf dem Rückweg langsamer, denn Arno schien nicht an einem schnellen Tempo interessiert zu sein. »Was hast du eigentlich gestern auf dem See gelesen?« fragte er plötzlich. »Ich habe mich gefragt, was einen Menschen stundenlang so fesseln kann, dass er alles um sich herum vergisst.« Ein Liebesroman natürlich. Aber das würde sie Arno nicht sagen. »Ein gutes Buch zum Beispiel«, antwortete Jessie stattdessen. »Anscheinend. Und was hast du danach so anstrengend im See gesucht? Hattest du etwas verloren?« Jessie grinste in sich hinein. So, so, sie war also stundenlang beobachtet worden. Irgendwie gefiel ihr diesmal der Gedanke. »Und was ist deine These?« »Meine These ist, dass du deine Uhr oder deinen Ohrring im Wasser verloren hast. Chris hingegen meinte, du hieltest nach Hechten Ausschau.« »Und woher will er das so genau wissen?« Ihre Stimme klang plötzlich gereizt. »Keine Ahnung. Fand ich ziemlich unromantisch als Erklärung. Und? Was war es nun?« »Hechte«, erwiderte Jessie kurz. Arnos schallendes Lachen hallte durch den Wald, dann senkte sich für einen Moment einvernehmliches Schweigen über sie, bis er die Stille unterbrach: »Und wie lange bleibst du noch?«

Jessie zuckte mit den Schultern. »Keine Ahnung. Vielleicht noch zwei Wochen, falls ich nicht vorher beruflich zurückgeholt werde.«

»Nach München?«

»Wahrscheinlich eher nach Südfrankreich.«

»Wow, das hört sich ja spannend an.«

»Cool, nicht? Dass ich dort die ganze Zeit in einer lauten Produktionshalle herumlaufe, mich zwischen Maschinenteilen hindurchzwänge und anschließend in einem kleinen stickigen Büro bis spät in die Nacht arbeite, das sage ich dir lieber nicht.«

Bekümmert verzog er das Gesicht. »Das passt eigentlich gar nicht zu dir.«

»Ach nein? Was passt deiner Meinung nach denn zu mir?« Sie schaute ihn gespannt an.

»Ein schickes Loft in München-Bogenhausen, ein Sportwagen, ein modernes Büro in einem trendigen Glasgebäude und ein heißblütiger Lover.«

Jessie schüttelte lachend den Kopf. »Ich fühle mich geschmeichelt. Und du, wie lange bleibst du noch hier?«

»Bis morgen früh, dann muss ich zurück ins Büro und für Thomas Werbung machen. Sarah brennt bestimmt auf Neuigkeiten.«

Jessie biss sich auf die Lippen. Sie würde sich jetzt nicht von Arno provozieren lassen und neugierig nach Sarah fragen, Christophers Freundin, die andere Hälfte für das Modemagazin.

Es dämmerte schon, als sie Christophers Haus erreichten. Licht drang aus den Fenstern und erleuchtete die Wiese vor dem Haus. Dicht vor Jessie blieb Arno stehen. Mit dem Finger streifte er sanft über die Wange: »Danke für den wundervollen Tag, Jessie. Diese Wanderung werde ich bestimmt nicht vergessen.«

»Es war schön, dass du mich begleitet hast.« Verlegen strich sie sich eine Strähne hinter das Ohr.

Langsam beugte er sich zu ihr hinunter. Im nächsten Moment küsste er sie leicht auf die Wange, für einen arglosen Abschiedsgruß ein wenig zu lang und zu intensiv. Überrascht hielt Jessie den Atem an.

»Bewahr dir deine süße siebzehn«, flüsterte Arno ihr ins Ohr.

Sie fühlte sich völlig überrumpelt. »Komm gut zurück nach München. Vielleicht sehen wir uns ja am Samstag bei Thomas.«

»Garantiert! Darauf freue ich mich jetzt schon.« Arno schaute ihr vielsagend in die Augen.

»Ich freue mich auch darauf.« Und etwas leiser fügte sie hinzu: »Hoffentlich bin ich dann noch da.«

»Hoffentlich«, antwortete er sanft.

»Bis dann.« Mit diesen Worten drehte sie sich um und winkte ihm noch einmal beschwingt zu, bevor sie den Weg hinunter nach Hause ging. Sie war so durcheinander, dass sie Christopher gar nicht hinter dem Fenster hatte stehen sehen.

KAPITEL 10

Jessie erwachte vom Klingeln des Weckers. Verschlafen drehte sie sich unschlüssig auf die andere Seite, zog die Bettdecke bis zum Kinn und überlegte, ob sie heute überhaupt zur Badeinsel schwimmen sollte. Sie war überrascht, wie gut ihr der gestrige Tag mit Arno getan hatte. Er war so leicht, so lustig gewesen. Wie wäre wohl eine Wanderung mit Christopher verlaufen? Wäre sie in der Lage gewesen, sich mit ihm zu unterhalten? Oder wäre es ein eher schwieriges Unterfangen gewesen wie beim Skatabend? Gut möglich. Wie hatte er wohl auf ihre Wanderung reagiert? Oh, wie gerne wäre sie gestern Abend Mäuschen im Nachbarhaus gewesen. Ach, es war doch egal was Christopher dachte. Warum nahm dieser Mann überhaupt so viel Raum in ihren Gedanken ein? Er war bereits vergeben und verbarg zudem ein dunkles Geheimnis. Außerdem hatte sie sich doch geschworen, dass nun jeder wieder seiner Wege ging.

Fest in ihren flauschigen Bademantel gehüllt lief sie die Steintreppe zum See hinunter, der noch still vor ihr lag. Beherzt sprang Jessie ins Wasser und schwamm entschlossen zur Badeinsel. Von Christopher war jedoch weit und breit nichts zu sehen. Vielleicht war die gestrige Nacht doch länger ausgefallen. Wahrscheinlich schlief er noch tief und fest. Gut so, er war sowieso kein Teil ihres Lebens. Wieso war das Wasser heute so kalt? Ach, sie hätte wirklich im Bett bleiben sollen. Mechanisch zog sie sich aus dem Wasser und kauerte auf der großen Holzplatte.

»Na, hältst du nach mir Ausschau oder hoffst du, den See für dich allein zu haben?«

Jessie schreckte hoch. Christopher schwamm langsam um die Badeinsel herum auf sie zu. Ihr Puls raste. »Hast du mich erschreckt! Was versteckst du dich denn hinter der Badeinsel?« Ihre Stimme klang gereizt.

»Ich habe auf dich gewartet und fand es im Wasser weniger kalt als auf dem Stück Holz hier.« Er verzog seinen Mund zu einem breiten Grinsen. Sein nasses Haar lag dicht an seinem Kopf. Mit seinen dunklen Augen und noch unrasiert sah er leicht verwegen, aber trotzdem unverschämt attraktiv aus. Jessie lief ein leichter Schauer über den Rücken. Ob er sich dessen bewusst war? Garantiert, entschied sie. Gutaussehende Männer wussten immer um ihre Wirkung, und Christopher war da sicher keine Ausnahme. Sie gab sich daher unbeeindruckt. »Auf mich gewartet? Wieso?« fragte sie betont arglos.

»Na, um deine Version des gestrigen Tages zu hören. Arno war ja wie von Sinnen. Was habt ihr denn auf der Alm getrunken?« Bei diesen Worten zog er sich mit einem beherzten Ruck auf die Badeinsel.

Gegen ihren Willen lachte Jessie hell auf. »Wenn du es genau wissen willst, einen Radler.« Sie schwieg bedeutungsschwer. Bei dem bloßen Gedanken an Arnos erstauntes Gesicht, als sie ihre Bestellung aufgegeben hatte, verzog sich ihr Mund unbewusst zu einem amüsanten Schmunzeln. »Mir schien Arno ganz ok, als ich ihn brav bei dir abgeliefert habe«, bei dieser Feststellung strich sie sich eine nasse Strähne aus dem Gesicht, dann blickte sie Christopher arglos an.

Er grinste schief. »Du kennst Arno halt nicht. Den ganzen Abend hat er mir von der Wanderung erzählt. Das Einzige, was ihn wohl wirklich wurmte, war der Tritt in den Huffladen. Jetzt muss er sich entweder überwinden, die Schuhe gründlich zu reinigen oder sich ein neues Paar Turnschuhe kaufen.« Christopher streckte seine Beine aus, dann hielt er sein Gesicht entspannt der Sonne entgegen.

Jessie lachte. »Ja, der Arme.« Was mochte Arno von der Wanderung erzählt haben? Sie platzte fast vor Neugier, aber nachfragen konnte sie ja schlecht. Vor allem tat sie Christopher den Gefallen nicht. Da er keine Anstalten machte, mehr zu erzählen, entschied sie, betont beiläufig zu fragen: »Und, wie war dein gestriger Tag? Über meinen bist du ja, wie ich sehe, bereits bestens im Bilde.«

»Ich habe gearbeitet.«

»Hm, das klingt wirklich nicht so lustig.« Und leicht provozierend fügte sie hinzu: »Ich denke, Arno und ich hatten in der Tat mehr Spaß.« Dabei musste sie unwillkürlich an ihr Fangenspiel vor der Alm denken. Unbewusst schüttelte sie lächelnd den Kopf.

»Scheint so«, murmelte Christopher, bevor er sein Gesicht wieder der Morgensonne zuwandte.

Plötzlich fror Jessie. »Mir ist kalt, ich mache mich lieber wieder auf den Rückweg.« Dabei drehte sie ihren Kopf schräg zu Christopher. Er wandte ihr sein Gesicht zu, ihre Blicke trafen sich. Schweigend schaute er sie an, hielt ihren Blick fest und schien tief in sie hineinzublicken. Jessies Magen begann aus unerfindlichem Grund heftig zu kribbeln. Obwohl sie fror, glühte sie innerlich. Was war das? Schnell kniff sie ihre Augen zusammen, hielt seinem Blick aber stolz stand, obwohl ihr Innerstes Achterbahn fuhr.

»Bis morgen?« fragte er nur.

»Warum nicht? Bis morgen.« Und schon flüchtete Jessie mit einem beherzten Sprung, der ihr fast den Atem raubte, ins Wasser.

Viel länger hätte sie es nicht mehr mit Christopher auf der Badeinsel ausgehalten. Dankbar, im See entkommen zu sein, schwamm sie zurück zum Haus.

Sie verließ gerade die Dusche, als ihr Telefon klingelte. In Windeseile raste sie, eingehüllt in ein Badehandtuch, die Treppe hinunter und griff nach ihrem Handy.

»Winter, hallo?« meldete sie sich etwas atemlos.

»Guten Morgen, Jessie. Hier spricht Thomas. Habe ich dich geweckt?«

»Guten Morgen. Nein, du hast mich nicht geweckt. Ich komme gerade vom Schwimmen zurück.«

»Unglaublich, du hast es wirklich wieder getan?« Sie konnte ihn förmlich vor sich sehen, wie er verständnislos den Kopf schüttelte.

»Alte Laster legt man wohl nicht ab«, scherzte sie. »Nein, ehrlich, es ist wundervoll, morgens durch den See zu schwimmen.«

»Aha«, Thomas klang nicht überzeugt. »Ich wollte mich übrigens nach deiner Wandertour erkundigen. Für welche Route hast du dich denn letzten Endes entschieden?«

Jessie verdrehte belustigt die Augen. Sie hatte gar nicht gewusst, dass ihre Bergtour ein solches Interesse auslöste. »Wunderbar! Das Wetter war einfach herrlich. Und der Weg zur Sonnenalm ist wirklich wunderschön. Ich glaube, ich war das letzte Mal vor drei Jahren dort.«

»Ja, die Sonnenalm ist ein tolles Ausflugsziel. Wie hat Arno sich denn geschlagen?«

Jessie konnte sich nur mühsam das Lachen verkneifen. Wenn sie es nicht besser wüsste, dann hätte sie meinen können, Thomas sei eifersüchtig. Irgendwie war das heute ein toller Morgen. »Ganz gut, würde ich sagen. Wir haben viel gelacht.«

»Hm.« Thomas schwieg für einen Moment. »Nun hätte ich fast den eigentlichen Grund meines Anrufes vergessen. Hast du schon Pläne für morgen Abend?«

Neugierig hielt sie ihr Handy näher ans Ohr. Was hatte Thomas sich denn dieses Mal ausgedacht? Schon wieder einen Skatabend?

»Nein, morgen Abend habe ich noch nichts geplant. Wieso?«

»Weil ich dich gerne zum Essen einladen möchte. Es ist sozusagen mein letztes Testessen vor dem großen Auftritt am Samstag. Ich brauche deine ehrliche Meinung.«

»Lädst du noch weitere Gäste ein?«

»Nein, diesmal bist nur du mein Gast.« Sein warmes Lachen drang durch den Hörer.

»Dann nehme ich deine Einladung sehr gerne an. Um wieviel Uhr soll ich denn zu dir kommen?«

»Passt dir acht Uhr?«

»Ja, das ist eine gute Uhrzeit.«

»Prima, dann bis um acht.«

»Vielen Dank für die Einladung. Bis morgen, Thomas.« Jessie schüttelte den Kopf. Was für eine verrückte Geschichte. Sie war an einem Ort, wo Fuchs und Igel sich »Gute Nacht« sagten, aber ständig war irgendetwas los. Wie anders doch ihr Urlaub verlief, als sie es sich bei ihrer Anreise ausgemalt hatte.

Es war schon später Nachmittag, als sie die Küche aufräumte. Gerade als sie die Spülmaschine einschaltete, klingelte das Telefon. Neugierig griff sie danach. »Winter, hallo?«

»Frau Winter, Gessler hier. Wie geht es Ihnen?«

Jessies Magen verkrampfte sich. Fast gleichzeitig sank sie auf den Küchenstuhl.

»Guten Tag, Herr Gessler. Mir geht es gut. Danke.«

»Schön, schön. Hören Sie, Frau Winter, ich habe gerade mit der Projektkommission gesprochen.«

Jessies Herz raste vor Nervosität. Fest hielt sie das Handy an ihr Ohr gepresst, um ja keine Information zu verpassen. Alles, ihre gesamte berufliche Zukunft hing von den nächsten Worten ab, die Herr Gessler ihr nun mitteilen würde. Entweder es war der große Durchbruch, die einzigartige Chance, von der sie schon seit Jahren träumte, oder aber ihr Traum zerplatzte für die nahe Zukunft wie eine Seifenblase. Dann rückte Wolfgang Kettler erneut vor ihre Nase und sie würde wieder da sein, wo sie bei ihrer Ankunft hier am See angefangen hatte. Ihre Schläfen pochten vor Anspannung.

»Wir haben den Zuschlag bekommen. Frau Winter, Sie haben mit Ihrem Projektvorschlag gewonnen und den größten Auftrag in unserer Firmengeschichte gesichert«, dröhnte Herr Gessler freudig ins Telefon. Erschrocken hielt Jessie den Hörer einige Zentimeter von ihrem Ohr entfernt. Was hatte er gesagt? Sie hatten den Zuschlag bekommen? War das wirklich wahr?

»Frau Winter, sind Sie noch da?«

»Ja, ja, ich bin noch da. Ich bin nur vollkommen sprachlos.«

»Seien Sie nicht sprachlos. Freuen Sie sich. Ich habe schon mit der Geschäftsführung in Eindhoven gesprochen. Sie wollen noch in dieser Woche die Verträge unterzeichnen. Natürlich habe ich auch unsere Vorstandskollegen sowie den Aufsichtsrat informiert. Wir wollen ja nicht, dass dieser Triumph unbeachtet bleibt, nicht wahr?« Er lachte herzlich ins Telefon.

»Nein, nein, das wollen wir nicht«, stotterte Jessie.

»Also, ich sehe Sie dann kommende Woche in Toulouse. Frau Kaiser wird Ihnen Ihre Reisedaten schicken. Sie brauchen sich um nichts zu kümmern. Alles wird von uns hier organisiert. Genießen Sie Ihren Triumph, Frau Winter. Wir werden ihn dann nächste Woche gemeinsam feiern. Auf Wiederhören.«

»Auf Wiederhören, Herr Gessler.« Benommen starrte Jessie auf das kleine Gerät in ihrer Hand. Sie hatte zwar gewusst, dass heute der Auswahltermin war, aber dass die Kommission so schnell den Zuschlag vergab, damit hatte sie nicht gerechnet. Sie hatte es also geschafft! Dies war der größte Auftrag, der jemals für ihr Unternehmen gewonnen worden war und ihr Name stand ganz oben auf den Unterlagen. Wahnsinn! Echter Wahnsinn! Das musste sie wirklich feiern! Wie schnell sich doch alles änderte! Und Montag war sie bereits im Produktionswerk in Toulouse. Ach herrje, sie hatte nur ein einziges Kostüm in ihrem Koffer. Das reichte unmöglich für die ersten Arbeitswochen in Frankreich. Nach Thomas' Veranstaltung musste sie spätestens nach München abreisen und packen. Eine freudige Unruhe ergriff von ihr Besitz, so wie sie es immer am Anfang eines neuen herausfordernden Projektes spürte. Glücklicherweise war es ein ihr gut vertrauter Kunde, bei dem sie nun erneut arbeiten würde. Sie kannte bereits die wesentlichen Entscheidungsträger und brauchte sich nicht auf zu viele neue Leute einstellen. Das würde ihr zumindest am Anfang enorm helfen und kostbare Zeit sparen. So konnte sie sich voll auf die Arbeit konzentrieren. Wie gut, dass sie sich wenigstens einige Tage hierher zurückgezogen hatte, um wieder neue Energie zu tanken. Jessie lächelte. Man wusste wirklich nie im Leben, wozu etwas gut war. Am Ende konnte sie fast noch froh sein, dass Wolfgang Kettler ihr so übel aufgestoßen war. Sonst hätte sie sich wohl nicht so schnell für einen Urlaub hier in den Bergen entschlossen. Überglücklich trat sie auf den Balkon hinaus. Türkisblau und ruhig breitete sich der See in der Abenddämmerung vor ihr aus. Sie hatte es geschafft, sie hatte hier in ihrem kleinen Paradies ihren beruflichen Traum erfüllt. Alles hatte so trüb ausgesehen, als sie hier angekommen war. Doch nun hatten sich die dunklen Wolken verzogen und einem strahlend blauen Himmel Platz gemacht. Die Sonne schien wieder in ihr Leben und sie war bereit, sich voll und ganz darüber zu freuen. Die Gedanken wirbelten nur so in ihrem Kopf. Je mehr sie realisierte, was der Anruf ihres Chefs für sie bedeutete, umso stärker spürte sie, wie das Glücksgefühl von ihr Besitz ergriff. Sie musste das mit jemandem teilen, aber nicht am Telefon. Sie wollte auf ihren großen Erfolg anstoßen. In ihrer Hochstimmung durchzuckte Jessie ein aberwitziger Gedanke. Vor der Einreichung der Unterlagen hatte sie sich geschworen, dass sie mit Christopher anstoßen würde, falls sie gewann. Sollte sie einfach bei ihm klingeln? Die Flasche Champagner, die sie bereits vor Tagen hoffnungsvoll kalt gestellt hatte, konnte sie ja schließlich nicht alleine trinken. Was mochte er aber denken, wenn sie so plötzlich wieder bei ihm auftauchte? Jessie spürte ein übermütiges Kribbeln. In drei Tagen reiste sie bereits ab. Es konnte ihr daher völlig egal sein, was Christopher von ihr dachte. Sie wollte feiern, und da er ihr die Lösung der Stahlträger vorgeschlagen hatte, war er ihre erste Wahl. Außerdem wollte sie ihn lediglich auf ein Glas Champagner einladen. Was war schon dabei? Unschlüssig nagte Jessie an ihrer Unterlippe, dann eilte sie, bevor der Mut sie wieder verließ, nach oben in ihr Schlafzimmer. Ungeduldig zog sie ihre helle Leinenhose und einen dünnen weißen Pullover an, der nicht nur ihre schlanke Figur gut untermalte, sondern auch einen guten Kontrast zu ihrer sonnengebräunten Haut bildete. Schnell schlüpfte sie in ihre weißen Mokassins, bevor sie die Treppe hinunter in die Küche rannte, wo sie die gekühlte Champagnerflasche und zwei Gläser aus dem Schrank nahm. Beschwingt eilte sie hinüber zum Nachbarhaus. Sie fühlte sich berauscht, obwohl sie vollkommen nüchtern war. Aber wer konnte ihr das nach diesen Neuigkeiten verdenken?

Schon von weitem sah sie die Umrisse des schwarzen Geländewagens. Gut, Christopher war zumindest da. Dann atmete sie tief durch und drückte die Klingel. Das Geräusch leiser Schritte kam näher, dann wurde das Flurlicht eingeschaltet, dessen schmaler Lichtschein unter der Haustür durchschimmerte. Ihr Herz klopfte bis zum Hals. Dann stand Christopher barfuß in der Tür. Sein blaues Poloshirt war nicht zugeknöpft und hing lose über seiner Jeans. »Jessie?« In seinem Gesicht spiegelte sich pure Überraschung.

Leicht verlegen lächelte sie ihn an. Ach, sei es drum. Sie hatte nichts zu verlieren. »Hast du Lust auf ein Glas Champagner?« Demonstrativ hielt sie die Flasche in die Höhe.

Christopher zog lediglich fragend eine Augenbraue hoch, während er die Tür weit öffnete. »Gerne. Komm herein.«

Das Kribbeln in ihrem Bauch breitete sich ungeniert in ihrem Körper aus, als sie an ihm vorbei ins Haus trat. Im Wohnzimmer stellte sie die Flasche mit den Gläsern auf den Esszimmertisch. Dann drehte sie sich überglücklich zu ihm um. »Wir haben gewonnen!«

»Wir haben gewonnen?« echote er verständnislos.

»Mein Projektvorschlag hat den Zuschlag bekommen. Die Kommission hat meinen Chef angerufen, der wiederum direkt mich kontaktiert hat. Und da es der größte Auftrag in der Firmengeschichte ist und du ja dank der Stützpfeiler sozusagen mit an diesem Erfolg beteiligt bist, dachte ich, wir könnten zusammen darauf anstoßen, falls du noch nichts anderes vorhast. Es tut mir leid, dass ich so unangemeldet vorbeikomme, aber ich habe es auch erst eben erfahren und bin noch ziemlich aufgekratzt. Ich wollte einfach nicht alleine darauf anstoßen.« Vor lauter Nervosität waren die Worte nur so aus ihr herausgesprudelt.

Christopher lachte herzlich, dann kam er auf sie zu und küsste sie ganz leicht auf beide Wangen. »Herzlichen Glückwunsch zu deinem Projektgewinn.«

Seine bloße Berührung ließ sie erzittern. Plötzlich gaben ihre Beine nach. Jetzt nicht, durchhalten, schalt sie sich. So schnell er sich ihr genähert hatte, so schnell hatte er sich bereits wieder einen Schritt von ihr entfernt und streckte eine Hand nach der Champagnerflasche aus. Mit der anderen wies er in Richtung des Balkons: »Komm, wir gehen hinaus. Das ist ein viel gebührender Rahmen, um auf deinen Projektgewinn anzustoßen.«

Er öffnete die Flasche gekonnt mit einem kleinen Knall, wobei der Korken in hohem Bogen über das Balkongeländer in den dunklen Garten flog. Behutsam schenkte er ihnen ein und reichte ihr ein Glas. »Auf dich und deinen Projektvorschlag, der sie alle aus dem Feld geschlagen hat.«

»Und auf deine Stützpfeiler.«

»Ich liebe tragende Wände, habe ich dir das schon gesagt?«

»Da bin ich aber froh.«

Vorsichtig stießen sie ihre Gläser aneinander. Der Champagner schien durch ihren ganzen Körper zu fließen, kribbelte wie verrückt in ihrem Bauch. Plötzlich stellte Christopher sein Glas auf den Tisch, dann trat er nah vor sie. Atemlos wartete sie, was als Nächstes geschehen würde. Langsam hob er seine rechte Hand, schob ihr sanft eine Strähne aus dem Gesicht, strich ihr vorsichtig durchs Haar, bis seine Hand ganz leicht ihren Hinterkopf umfasste. Seine Nähe elektrisierte sie von Kopf bis Fuß. Sie roch sein Aftershave, das sie an tiefgrüne Tannenwälder erinnerte. Als er noch einen Schritt näher an sie herantrat, sodass sein Gesicht nun ganz nah vor ihrem war, wagte sie kaum zu atmen. Er blickte sie unentwegt an. Der honigfarbene Kranz umgab seine tiefbraunen Augen, die bis in ihr tiefstes Inneres schauten, ja jede Faser ihres Körpers elektrisierten. Sie fühlte, wie sie innerlich unter diesem Blick dahin schmolz. Zeit und Ort spielten keine Rolle mehr, es gab nur noch sie und diese Augen, die sie liebevoll in sich aufnahmen. Langsam beugte Christopher sich zu ihrem Gesicht herunter. »Herzlichen Glückwunsch«, flüsterte er, bevor seine Lippen ganz sanft die ihren berührten. Es war ein vorsichtiger, sanfter Kuss, doch Jessies Beine gaben dennoch nach. Christopher, der es ebenso gespürt haben musste, legte schützend einen Arm um ihre Taille und zog sie sanft an sich. Sie konnte das schnelle Schlagen seines Herzens spüren, während sein Kuss leidenschaftlicher wurde. Sie schien zu fliegen in einem sanften Wind, der sie immer höher und höher trieb. Als er sie endlich freigab, fuhr er sich mit einer Hand durchs Haar. Völlig benommen blickte sie ihn an. Was war geschehen, dass Christopher sie, Jessie, geküsst hatte? Sie wusste nicht, wie sie reagieren sollte. Nervös griff sie nach ihrem Glas, um Zeit zu gewinnen.

»Das hätte ich schon viel eher tun sollen. Es ist in der Tat um vieles besser als das allseitige Flirten«, erklärte er mit belegter Stimme.

»Welches allseitige Flirten?« fragte Jessie irritiert.

»Du verstehst es blendend, mehrere Verehrer um dich herumscharwenzeln zu lassen.«

»Ich?«

»Genau du.«

»Ich flirte also mit mehreren? Und was ist dann bitte mit Sarah?« stieß Jessie spontan hervor und bereute es im selben Augenblick zutiefst, dass ihr dies entwischt war.

»Vergiss Sarah. Da ist nichts.« Bei diesen Worten küsste er sie erneut, vielleicht um ihr jeden Zweifel zu nehmen. Das konnte jetzt unmöglich wahr sein. Gleich würde sie bestimmt aufwachen und peng, alles war vorbei. War dies wirklich möglich? Stand sie hier wirklich eng an ihren Nachbarn geschmiegt, der sie beobachtete und äußerst mysteriöse Verhaltensweisen besaß? Egal, sie wollte jetzt nicht darüber nachdenken. In ihr war kein

Platz für jegliche Überlegungen, es gab nur noch Christopher, sie und diesen unglaublichen Kuss.

Als sie sich langsam voneinander lösten, lehnte er sich entspannt an das Balkongeländer. »Wie gut, dass du bei mir und nicht bei Thomas geklingelt hast, um ein Glas Champagner zu trinken«, lachte er leise.

Jessie ließ das Glas, das sie gerade zum Mund führte, sinken. »Ich wollte wirklich nur ein Glas Champagner trinken, ich konnte ja nicht ahnen, dass...«

»Bist du sicher?« Seine Augen schienen tief in sie hinein zu sehen. »Bist du wirklich ganz sicher, dass du nur ein Glas Champagner trinken wolltest? Den Eindruck hatte ich aber eben nicht.« Amüsiert trank er einen Schluck.

»Ja, irgendwie hat sich alles leicht anders entwickelt, nicht wahr?« Jessie lächelte verschmitzt.

»Ich hoffe, das sagst du nicht immer, wenn du einen Mann fast um den Verstand küsst«, neckte er sie.

Sie zog provozierend eine Augenbraue hoch, trank noch einen Schluck Champagner, doch bevor sie ihr Glas abstellen konnte, hatte er sie erneut in seine Arme gezogen. »Ich muss mich nur kurz vergewissern«, murmelte er, bevor seine Lippen erneut Jessies berührten. Als er sie wieder losließ, brauchte sie einen Augenblick, um sich zu fassen. Ihr schwindelte, wobei sie sich nicht sicher war, ob der Champagner oder Christopher daran schuld war. Schweigend standen sie eine ganze Weile umschlungen und schauten auf den dunkel vor ihnen liegenden See.

»Wie sagen wir es denn jetzt den anderen zwei Gentlemen?« unterbrach Christopher plötzlich die Stille.

»Was denn?«

»Na, dass sie sich keine Mühe mehr geben brauchen, weiter um dich zu buhlen.«

»Das ist nicht dein Ernst, oder?« Sie blickte ihn ungläubig an.

»Jessie, du kannst nicht so naiv sein. Jeder Blinde sieht, dass Thomas in dich verliebt ist und Arno auf dem besten Weg ist, es ihm gleich zu tun.«

»Nur du, du bist außer Gefahr, nicht wahr?« neckte sie ihn.

»Ja«, grinste Christopher, »weil ich schon seit langer Zeit in dich verliebt bin.«

»Wie bitte? Seit wann das denn?« Jetzt verstand sie gar nichts mehr.

»Seit du süße zweiundzwanzig warst.«

»Das ist zehn Jahre her! Wie kann das sein? Wir haben uns doch nie getroffen.«

»Das stimmt nicht. Wir haben uns getroffen, aber du hast mich nicht erkannt. Das ist ein entscheidender Unterschied.«

»Jetzt verstehe ich gar nichts mehr.«

»In München auf der Party eines Bekannten. Ich glaube, du warst mit einer Freundin dort. Ich habe mich damals nicht getraut, dich anzusprechen, aber ich habe dich sofort wiedererkannt und mich in dich verliebt.«

Jessie war noch immer sprachlos. Christopher und sie waren auf der gleichen Party gewesen, ohne dass sie ihn wahrgenommen hatte? Das war unmöglich. Einen Mann wie Christopher übersah man doch nicht. Sie konnte sich beim besten Willen an keine Party erinnern, bei der auch Christopher hätte gewesen sein können. Andererseits war das nun auch schon zehn Jahre her. »Aber du kanntest mich doch gar nicht«, erwiderte sie verständnislos. Das ergab doch alles keinen Sinn.

»Natürlich kannte ich dich. Schon vergessen, ich bin dein Nachbar, dein treuer Weggefährte, seit du laufen kannst.«

»Aber wir haben uns nie getroffen«, beharrte sie.

»Aber ich habe dich und deine Geschwister gesehen. Wenn du mit deinem Bruder gestritten hast oder mit deiner Schwester ganze Nachmittage auf dem Boot in der Sonne gelegen hast. Dort oben im Baum war mein Platz als König des Sees.«

Ungläubig blickte sie ihn an. Christopher war jahrelang stummer Zeuge in ihrem Paradies gewesen. Er hatte ihre Urlaube still an ihrer Seite verbracht. Ihre Wege hatten sich also doch in der Vergangenheit gekreuzt. Was für eine unglaubliche Geschichte. Der Mann im Traum, schoss es ihr durch den Kopf. War Christopher ihr Traummann?

»Wann beginnt eigentlich dein Projekt?« riss er sie aus ihren Gedanken.

»Kommenden Montag. Ich werde Samstagnachmittag nach Thomas' Veranstaltung nach München fahren und Sonntag nach Toulouse fliegen.« Aber daran wollte sie jetzt nicht denken.

»Toulouse, ist ganz schön weit weg. Wie lange bleibst du denn dort?«

»Das weiß ich leider noch nicht. Die erste Projektphase habe ich auf vier Wochen veranschlagt, in denen ich wohl ununterbrochen vor Ort sein muss. Das ist die projektbestimmende Zeit. Danach komme ich aber während der Projektpause zurück. Wann genau das sein wird, werde ich leider erst in zwei bis drei Wochen wissen.«

»Da wird mir wohl nichts anderes übrig bleiben, als auf dich zu warten.« Er zögerte kurz, bevor er seinen Finger unter ihr Kinn legte. Sanft zwang er sie, ihm in die Augen zu schauen. »Du kommst doch zu mir zurück, oder?«

Jessie nickte feierlich. »Ja, versprochen, ich komme wieder zurück zu dir.« Dann küssten sie sich erneut. Für Jessie fühlte es sich an, wie der Beginn einer neuen wunderschönen Lebensphase.

Als er sich endlich von ihr löste, wurden seine Gesichtszüge ernst. »Ich muss leider morgen zu einem wichtigen Termin nach München und werde erst Freitagnachmittag wieder da sein. Hast du Lust, morgen früh mit mir zusammen den Sonnenaufgang anzusehen? Er ist einzigartig hier oben.«

»Gerne«, seufzte Jessie glücklich.

»Und? Was meinst du nun, wie wir es Thomas und Arno sagen?« bohrte Christopher erneut nach. Jessie überlegte einen Moment. »Wenn du wirklich glaubst, dass Thomas an mir interessiert ist, dann würde ich es gerne bis zu meiner Abreise geheim halten. Schließlich will ich ihm nicht seine Veranstaltung am Samstag vermiesen. Wenn ich in einem Monat wiederkomme, dann können wir es ihm und Arno sagen.«

Christopher blickte Jessie nachdenklich an. Schließlich nickte er. Glücklich wirkte er jedoch nicht.

Es war schon weit nach Mitternacht, als Jessies Blick auf ihre Uhr fiel. »Wenn wir den Sonnenaufgang gemeinsam erleben wollen, dann sollte ich jetzt schlafen gehen.«

»Magst du hier bleiben?«

»Nicht heute Nacht.« Sie blickte ihn entschuldigend an.

»Kein Problem. Ich bringe dich aber nach Hause. Heute ist kein Vollmond und der Weg ist rabenschwarz.« Nach einer kleinen Pause fügte er zwinkernd hinzu: »Ich habe übrigens eine tolle Taschenlampe.«

Jessie lachte. »Ja, die kenne ich.«

Wie selbstverständlich legte er seinen Arm um sie, zog sie sanft an sich. Durch den Pullover spürte sie seine Wärme. Plötzlich fühlte sie sich ganz leicht. Arm in Arm schritten sie den Weg hinunter. Als sie das Tor aufschloss, zog er sie ein letztes Mal an sich: »Schlaf gut, Jessie. Vielen Dank für den Champagner. Das war der schönste meines Lebens.«

»Meiner auch«, hauchte sie.

»Ich hole dich um fünf Uhr am Bootssteg ab, ok?«

»Ich werde da sein.«

Noch einmal strich er ihr sanft über die Wange, hauchte ihr einen Gute-Nacht-Kuss auf den Mund und ging langsam im Schein seiner Taschenlampe den Weg zurück.

KAPITEL 11

Sie schwebte auf Wolken, zweifelsfrei. Leicht, locker, kribbelig. Vor lauter Sorge, nicht rechtzeitig wach zu sein, schlief sie schlecht. Eine Viertelstunde vor der abgemachten Zeit wartete sie bereits ungeduldig in einen warmen Pullover eingehüllt am Bootssteg.

»Na, konntest du auch nicht schlafen?« Christopher glitt mit seinem blauen Ruderboot auf den Bootssteg zu.

»Nicht wirklich.« Sie lachte leise.

»Komm, ich helfe dir ins Boot.« Er streckte ihr seine Hand entgegen. Seine Finger schlossen sich fest um ihre Hand, elektrisierten sie. Hoffentlich merkte er das nicht. Vorsichtig kletterte sie ins Boot, wo sie sich auf die hölzerne Bank setzte. Fast war sie enttäuscht, als Christopher sie los ließ. Doch anstatt ihr gegenüber Platz zu nehmen und die Ruder ins Wasser gleiten zu lassen, setzte er sich schweigend neben sie, legte seinen Arm um ihre Schultern und küsste sie sanft. Ihr war, als träumte sie das alles.

»Ich habe dich letzte Nacht ziemlich vermisst«, raunte er ihr leise ins Ohr.

»Nun bin ich ja da.« Sie strahlte ihn an, während er ihr sanft über die Wange strich.

»Das ist auch sehr gut so.« Gekonnt schwang er sich auf die andere Sitzbank und griff zielsicher nach den Rudern. Jessie beobachtete ihn, wie er mit ausholenden Bewegungen das Boot gleichmäßig in die Seemitte manövrierte. Seine langen muskulösen Beine, die in einer dunkelblauen Jeans steckten, hatte er lässig von sich gestreckt, wobei seine Füße sich gefährlich nah neben ihren Füßen befanden. Sein dunkelblauer Pullover mit den Aufsätzen erinnerte sie an eine nautische Uniform und betonte Christophers breite Schultern. Erst jetzt fiel ihr auf, dass er noch gar nicht rasiert war. Wie er so vor ihr saß, erinnerte er sie an einen romantischen Helden. Durch seine dunklen Bartstoppeln wirkte sein Gesicht geheimnisvoll und sehr maskulin. Ob er sich seiner

Wirkung bewusst war? Ihr Bauch kribbelte, ihr Herz schlug ihr bis zum Hals. Sie war glücklich, dass sie mit diesem überaus attraktiven Mann hier im Boot saß, vor allem aber, dass genau dieser Mann sie letzte Nacht so leidenschaftlich geküsst hatte. Das war doch wie im Märchen! Nur besaß ihr Märchen leider Schattenseiten. Wer war ihr romantischer Held in Wirklichkeit? Warum verhielt er sich manchmal so mysteriös? Sie durfte Christopher daher nicht einfach blind vertrauen, sondern musste zu ihrem eigenen Schutz, entgegen ihrer überbordenden Gefühle, vorsichtig sein. Und zwar so lange, bis sie genau wusste, woran sie war. Denn warum hatte er sie morgens beobachtet, warum hatte er sie vom Balkon angestarrt und warum hatte er so plötzlich seinen Wohnraum hierher in die Abgeschiedenheit verlegt? Tief in Gedanken versunken blickte sie auf den See, ohne zu merken, wie Christopher jeden ihrer Gesichtszüge aufmerksam beobachtete. Um seinen Mund spielte ein amüsiertes Lächeln. Als sie die Seemitte erreichten, zog er die Ruder aus dem Wasser, dann legte er sie seitlich auf den Bootsrand. Erneut schwang er sich neben Jessie und legte seinen Arm um sie. Sie spürte seine Wärme, genoss seine Nähe. Vor ihnen lag Jessies Ferienhaus. Dahinter erhob sich das imposante Bergmassiv. Plötzlich erschien ein Bild vor ihren Augen: Christopher saß reglos im Boot und starrte zu ihr herüber auf den Balkon. Warum hatte er das getan? Welche Absicht hatte er verfolgt? Sie musste jetzt Gewissheit haben. Nervös atmete sie tief ein. »Machst du das eigentlich öfter?« fragte sie betont gleichgültig.

»Ja, wann immer ich es schaffe, zu dieser unchristlichen Zeit aufzustehen, und das Wetter gut ist. Der Sonnenaufgang ist einfach atemberaubend.«

»Hm«, antwortete sie nur. Kopfschüttelnd schaute er sie von der Seite an. »Dachtest du, ich bin ein Stalker, der dich in deinem weißen, zugegebenermaßen sehr sexy Seidennachthemd beobachtet, wie du von einer Balkonsäule zur nächsten hüpfst?«

Jessie errötete. Er hatte sie also doch gesehen. Dabei war sie sich so superschlau vorgekommen. Aber aus dieser Perspektive musste man blind sein, wenn man sie nicht hätte sehen wollen. Wie peinlich. Dennoch, wie gut, dass sie Christopher gefragt hatte. Aber wenn sie die eine Frage gestellt hatte, dann konnte sie ihm bestimmt auch die andere stellen. Wenn nicht jetzt, wann dann? Sie schloss kurz die Augen, bevor sie beherzt fragte: »Warum bist du eigentlich damals aus deinem Architekturbüro ausgeschieden? Arno hat mir erzählt, dass er dein Geschäftsführer ist.« So, nun war es heraus. War sie zu weit gegangen? Würde Christopher wütend auf sie sein und sich von ihr distanzieren? Sie wagte kaum zu atmen. Halb neugierig, halb ängstlich beobachtete sie ihn von der Seite. Sie spürte, wie sich seine Muskeln anspannten. Sein Gesichtsausdruck wirkte sehr ernst, geradezu verschlossen. Er blickte auf irgendeinen Punkt in der Ferne.

»Was hat Arno noch erzählt?« Er schaute sie nicht an. Vielmehr saß er wachsam neben ihr. Regungslos.

»Nichts, er meinte, du würdest es mir schon erzählen, wenn du wolltest.« Ihr wurde zunehmend mulmig zumute. Was für ein Geheimnis verbarg Christopher, dass er sich so veränderte? War sie überhaupt bereit, die ganze dunkle Wahrheit, die nun ans Tageslicht kam, zu ertragen?

»Hm«, erwiderte er nur und schwieg.

Jessie bereute zutiefst, dass sie die Frage gestellt hatte. War sie zu forsch gewesen? Schließlich kannten sie sich kaum. Hatte sie Christophers wunden Punkt gefunden? Ihr Magen krampfte sich zusammen. Sie hätte es garantiert nicht so gelassen hingenommen, wenn sich jemand so unverblümt in ihre Angelegenheiten einmischte. Warum musste sie auch mit ihrer Neugier alles kaputt machen? Der Tag hatte so wunderschön romantisch begonnen. Beschämt blickte sie ihn an. Mit seinen Bartstoppeln, dem dunklen Haar und dem klaren Profil wirkte er sehr geheimnisvoll. Am liebsten hätte sie sein Gesicht in ihre Hände genommen und ihn geküsst. Aber das ging nicht. Sie hatte die unsichtbare Linie überschritten, nun gab es kein Zurück mehr. Jetzt lag alles bei ihm. Seine Reaktion entschied über den weiteren Weg ihrer gerade begonnenen Romanze, die womöglich hier und jetzt ihr jähes Ende fand. Ein Ende, das sie selbst heraufbeschworen hatte, mit ihrer elendigen Neugier. Es hätte alles so schön sein können! Die Stille, die sie umgab, wog schwer. Mit jeder Sekunde wurde sie unerträglicher. Jessie hielt es nicht länger aus. »Du musst es mir nicht erzählen, es ist egal, ehrlich. Vergiss meine Frage einfach.« In ihren Worten lag ein inständiges Flehen. Doch Christopher bewegte verneinend den Kopf, sein Blick noch immer auf den unsichtbaren Punkt in der Ferne geheftet. »Nein, ich will, dass du es weißt«, antwortete er bestimmt. Nachdenklich fuhr er sich mit der Hand durch sein Haar. »Es ist nur so, lediglich sehr wenige Leute kennen die wahren Gründe meines Ausscheidens, und ich möchte dich bitten, dass du es für dich behältst. Nur für dich. Versprichst du mir das?« Er wandte ihr sein Gesicht zu. Seine Augen, die fast schwarz erschienen, blickten sie eindringlich an. Jessie hatte das Gefühl, dass er tief in ihre Seele blickte, ja in ihr las wie in einem Buch.

»Das verspreche ich dir«, beteuerte sie ernsthaft.

Sein Blick wurde weich, Dankbarkeit sprach aus ihm. Dann wandte er sich wieder ab, um erneut zu einem Punkt weit weg am Horizont zu blicken. Langsam fing er an zu sprechen. Er schien sehr weit weg zu sein, in einer anderen Zeit, an einem anderen Ort. Jessie traute sich nicht, sich zu bewegen. Gespannt wartete sie auf das, was nun kommen würde.

»Mir gehört ein Architekturbüro, das ich direkt nach meinem Studium gegründet habe. Ich wollte nicht in irgendeinem Büro das ausführen, was man mir auf den Tisch legt. Ich wollte kreativ und selbst Herr meiner Projekte sein. Dabei hatte ich Glück. Meine Ideen gefielen den Kunden, die mich wiederum ihren Freunden empfahlen. So wuchs mein Kundenstamm kontinuierlich. Binnen kurzer Zeit entwickelte sich mein Büro zu einer angesagten Adresse, was wiederum den Zulauf neuer Kunden förderte. Leider war es auch eine Knochenarbeit. Ich liebte meine Arbeit, die es mir ermöglichte, meine beruflichen Träume zu leben. Ich gab alles. Ich arbeitete Tag und Nacht. Meine Arbeit war mein Leben, meine Energie. Ich reiste quer durch die Republik, bekam neue Aufträge, arbeitete bis spät nachts, um die Terminabgaben einzuhalten. Natürlich verdiente ich dabei sehr gut. Doch plötzlich war der Traum vorbei. Ich wusste nicht, was mit mir los war. Irgendwann konnte ich mich morgens nur noch mit Mühe ins Büro schleppen. Ich war kraftlos, verlor meine Energie und schlimmer noch, meine Kreativität. Als eigenständiger Architekt kannst du ohne Kreativität nicht überleben.« Er schwieg bedeutungsschwer. »Um meine Ideenlosigkeit wett zu machen, arbeitete ich noch verbissener. Ich hatte keine Zeit mehr für irgendetwas anderes als meine Arbeit. Zunehmend kapselte ich mich ab. Meine Freunde schienen in einer anderen Welt zu leben, ich hatte weder die Energie, noch die Zeit, mich mit ihnen zu treffen. Und irgendwann hörten sie auf, mich zu kontaktieren. Doch der Druck wurde immer stärker und ich immer unproduktiver. Nur dank meiner Disziplin arbeitete ich die Aufträge ab, bis ich irgendwann begann, meine Meetings zu verschieben. Die Arbeit wuchs mir über den Kopf. Je mehr ich alles wieder unter Kontrolle bringen wollte, desto schlimmer wurde es. Ich wusste nicht, was mit mir los war, aber ich wusste, dass es so nicht weitergehen konnte. Irgendwann entschloss ich mich, einen Arzt aufzusuchen. Seine Diagnose war klar: klassisches Burn-out.« Christopher lachte bitter. »Ein Kreativer mit Burn-out, damit kannst du dein Büro direkt schließen. Ich wollte meines aber auf keinen Fall schließen, das war mein Leben, mein großer Traum. Ich hatte mir das alles mühsam aufgebaut. Ich liebte meine Arbeit. Aber ich wusste auch, dass ich einen Ausweg finden musste. Ich musste da raus. Ich brauchte dringend Abstand und Zeit, um wieder mit mir selbst ins Reine zu kommen, um wieder festen Halt unter den Füßen zu spüren. Also rief ich Arno, meinen besten Freund, an. Er kam sofort von Düsseldorf nach München. Gemeinsam überlegten wir, wie ich mich aus dem Alltagsgeschäft herausziehen konnte, ohne die Existenz des Büros zu gefährden. Er bot mir an, meine Stellung im Büro zu übernehmen, wenn ich weiterhin der Kopf des Unternehmens blieb. Wir brauchten meinen Namen, meine Unterschrift und meine Ideen, ich aber brauchte einfach nur Ruhe. Glücklicherweise wollte Arno sich eh beruflich verändern. Das war für uns beide wie ein Wink des Schicksals. Er half mir, ich half ihm, und wir konnten wieder mehr Zeit miteinander verbringen. Das war ja in den letzten Jahren vollständig auf der Strecke geblieben. Mir war klar, dass ich wieder auf die Beine kommen musste, bevor irgendein Kunde Wind von der Situation bekam. Mit der Entschuldigung, mich zunehmend strategischen Fragen widmen zu wollen, um das Unternehmen in die nächste Phase zu führen, setzte ich umgehend Arno als Geschäftsführer ein, brach meine Zelte in München ab und zog hierher. Ich wusste, dass ich nur hier wieder zu mir selbst finden würde. Dieser Ort steckt so voller Magie, voller Ruhe, voller Energie. Anfangs kam Arno fast täglich aus München. Ich glaube, er hatte Angst, ich würde mir etwas antun, aber bald verstand er, dass ich hier wieder zu mir selbst, zu meiner Kreativität fand. Also entschied ich, meinen Arbeitsbereich vollständig hierher zu verlegen. So konnte ich arbeiten, wann ich wollte und auch in welchem Tempo ich wollte. Arno besuchte mich dann meistens am Wochenende und wir gingen alle Unterlagen durch, die meine Entscheidungen benötigten. Mittlerweile picke ich mir die Projekte heraus, die mir wirklich Spaß machen und die mich architektonisch fordern. Tja«, schloss Christopher lächelnd, »und das Ergebnis zeigt, dass wir so noch viel erfolgreicher sind.«

Regungslos hatte Jessie zugehört. Das war also Christophers Geschichte! Alles Mögliche hatte sie erwartet, aber nicht, dass er ein Burn-out hatte. Keines all der dunklen Geheimnisse, die sie ihm angedichtet hatte, war wahr. Sie schämte sich ob ihrer Verdächtigungen. Gleichsam war sie geschockt, dass Christopher, der allem Anschein nach sein Leben erfolgreich meisterte, eine so schwere Zeit durchleben musste. Das Burn-out hatte ihn seines ganzen vorherigen Lebens beraubt. Wie schrecklich musste es gewesen sein, sich plötzlich nicht mehr zu all dem motivieren zu können, was man geliebt und geschaffen hatte. Wie einsam musste er sich gefühlt haben, wie verzweifelt musste er gewesen sein, dass er alle seine Zelte in München abbrach und nur hier wieder Kraft tanken konnte? Aber sie konnte ihn verstehen. Nirgendwo auf der Welt konnte man sich so gut regenerieren wie hier am See, umgeben von den Bergen, inmitten der Natur. Er hatte eine gute Entscheidung getroffen. Glücklicherweise hatte er Arno gehabt, der nicht nur beruflich für ihn einsprang, sondern auch als Freund, als Begleiter in der schwierigsten Zeit seines Lebens. Unglaublich, wie professionell Christopher alles hinbekommen hatte, ohne dass sich die Zeitungen auf ihn gestürzt hatten, geschweige denn überhaupt etwas erfuhren. Ein tiefes Gefühl von Achtung und Respekt für Christopher erfüllte sie. Er hatte es nicht nur geschafft, sein Burn-out zu besiegen, sondern auch zurück zu einem normalen Leben zu finden, das einen Rückfall nicht zuließ. Ob sie selbst auch so stark gewesen wäre? Hätte sie auch mit einem solchen Schicksalsschlag umgehen können, ohne sich vertrauensvoll auf andere zu stützen, die ihr halfen? Sie wusste es nicht. Aber eines stand fest: Christopher hatte ihr sein Vertrauen bewiesen. Sie war nun eine der wenigen Personen, die seine wahre Geschichte kannten. Ihr schlechtes Gewissen lastete schwer auf ihr. Mit ihrer überspannten Fantasie hatte sie ihm alle möglichen Sachen unterstellt, aus ihm geradezu einen mysteriösen Geheimnisvollen gemacht, der er überhaupt nicht war. Wirklich in jeder Hinsicht hatte sie ihm Unrecht getan. Voller Gewissensbisse nagte sie an ihrer Unterlippe.

Christopher, der Jessies Schweigen bemerkte, drehte sich zu ihr um. »Ich hoffe, ich ängstige dich nicht mit meiner Geschichte.«

»Nein, nein, ganz und gar nicht«, versicherte sie schnell. »Ich bin nur überrascht, denn damit hatte ich überhaupt nicht gerechnet. Du wirkst auf mich so selbstsicher, gelassen und souverän. Es tut mir wirklich leid, dass du eine solch schlimme Zeit durchgemacht hast.«

Christopher lächelte. »Du magst Recht haben. Ich glaube, ich habe mein Leben mittlerweile wieder im Griff, und das sogar viel besser als vorher.« Er atmete tief ein. Sanft fuhr er mit seinem Finger über ihre Wange. »Jessie, ich weiß, dass auch du deine Karriere sehr zielstrebig verfolgst, aber bitte, zieh die Reißleine, wenn es notwendig ist. Bitte lass es nicht so weit kommen, wie ich es damals habe bei mir kommen lassen. Der Fall und der Wiederaufstieg sind einfach zu schwer. Ich möchte nicht, dass du das durchmachen musst.«

»Ich werde aufpassen.« Sie küsste ihn auf die Wange, dann lehnte sie ihren Kopf an seine Schulter. »Was für ein Glück, dass ich dich getroffen habe.«

»Ja, wir sind zwei Glückspilze.«

Sie nickte zustimmend und legte eine Hand auf sein Knie. Durch die Jeans fühlte sie seine Muskeln, die sich bei ihrer Berührung leicht anspannten. Er wandte seinen Kopf, küsste sie aufs Haar. Sie spürte seinen warmen Atem. »Schau, jetzt beginnt das Schauspiel.« Er zeigte auf das majestätische Bergmassiv vor ihnen. Ihr Blick folgte seiner Hand. Gebannt beobachtete sie die Bergkette, über deren Kante sich ganz langsam die Sonne hinaufschob und die Felsen erst in rote, dann orange und schließlich in goldene Farben tauchte. Das Dach ihres Ferienhauses wurde wie von einem goldenen Tuch überzogen. Um sie herum begann die Nacht sich zu lichten. Sie konnte bereits Bodennebel an den unteren Berghängen erkennen. Plötzlich begannen Vögel zu zwitschern. Der Tag war da.

Was für ein ehrfurchtsvolles Erlebnis. Sie war Teil von etwas Großem, ein stiller Beobachter, dem man Einlass gewährt hatte zu einem einzigartigen Schauspiel, das sie nicht stören wollte.

»Und, gefällt es dir?« flüsterte Christopher.

»Es ist atemberaubend schön, und das allererste Mal, dass ich es sehe. Danke, dass du das mit mir geteilt hast. Ich werde in Frankreich bestimmt oft daran denken.« Dabei spürte sie einen schmerzhaften Stich. Sie wollte nicht nach Frankreich fahren, sondern viel lieber hier am See bei Christopher bleiben. Sie seufzte leise.

»Jessie, darf ich dich morgen Abend, wenn ich von meinem Termin in München zurück bin, zu mir zum Essen einladen? Unser letzter gemeinsamer Abend vor deiner Abreise.«

»Sehr gerne.« Sie schluckte den Kloß in ihrem Hals energisch herunter.

»Prima.«

Sie schaute ihm ernst in die Augen. »Danke, dass du mir deine Geschichte erzählt hast. Das bedeutet mir wirklich viel.«

»Ich bin auch froh, dass du es weißt. Komm, ich bringe dich jetzt zurück, denn ich muss leider schon bald los.«

KAPITEL 12

Es war kurz vor acht, als sie Thomas' Klingel drückte. Schritte näherten sich der großen hölzernen Restauranttür, die einen Augenblick später schwungvoll geöffnet wurde. Mit seinen fast ein Meter neunzig und den breiten Schultern wirkte er hünenhaft in dem Türrahmen. Er hatte sich eine blütenweiße Schürze über die Jeans und das blau karierte Freizeithemd gebunden. Den obersten Hemdknopf hatte er offen gelassen, die Ärmel waren locker bis zu den Ellbogen hochgekrempelt. Mit der einen Hand noch immer den Türknopf haltend, machte er mit der anderen Hand eine einladende Geste. »Hallo, Jessie. Komm herein.« Dabei trat er einen Schritt zur Seite. »Du kommst genau richtig. Die Vorspeise ist fast fertig.«

»Hallo, Thomas.« Sie hauchte ihm einen flüchtigen Begrüßungskuss auf die Wange, bevor sie an ihm vorbei ins Restaurant trat. Der Raum war in Dämmerlicht getaucht. Lediglich ein Tisch in einem gemütlichen Erker war mit Kerzenlicht erleuchtet. Mit seinen Gedecken und den edel im Licht schimmernden Gläsern wirkte er sehr festlich.

»Du machst es wirklich spannend, Thomas. Was erwartet mich denn heute Abend?«

Als Antwort zwinkerte er ihr verschmitzt zu. »Das ist eine Überraschung.«

»Kannst du mir denn wenigstens die Namen der Gerichte verraten, damit ich mich darauf freuen kann?«

»Gut, das kann ich tun. Also, die Vorspeise ist eine Seelachspastete an Langustenpesto, als Hauptspeise gibt es Rehmedaillons mit Kräuterkruste an weißem Spargel und als Nachspeise habe ich mir ein Champagnersoufflé an Holunderschaum überlegt.«

»Wow. Ich bin absolut beeindruckt.« Jessie nickte anerkennend. »Das hört sich fantastisch an. Mir läuft schon jetzt das Wasser im Mund zusammen.«

Er lachte herzlich auf. Seine tiefe Stimme erfüllte den Raum. »Danke für die Vorschusslorbeeren. Magst du mir in der Küche zuschauen, dann können wir uns dort weiter unterhalten?«

»Gerne. Ich habe ja schließlich nicht oft die Möglichkeit, einem Profi über die Schultern zu schauen.«

»Dann komm mit.« Elanvoll öffnete er die Schwingtür zur Küche und hielt sie Jessie galant auf. Vor ihr befand sich eine weiträumige, sauber polierte Küche mit zwei riesigen, aber noch verwaisten Kochstationen. In den Regalen stapelten sich ordentlich die Teller und Töpfe. Nur in einer Ecke standen einige Zutaten in Reih und Glied auf der Arbeitsfläche. Als sie sich zu Thomas umdrehte, hatte er schon die Kühlschranktür geöffnet und holte eine mit Zellophanpapier abgedeckte Kastenform heraus, in der sich die Seelachspastete befand. Mechanisch zog er einen kleinen Kochtopf auf die Herdplatte und begann parallel Basilikum im Mörser zu zermalmen. Alles schien spielend leicht zu funktionieren. Sie war absolut fasziniert. Nachdem er das Pesto zubereitet hatte, schnitt er die Pastete in zentimeterdicke Scheiben, zog zwei große weiße Teller heran und verteilte jeweils zwei Pastetenscheiben so darauf, dass die eine zu einem Viertel über der anderen lag. Dann setzte er gekonnt kleine Pestohäufchen drumherum, die nicht nur sicherlich lecker schmeckten, sondern auch optisch dem Gericht das gewisse Etwas verliehen. Zum Schluss steckte er noch zwei kleine Basilikumblättchen in die Pastete, dann band er die Schürze ab und kam mit beiden Tellern auf Jessie zu. »So, das Hauptgericht können wir dann gleich zusammen vorbereiten. Jetzt lass uns erst mal die Vorspeise testen.«

»Sehr gerne. Ich bin wirklich neugierig, wie sie schmeckt.« Dabei hielt sie ihm die Tür auf.

Nachdem sie am Tisch Platz genommen hatte, goss ihr Thomas Weißwein ein. »Das ist ein extra trockener Weißwein, den ich aus einer kleinen Weinkellerei an der Mosel beziehe. Ich hoffe, er schmeckt dir.«

Sie schwenkte sanft das Weinglas, dann trank sie einen Schluck. Der Wein schmeckte in der Tat trocken, sodass sich ihr Gaumen leicht zusammenzog. »Hm, sehr gut. Wie probiere ich das Gericht denn nun am besten?« wollte sie wissen.

»Egal, wie du magst. Es muss ja schließlich jedem Gast in jeder Variante schmecken. Daher hast du also freie Wahl.«

Vorsichtig schnitt Jessie ein kleines Stück von der Pastete ab, bestrich dieses leicht mit dem Langustenpesto. Es war köstlich.

Die milde Pastete zerfloss förmlich auf der Zunge, wobei das sehr würzige Pesto das zarte Fleisch der Languste perfekt umhüllte. Jessie tupfte sich kurz mit ihrer Serviette über die Lippen, dann strahlte sie Thomas begeistert an. »Diese Vorspeise ist ein echtes Gedicht. Das Pesto passt perfekt zur Pastete. Wie bist du denn darauf gekommen?«

Gelassen zuckte er mit den Schultern. »Ich habe einfach ein bisschen herumgespielt. Irgendwann hatte ich dann diese Idee.«

»Du bist ein Genie.«

Nach diesem Lob schob auch Thomas sich ein Stück der Pastetenscheibe in den Mund, wobei Jessie ihn neugierig beobachtete. Sein Gesichtsausdruck wirkte konzentriert, doch endlich schien er mit dem Gekosteten zufrieden zu sein, denn er nickte zustimmend. Dann unterbrach er die wohlige Stille. »Ich freue mich wirklich, dass du dir heute Abend für mich Zeit genommen hast, Jessie.«

»Das ist lieb von dir, das zu sagen, aber ich bin hier der Glückspilz, denn schließlich komme ich ja als Erste in den Genuss einiger deiner Kreationen für das Sommermenü. Das ist für mich wirklich eine Ehre.«

Sie erntete einen skeptischen Blick, doch als er sah, dass es ihr ernst war, nickte er dankbar. »Wenn das Sommermenü ein Erfolg wird, beziehungsweise wenn ein oder zwei der eingeladenen Kritiker meine Einladung annehmen und das Essen als gut befinden, dann bin ich auf dem Weg zu meinem ersten Stern ein gutes Stück vorangekommen.«

»Ich freue mich schon riesig darauf. Danach werde ich allerdings abreisen.«

Mitten in der Bewegung hielt er inne. »Warum, ist etwas passiert?« Bei seiner Reaktion regte sich sofort ihr schlechtes Gewissen. Sie hatte ganz vergessen, Thomas die freudige Nachricht mitzuteilen.

»Stell dir vor, ich habe gestern die Nachricht erhalten, dass mein Arbeitgeber den Projektzuschlag bekommen hat und ich die Projektleitung übernehmen werde.«

»Wow. Das ist ja großartig. Lass dir gratulieren!« Sofort war er aufgesprungen und nahm Jessie in die Arme. Jubelnd drehte er sich mit ihr im Arm um die eigene Achse, bevor er sie wieder herunter ließ. Dann küsste er sie auf die Wange. »Das ist ein wahrer Grund zum Feiern. Warte, ich hole uns schnell zwei Gläser Champagner.« Leicht widerstrebend ließ er sie los.

»Danke, Thomas. Das ist aber doch nicht nötig«, stammelte Jessie noch vollkommen überrascht.

»Was heißt hier, nicht nötig? Das war doch das Projekt, an dem du hier gearbeitet hast, oder?« fragte er über die Schulter. Ohne auf ihre Antwort zu achten, entnahm er dem Wandschrank zwei Champagnergläser.

»Ja, genau das«, stimmte sie zu.

»Na also«, mit diesen Worten war er bereits durch die Küchentür entschwunden, nur um kurz darauf mit zwei gefüllten Champagnergläsern zurück zum Tisch zu kommen. »Auf deinen Projektgewinn.« Er prostete ihr leicht zu, bevor er einen Schluck trank. Jessie tat es ihm nach. Als sie die Gläser abgesetzt hatten, blickte er sie fragend an. »Und wie geht es jetzt bei dir weiter?«

»Na ja, auf jeden Fall werde ich am Samstag nach deiner Veranstaltung zurück nach München fahren müssen, um anschließend nach Toulouse zu fliegen. Am Montag beginnt das Projekt nämlich schon.«

»Toulouse? Wow, das ist ganz schön weit weg. Wie lange bleibst du denn dort?«

»Insgesamt ist das Projekt auf zehn Monate angelegt, aber ich denke, dass es nach den ersten vier Wochen eine kleine Pause geben wird, in der ich hoffentlich wieder hierher komme.«

»Was heißt hier hoffentlich? Du musst unbedingt hierher kommen und mich auf dem Laufenden halten.«

Jessie lachte. »Es gibt aber auch Telefone.«

»Aber das ist etwas ganz anderes.« Er blickte sie vielsagend an.

»Klar komme ich zurück«, versicherte sie. Schließlich hatte sie es Christopher versprochen. »Sollen wir uns jetzt um die Hauptspeise kümmern? Ich bin schon ganz gespannt«, lenkte Jessie das Thema in eine unverfänglichere Richtung.

»Gerne, komm mit.« Schon hatte Thomas seinen Stuhl zurückgeschoben und nach den zwei Tellern gegriffen. Mit raschen Schritten eilte er voraus in die Küche, wo er mit geübten Griffen das Geschirr in der riesigen Spülmaschine verstaute, sich die Hände wusch und alle notwendigen Zutaten und Utensilien für die Zubereitung des Hauptgerichtes auf die Arbeitsfläche stellte. Seine Bewegungen sahen so geschmeidig aus. Schon wenige Augenblicke später brutzelten die Rehmedaillons fröhlich in der Pfanne, während Thomas den Mörser mit verschiedenen Kräutern füllte, noch ein wenig Vanilleextrakt hinein gab und eine selbst erstellte Salzmischung darunter hob. Dann wendete er flink die Rehmedaillons, bestrich sie mit der Masse, beobachtete gleichzeitig den Spargeltopf. Jessie bewunderte, wie leicht ihm alles von der Hand zu gehen schien.

»So, noch zwei Minuten. Dann kannst du die Hauptspeise testen«, meinte er über die Schulter gewandt.

»Das Wasser läuft mir schon im Mund zusammen.«

Das rosa gebratene Medaillon mit der krossen Kräuterkruste zerfloss förmlich auf der Zunge. Ein Traum, der nur noch durch den milden Spargel mit seiner leichten Säure vervollkommnet wurde. Eine wahrlich meisterliche Kombination. Sie legte beeindruckt das Besteck zur Seite. »Du hast dich selbst übertroffen. Das ist einfach super! Deine Gäste am Samstag werden sich darum schlagen.«

»Hoffentlich nicht«, lachte Thomas. »Ich habe schließlich keine Lust, das Restaurant zu renovieren.« Dann erhob er das Rotweinglas, das vor ihm stand. »Auf heute Abend.« Die Gläser klirrten leise aneinander. Langsam trank Jessie einen Schluck.

»Bist du bereit für die Nachspeise?«

»Klar, darauf freue ich mich schon den ganzen Abend.«

»Dann starten wir jetzt mit dem Champagnersoufflé.« Er schob ihren Stuhl zur Seite, um ihr beim Aufstehen zu helfen. Dann hielt er ihr galant die Küchentür auf. Flink griff er in die verschiedenen Regale, stellte wiederum eine kleine Ansammlung von Zutaten auf der Arbeitsfläche zusammen und öffnete anschließend den Kühlschrank, dem er eine abgedeckte Blechschüssel entnahm. »Den Holunderschaum habe ich bereits heute Nachmittag vorbereitet, denn der muss im Champagner ziehen, so brauche ich ihn jetzt nur ein wenig aufzuschäumen.«

Jessie nickte anerkennend. Als er schließlich die gefüllten Souffléförmchen in den Ofen schob, drehte er sich zwinkernd zu ihr um. »So, nun können wir uns noch entspannt unterhalten, bevor ich die letzten zwei Minuten vor der Ofentür verbringen werde.« Mit ausholenden Schritten ging er zu einem hüfthohen Weinschrank im hinteren Teil der Küche. Zielsicher griff er nach einer weiteren Flasche Wein. »Wie gut, dass ich nebenan wohne. Unser Alkoholkonsum ist wirklich beachtlich«, lachte Jessie.

»Keine Sorge, du musst die Flaschen ja nicht leer trinken. Falls du es aber dennoch vorhast, kann ich dir später meinen starken Arm zum Halt reichen.« Er grinste sie frech an.

»Darüber werde ich nachdenken«, erwiderte sie fröhlich, während die Backofenuhr vibrierte. Prüfend schaute Thomas durch die Ofentür, bevor er die Temperatur herunterfuhr und das Blech vorsichtig heraus zog. Ein verführerischer süßer Duft wehte zu Jessie hinüber. Brav aufgereiht standen kleine hellbraune Soufflétörtchen auf dem Blech, die sich mit ihrer aufgebauschten Haube stolz präsentierten. Vorsichtig hob Thomas sie aus ihren Formen und platzierte sie jeweils in die Mitte der vorgesehenen Teller. Dann griff er zu einer kleine Flasche mit Himbeersauce und träufelte diese künstlerisch um die kleinen Törtchen. Zufrieden drehte er sich um, ergriff eine Schüssel mit frischen Himbeeren und garnierte diese dekorativ in der Himbeersauce. Dann zauberte er einen kleinen Klacks Vanillesahne auf den Tellerrand, träufelte den Holunderschaum über die Teller und bestäubte alles mit einer hauchdünnen weißen Schicht Puderzucker. Prüfend drehte er beide Teller, bevor er, mit sich zufrieden, beide ergriff und sich zu Jessie umwandte: »So, nun können wir den krönenden Abschluss testen.« Dabei stieß er schon mit einem Fuß die Schwingtür auf, trat schnell vor und vermied so das Zurückschwingen der Tür. »Bitte sehr.«

»Wow, danke.« Lächelnd schob Jessie sich an ihm vorbei, wobei sie der süße Duft von Vanille, Holunder und Champagner begleitete. Genießerisch sog sie das Aroma ein, während sie zu ihrem Platz eilte.

Neugierig beugte sie sich über ihren Dessertteller. »Es sieht nicht nur hinreißend aus, sondern duftet auch absolut verführerisch.«

»Warte mit deinem Lob lieber, bis du es probiert hast. Das ist ja das Schwierige am Soufflé, es kann dich betören und dann verstören.«

Jessie bezweifelte das bei diesem kleinen Prachtexemplar, dessen Haube leicht gebräunt unter dem weißen Puderzucker hervorstach. Neugierig steckte sie ihren Löffel ins Soufflé, das leise knackte und dann ergeben in sich einsank, bevor sie ihn in den Himbeerschaum tauchte und gespannt in den Mund schob. Genießerisch schloss sie dabei die Augen.

»Wenn man dich so anschaut, dann erübrigt sich die Frage, ob du das Dessert magst.« Stolz lehnte Thomas sich in seinem Stuhl zurück.

»Gigantisch«, war alles, was Jessie hervorbrachte. Ihr war gar nicht nach Sprechen zumute, sie wollte einfach nur dieses paradiesische Dessert genießen.

Er beobachtete sie amüsiert. »Du solltest Werbung für Süßspeisen machen. Ich bin überzeugt, der Absatz des Produktes würde sich direkt verdoppeln.«

»Ich bezweifle aber, dass die so gut wären wie dieses hier. Das ist die absolute Krönung – die perfekte Nachspeise. So etwas habe ich wirklich noch nie gegessen.«

»Das ist mit das schönste Kompliment, das du mir machen kannst. Danke. Ich fühle mich jetzt wirklich viel besser im Hinblick auf Samstag.«

»Dein Menu wird garantiert ein Erfolg«, bekräftigte Jessie. Dann strich sie sich mit gequältem Lächeln über ihren flachen Bauch. »Ich fühle mich wie der Wolf bei den sieben Geißlein.«

»Leider geht es mir genauso«, lachte Thomas. »Aber keine Sorge, ich besitze ja die Wunderwaffe. Welchen Geschmack magst du denn?«

Jessie schüttelte sich leicht. Thomas' Obstbrände waren höllisch und brannten ihr immer ganz übel im Hals, aber er hatte recht, sie waren das Einzige, was sie jetzt nach dem üppigen Menü wieder in einen normalen Zustand versetzen konnte.

»Hast du noch die *Schwarze Kirsche*?«

»Na, hör mal, du bist doch hier nicht in einem einfachen Lokal. Natürlich habe ich den Schnaps. Warte.« Und schon war er zu einem alten Bauernschrank an der gegenüberliegenden Wandseite geeilt. Als er die Schranktüren öffnete, traute Jessie ihren Augen nicht. Ein Gewirr von Flaschen, lange schmale, kleine bauchige und jede Variante dazwischen füllte die Regale. Alle schienen irgendeinen Obstbrand, Grappa oder Schnaps zu enthalten.

»Das ist ja ein ganzes Schnapsarsenal.«

»Gut, gell? Ich habe mir wirklich Mühe gegeben, die besten Brandsorten zu erstehen. Die Auswahl kommt übrigens recht gut bei meinen Gästen an.«

»Das kann ich verstehen.«

Er griff in den hinteren Teil des Schrankregals und förderte eine mittelgroße schlanke Flasche mit einem kleinen beigefarbenen Etikett zutage. Dann schloss er die hölzerne Tür, griff in einen anderen Schrank und kam mit Flasche und Gläsern zurück zum Tisch. Nachdem er eingegossen hatte, setzte er sich wieder. Dann erhob er sein Glas, worauf Jessie ihm zuprostete: »Auf deine kulinarischen Köstlichkeiten und ihren durchschlagenden Erfolg am Samstag.«

Thomas lächelte und trank sein Glas in einem Zug aus, bevor Jessie es ihm nachtat. Der Obstbrand rann ihre Kehle wie beißendes Feuer herunter, aber das musste sie ignorieren, wollte sie nicht von Thomas ausgelacht werden. Also verzog sie nur ein klein wenig das Gesicht, dann schaute sie ihn strahlend an. »Höllisch«, murmelte sie nur, worauf er ein sonores Lachen von sich gab.

»Du tust mir wirklich gut, Jessie. Im Ernst, ich genieße jeden Augenblick mit dir. Könntest du dir nicht vorstellen, häufiger hierher zu kommen?«

»Ich würde liebend gerne öfter herkommen, aber leider kann ich mir meinen Zeitplan nicht aussuchen.« Entschuldigend zuckte sie mit den Schultern wobei ihr Blick auf seine Armbanduhr fiel. Es war bereits weit nach Mitternacht. »Wahnsinn, es ist schon echt spät. Ich glaube, ich muss jetzt wirklich heim. Außerdem hast du morgen auch einen langen Arbeitstag vor dir.« Sie lächelte ihn dankbar an. »Vielen Dank für das köstliche Menü. Du hast mich heute Abend echt verwöhnt. Ich freue mich jetzt schon darauf, all die köstlichen Gerichte am Samstag zu kosten.«

Für den Bruchteil einer Sekunde wirkte Thomas enttäuscht, doch dann nickte er verständnisvoll und stand sofort auf. »Klar. Komm, ich bringe dich nach Hause.«

»Danke.« Jessie erhob sich ebenso und folgte ihm zur Tür. Langsam schritten sie den Bergweg hinunter. Als sie an Christophers' Haus vorbeikamen, lächelte Jessie unmerklich. Was wohl der morgige Abend bringen würde? Auch wenn das Abendessen bei weitem nicht so gut würde wie das heute bei Thomas, freute sie sich riesig auf den morgigen Abend. Nun waren es nur noch wenige Stunden, bis sie zu Christopher gehen würde. Ein freudiges Kribbeln breitete sich in ihrem Bauch aus. Als sie das Tor erreichten, stellte sie sich auf die Zehenspitzen und gab Thomas einen Gute-Nacht-Kuss auf die Wange. »Vielen lieben Dank, Thomas. Es war ein traumhafter Abend.«

Schweigend blickte er auf sie hinunter, bevor er leise antwortete: »Ich fand ihn auch wunderschön.« Dann küsste er sie sanft auf die Wange.

»Jederzeit wieder«, lachte Jessie. »Schlaf gut.«

»Gute Nacht, Jessie.« Er blickte ihr nach, bis sie im Haus verschwunden war. Erst dann ging er langsam, die Hände tief in den Hosentaschen vergraben, zurück zu seinem Restaurant.

KAPITEL 13

Schon von weitem strahlte das Licht aus den verschiedenen Fenstern in den dunklen Garten. Ihr Herz pochte schnell vor Aufregung. Sie fühlte sich wie siebzehn. Mit wiegendem Schritt näherte sie sich Christophers Haustür, wobei ihr neues himmelblaues Kleid, dessen Rüschen verführerisch um ihre Taille und Beine fielen, sich bei jeder Bewegung weich um sie schmiegte. Jessie atmete tief ein, strich sich eine Strähne hinter das linke Ohr und drückte mit geschlossenen Augen auf die Klingel. Mit klopfendem Herzen lauschte sie den sich nähernden Schritten, dann öffnete sich die große Holztür, Christopher stand vor ihr. Wie er so mit seiner dunklen Hose und einem eng geschnittenen hellblauen Hemd im Türrahmen stand, hätte er gut als Model arbeiten können. Konnte es wirklich sein, dass dies der Mann war, der ihr erst vor zwei Tagen seine Liebe gestanden hatte?

»Hallo Jessie, wie schön, dich endlich wieder zu sehen. Komm doch herein.« Er trat einen Schritt zur Seite und ließ sie an sich vorbei ins Haus treten.

Ihr Blick glitt zu seinem Gesicht. Er strahlte sie an, wobei seine braunen Augen vor Freude geradezu sprühten.

»Hallo Christopher. Ich hoffe, ich bin nicht zu früh.«

»Wie kommst du denn darauf? Ich habe mich doch so auf dich gefreut.« Mit diesen Worten zog er sie an sich, drückte mit dem Fuß die Haustür ins Schloss und beugte sich zu ihrem Gesicht herunter. Als sich ihre Lippen berührten, glaubte Jessie zu träumen. Alles um sie herum verschwand. Es gab nur noch Christopher und sie. Wie konnte er so spielend ihre ganze Selbstbeherrschung auf den Kopf stellen? Eine Woge voller Wärme überrollte sie, riss sie mit sich fort.

Als er sie schließlich losließ, waren ihre Wangen gerötet, ihre Augen glänzten.

»Da bin ich aber froh, dass du dich über mein pünktliches Erscheinen freust.«

»Von mir aus hättest du sogar schon viel früher kommen können. Ich hätte nämlich gut jemanden zum Gemüseschneiden gebrauchen können«, entgegnete er trocken, während er mit seinen Fingern leicht durch ihr Haar fuhr. »Hast du Lust auf einen Aperitif? Vielleicht ein Glas Champagner? An unseren letzten Champagner habe ich nämlich äußerst positive Erinnerungen.« Er blickte sie fragend an, doch in seinen Augen sah sie ein belustigtes Glitzern.

»Ja, das stimmt«, antwortete sie lachend.

»Sehr gut.« Er legte seinen Arm um ihre Schultern und führte Jessie ins Wohnzimmer. Auf der Türschwelle blieb sie beeindruckt stehen. Überall im Raum waren große Kerzen verteilt, die weiches Licht verströmten. Der Esszimmertisch war mit weißem Porzellan, feinen Weingläsern, einzelnen weißen Rosenblüten und kleinen roten Glassteinen, die im Kerzenschein förmlich glühten, festlich gedeckt. Gedämpfte Musik spielte im Hintergrund.

»Ich fühle mich wirklich geehrt, dass du dir für mich so viel Mühe gemacht hast«, gestand sie, dankbar lächelte sie ihn an.

»Es ist doch unser erstes romantisches Abendessen. Da muss es doch etwas Besonderes sein, meinst du nicht?«

Bei seinen Worten schien ihr Magen Purzelbäume zu schlagen. Ja, das erste Abendessen war wirklich etwas Besonderes. Christopher löste sich von ihr und trat zum Sideboard, wo in einem silbernen Kühler eine Flasche Champagner wartete. Dann griff er nach zwei bereitstehenden Gläsern, goss den Champagner ein und reichte

Jessie ihr Glas. »Auf dass dem Anfang eine wunderschöne und unendliche Geschichte folgen möge.«

Leicht stieß sie ihr Glas an seines. »Darauf trinke ich gerne.«

Sie hoben ihre Gläser zum Toast, dabei sah er ihr vielsagend in die Augen. Die Intensität seines Blickes verwandelte ihre Knie in eine instabile Masse, verzweifelt versuchte sie, sich zu beherrschen. Sie konnte ja schließlich nicht immer zusammensacken, wenn sie Christopher in die Augen schaute. Was für einen Eindruck machte das denn?

Langsam stellte Christopher sein Glas auf den Tisch, dann trat näher er auf Jessie zu, griff behutsam nach ihrer Haarsträhne, die ihr schon wieder ins Gesicht gefallen war, und drehte sie leicht um seinen Finger. »Du siehst heute Abend einfach umwerfend aus.«

Jessie errötete gegen ihren Willen. »Danke. Es freut mich, dass ich dir gefalle. Aber das gleiche Kompliment gebe ich gerne an dich zurück.«

Belustigtes Lachen war seine Antwort. »Sag mal, hast du Lust, mir in der Küche beim Kochen zuzuschauen? Oder magst du dich lieber hier im Wohnzimmer ausruhen?«

»Ich komme sehr gerne mit in die Küche und überzeuge mich höchstpersönlich von deinen Kochkünsten.«

»Schön.« Dabei streckte er Jessie seine Hand entgegen. Sanft schlossen sich seine Finger um ihre, während er ihr vergnügt zuzwinkerte und sie in Richtung Küche führte.

Dort herrschte emsige Betriebsamkeit, ohne jedoch chaotisch zu wirken. Auf der Arbeitsfläche standen Schüsseln mit geschnittenen Gemüsesorten, Fläschchen, Töpfe und Teller. Christopher griff gelassen nach den Zutaten, um sie in einem Mörser klein zu reiben. Fasziniert beobachtete Jessie seine Bewegungen. Während bei Thomas alles professionell gewesen war, wirkte diese Küche mit Christopher als Koch einfach nur romantisch. Ob er wohl nervös war? Vorsichtig lugte sie zu ihm herüber, doch sie konnte kein Zeichen von Nervosität in seinem Gesicht entdecken. Typisch Christopher. Er hatte die Situation doch stets im Griff.

»Ich frage mich, was du mit all diesen Schüsseln und Töpfen hier anstellen wirst.« Sie trat neugierig auf die Schüsseln zu.

Ein verschmitztes Lächeln umspielte seinen Mund. »Lass dich überraschen. Ich bin zwar kein Spitzenkoch wie Thomas, aber ich hoffe, dass ich dir trotzdem ein leckeres Essen zaubern kann.« Er lachte vergnügt. »Gut, dass ich dich nicht schon vor Jahren zum Abendessen eingeladen habe, da hätte ich dir außer einer aufgewärmten Pizza oder Nudeln mit einer Soße aus dem Glas nichts anbieten können. Erst mit dem Umzug hierher habe ich mit dem Kochen angefangen. Du siehst, ein weiterer Vorteil, hier oben zu wohnen.«

»Dann hast du bis heute wirklich große Fortschritte gemacht.«

»Genau«, antwortete Christopher lachend, drehte sich um, ging mit zwei langen Schritten auf Jessie zu und nahm sie schwungvoll in seine Arme. Er küsste sie so leidenschaftlich, dass sie sich spontan an ihm festhielt. Genauso schnell, wie er sie in den Arm genommen hatte, ließ er sie wieder los und zerkleinerte gelassen die Kräuter. »Wie du siehst, habe ich meine Kochkünste soweit perfektioniert, dass ich auch noch eine kleine Pause einlegen kann«, meinte er lapidar.

»Das ist wirklich sehr gut.« Jessie lachte hell auf. »Nur frage ich mich, ob du das immer kannst oder ob ich das eher unter Zufall verbuchen soll?« Dabei hatte sie schnell die Küchentür aufgerissen und war hinaus gerannt, bevor Christopher etwas erwidern konnte. Doch kaum hatte sie das Wohnzimmer erreicht, wurde sie von ihm eingeholt, der sie mit beiden Armen griff, sie zu sich herumdrehte und festhielt. »So, so. Provozieren und dann weglaufen gibt es hier nicht. Wer von uns beiden schleicht sich denn hier von einem Koch zum anderen, hm?«

Jessie blickte ihn überrascht an. Erleichtert entdeckte sie ein schelmisches Lachen in seinem Blick und hob fragend eine Augenbraue. »Keine Ahnung, was du meinst«, erwiderte sie arglos.

»Wirklich nicht?« fragte Christopher sanft.

»Hm, nicht direkt. Kannst du mir nicht einen Tipp geben?«

Er schüttelte betont missbilligend mit dem Kopf. »Romantisches Dinner gestern Abend mit viel Schnaps bis spät in die Nacht?«

»Oh, ich hatte die Berggeister ganz vergessen.« Jessie nickte verstehend. »Du stehst mit ihnen also auf vertrautem Fuß?«

»Genau so ist es. Er hat es mir voller Stolz erzählt. Also?«

»Tja, was soll ich sagen, das Essen war ein Traum, der Gastgeber sehr bemüht, der Abend wirklich lustig und der Obstbrand teuflisch stark.« Sie holte tief Luft. Christophers Gesicht sah unmerklich ernster aus, der Schalk in seinen Augen war vollkommen verschwunden. »Aber es war kein romantisches Dinner für mich«, stellte Jessie klar.

»Und heute?« fragte er, seine Augen beobachteten sie genau.

»Heute ist der perfekte romantische Abend.«

»Schön«, er richtete sich auf. »Bevor wir gleich vor verbranntem Essen sitzen, gehe ich noch einmal schnell zurück in die Küche. Aber ich bin in zwei Minuten mit der Vorspeise zurück.«

Jessie öffnete die Balkontür und trat hinaus in die leicht abgekühlte Sommernacht. Um sie herum herrschte Dunkelheit. Den See konnte sie nur noch als schwarzen großen Fleck vor sich liegend erahnen. Die Grillen zirpten, von weit her vernahm sie das leise Geläut einzelner Kuhglocken. Woher wusste Christopher vom gestrigen Abend? Bestimmt hatte er mit Thomas gesprochen. Ob er Thomas etwas von ihrem Essen heute Abend erzählt hatte? Eigentlich war Christopher viel zu verschwiegen, zumal sie ja vereinbart hatten, ihre Beziehung vorerst geheim zu halten. Morgen schon würde sie für mindestens vier Wochen nicht mehr hier, sondern in Toulouse sein. Allein der Gedanke daran versetzte ihr einen schmerzlichen Stich. Sie wollte aber nicht fort, sondern die kommenden Tage und Nächte mit Christopher verbringen. Energisch schüttelte sie den Kopf. Es war nicht zu ändern. Vor allem heute Abend wollte sie nicht daran denken, sondern jede Sekunde aus vollem Herzen genießen. Langsam wandte sie sich um. Gerade als sie die Balkontür schloss, verließ Christopher mit zwei großen Tellern die Küche. Bei seinem Anblick, wie er lässig und braungebrannt auf sie zukam, schmolz sie innerlich dahin. Erleichtert stellte er die Teller auf den Tisch und zog Jessie einen Stuhl zurecht. Dann griff er zur Champagnerflasche und schenkte ihnen erneut nach. »Ich dachte, wir bleiben konsequenterweise bei Champagner. Oder möchtest du lieber Wein?«

»Champagner ist perfekt. Danke.«

Jessie kostete das vor ihr stehende Lachscarpaccio, dessen dünne Scheiben mit Trüffelöl beträufelt waren. »Hm, es schmeckt hervorragend.«

»Schön, dass es dir schmeckt.« Er trank einen Schluck Champagner. »Und, was hast du sonst noch so gemacht, während ich in München war? Hast du deinen Urlaub ausgiebig genossen?«

Jessie nickte. »Ja, ich denke schon. Neben einem kleinen Einkaufsbummel im Dorf, dem Abendessen bei Thomas und dem notwendigen Hausputz, habe ich einfach mal die Seele baumeln lassen. Es war herrlich.«

»Das hast du dir auch verdient. Gibt es schon Neuigkeiten wegen deines Projektes?«

»Ja, ich werde morgen nach Thomas' Sommermenü abreisen. Das Projekt beginnt am Montag in Toulouse.« Bedauern schwang in ihrer Stimme mit.

Christopher griff mitfühlend nach ihrer Hand, streichelte sie sanft. »Und wann kommst du wieder? Weißt du das schon?«

»Die erste Projektpause ist in vier Wochen.« Sie schaute ihn enttäuscht an.

»Wer Jahre gewartet hat, der schafft es auch, vier Wochen zu warten. Was meinst du?« Er grinste schief.

»Definitiv. Und du? Was hast du in München gemacht?«

»Ich hatte verschiedene Termine. Mein derzeitiges Projekt ist ziemlich knifflig, sodass ich meine Kunden von einem etwas unkonventionellen Vorschlag überzeugen musste.«

»Klingt ganz schön spannend.«

Er zuckte gelassen mit den Schultern. »Das ist Teil des Geschäfts. Aber nun lass uns nicht weiter über die Arbeit reden. Ich hole jetzt unseren Hauptgang.« Mit diesen Worten schob er seinen Stuhl zurück und griff nach den Tellern. »Bin in zwei Minuten wieder da.«

Vorsichtig platzierte er die heißen Teller auf dem Tisch. »Voilà, Seelachs an Cognacsauce mit geschmorten Gemüse.«

»Wenn es so schmeckt, wie es aussieht, dann hast du mein volles Lob«, erwiderte Jessie beeindruckt. Neugierig griff sie nach ihrem Besteck, schnitt ein Stück des leicht glänzenden Seelachses ab. Butterweich zerging es auf der Zunge. »Es war eine sehr gute Entscheidung von dir, hierher zu ziehen. Der Fisch schmeckt toll.«

Als Antwort grinste Christopher entspannt, dann probierte er selbst. Nachdenklich nickte er, so als ob er sich sein Urteil genau überlegen müsse. »Ja, er ist ganz gut geworden.«

Plötzlich hielt Jessie inne, blickte ihn neugierig an: »Sag mal, was hättest du eigentlich gemacht, wenn ich nicht ständig an deiner Tür geklingelt hätte? Ich glaube nicht, dass ich dann jetzt hier sitzen würde.«

Christophers Gesicht wirkte für den Bruchteil einer Sekunde überrascht, doch dann entspannten sich seine Züge wieder. »Stimmt. Du hast uns beiden viel Zeit erspart. Ich war noch dabei herauszufinden, für wen von uns dreien du dich wirklich interessierst.«

»Und hattest du es bereits herausgefunden, als ich mit der Flasche Champagner vor deiner Tür stand?«

»Nein, so weit war ich noch nicht. Aber ich fand es an der Zeit, alles auf eine Karte zu setzen. Und wie du siehst, habe ich sehr gut daran getan.« Er grinste selbstsicher.

»Ja, das kann man wohl sagen. Aber was hättest du gemacht, wenn ich nicht bei dir geklingelt hätte? Ich meine, du wusstest doch, dass ich jederzeit meinen Urlaub hier abbrechen könnte.«

»Ich hätte dich gestern früh auf der Badeinsel zum Abendessen eingeladen.«

»Oh.« Ungläubig starrte sie ihn mit großen Augen an.

Bedächtig legte er sein Besteck zur Seite, dann blickte er Jessie offen an. »Du glaubst doch nicht wirklich, dass ich weiterhin so tatenlos dagesessen und Arno oder Thomas das Feld überlassen hätte?«

Jessie krauste fragend die Stirn. Wieso sollten Arno und Thomas sie erobern? Dafür gab es doch gar keinen Grund. Aber Christopher hatte das ja schon bei ihrem letzten Treffen erwähnt. Bitte, wenn er das glauben wollte.

»Bist du bereit für das Dessert?« unterbrach er ihre Gedanken.

»Was gibt es denn?«

»Eis mit heißen Amarenakirschen.« Entschuldigend fügte er hinzu: »Ich will die Zeit einfach gerne mit dir zusammen genießen und nicht den ganzen Abend in der Küche stehen. Schließlich konkurriere ich ja nicht mit Thomas, oder?« Gespannt wartete er auf ihre Reaktion.

Sofort schüttelte sie verneinend mit den Kopf. »Nein, das tust du nicht. Eis mit heißen Kirschen ist perfekt.«

»Gut, dann hole ich es schnell.«

So einem Mann wie Christopher war sie wirklich noch nie begegnet. Sie fühlte eine tiefe Vertrautheit, obwohl sie ihn erst gerade kennenlernte und der heutige Abend mehr als aufregend war. Aber irgendwie war da ein Band zwischen ihnen, etwas, das nicht erst jetzt entstand, sondern etwas, das schon viel länger da zu sein schien. Aber vielleicht irrte sie sich auch und hatte einfach zu viel Champagner getrunken.

Als der letzte Bissen des Desserts verspeist war, erfüllte plötzlich eine elektrisierende Spannung den Raum. Über den Tisch hinweg sah Christopher sie schweigend an. Seine Augen hatten im Kerzenschein einen warmen Glanz. »Hast du Lust zu tanzen?« unterbrach er leise die Stille.

Ihr Blick schweifte zweifelnd durch den Raum. »Jetzt?«

»Ja, jetzt und hier. Magst du?«

»Gerne«, sie nickte verzückt. »Sehr gerne.« Ein aufregendes Kribbeln breitete sich in ihr aus, ließ ihren Puls schneller schlagen. Sanfte Bluesklänge erfüllten den Raum, dann streckte Christopher ihr die Hand entgegen. »Darf ich bitten?«

Lächelnd erhob sie sich, fast schüchtern legte sie ihre Hand in seine. Sofort zog er sie sanft an sich. Wange an Wange bewegten sie sich im Takt der Musik. Die melodischen Bluesklänge schienen mit ihnen zu verschmelzen, Jessie fühlte sich wie berauscht. Sie hatte sich immer gefragt, wie Leute so allein tanzen konnten. Nun wusste sie die Antwort. Es war einfach ein unglaublich romantischer, sehr inniger Moment. War das wirklich Realität? Tanzte sie wirklich hier mit ihrem mysteriösen Nachbarn und fühlte sich wie ein verliebter Teenager? Und plötzlich begriff sie: Sie war in Christopher verliebt.

Seine Hand glitt langsam über ihren Rücken, während sie sich weiter im Takt der Musik bewegten. Mit seiner anderen Hand griff er in ihr Haar, umfasste locker ihren Nacken. Dann beugte er sich zu ihr hinunter. Seine Lippen liebkosten erst ihren Mund, dann ihre Wangen, bevor sie behutsam über ihren Hals hinunter zu den Schultern wanderten. Christophers Berührungen prickelten auf ihrer Haut. Unwillkürlich schmiegte sie sich näher an ihn, worauf er sie schweigend noch enger an sich zog. »Jessie, du bringst mich um den Verstand. Ich will nicht nur mit dir tanzen«, flüsterte er mit rauer Stimme in ihr Ohr.

Ihr helles Lachen erfüllte den Raum. Sie war von Kopf bis Fuß elektrisiert. Er sprach ihr aus der Seele. Als er sie anschaute, las sie pures Verlangen in seinen Augen.

»Ich würde dir gerne die obere Etage meines Hauses zeigen. Hättest du darauf Lust?«

Ihr Puls raste. Ja, und wie sie Lust darauf hatte. War es möglich, dass sie und Christopher wirklich all dies zusammen erlebten? »Das ist eine ausgezeichnete Idee.« Ihre Stimme war nicht mehr als ein Flüstern.

Sein Mund verzog sich zu einem breiten Lächeln, während sein Finger langsam über ihre Wange fuhr, dann hinunter über ihren Hals bis zu ihren nackten Schultern. »Ich finde dein Kleid wirklich sexy, aber jetzt ist es Zeit, es auszuziehen.« Ohne ein weiteres Wort hob er Jessie hoch. Dann trug er sie im Klang des leisen Blues die breite Holztreppe in die obere Etage hinauf.

KAPITEL 14

Die Sonne kitzelte sie. Verschlafen öffnete Jessie die Augen. Sie lag an Christopher geschmiegt, der seine Arme um sie geschlungen hatte, so als wollte er sie auch im Schlaf ganz festhalten. Sie spürte seine gleichmäßigen Atemzüge in ihrem Haar, die ihr verrieten, dass er noch schlief. Neugierig sah sie sich im Raum um, den sie gestern Nacht im gedimmten Licht gar nicht wahrgenommen hatte. Klare Strukturen in verschiedenen Grautönen bestimmten das Schlafzimmer mit seinem breiten Bett, den weichen Wollteppichen und dem cremefarbenen Ledersessel neben dem Herrendiener. Unzweifelhaft, dieser Raum war das Schlafzimmer eines Mannes. Jessies Gedanken schweiften zur vergangenen Nacht. Ihre Körper hatten sich im Gleichklang bewegt, sich gegenseitig in den Gefühlsrausch getrieben. Ohne Zweifel, das Universum hatte stillgestanden, bevor ein bisher unbekanntes Glücksgefühl sie durchströmt hatte. Es war wie ein lebendig gewordener Traum. Christopher war wirklich unglaublich, so männlich, doch gleichzeitig so gefühlvoll. Jede ihrer Regungen hatte er wahrgenommen, darauf bedacht, dass er nichts tat, was ihr missfiel. Sie hatten sich vertraut, sich einander anvertraut und hemmungslos geliebt. Er gab ihr das Gefühl, jemand ganz Besonderes zu sein. Immer wieder hatte er ihr in der Nacht seine Liebe gestanden. Verträumt schloss Jessie die Augen. Hinter ihr regte sich Christopher, küsste sie sanft auf die Schulter. »Weißt du eigentlich, wie unglaublich du bist?« raunte er ihr mit tiefer, noch verschlafener Stimme ins Ohr.

»Heute sagst du mir das zum ersten Mal. Guten Morgen.« Sie wandte ihm ihren Kopf zu.

»Guten Morgen. Ich könnte immer so mit dir hier liegen.«

»Ich auch mit dir, aber leider ist das nicht möglich.«

»Lass uns einfach die Zeit anhalten. Was meinst du?«

»Ja bitte, halt sie einfach an.«

Er begann Jessies Nacken mit vielen kleinen Küssen zu bedecken. Dann stützte er den Kopf auf seinen Ellbogen und sah nachdenklich auf ihr Profil herab. »Ich wünschte wirklich, ich könnte es. Ich will dich nicht gehen lassen, und doch werde ich es tun. Verrückt, oder?«

Jessie nickte langsam. »Wir haben leider keine Wahl.«

»Kommst du zu mir zurück, Jessie?«

»Ja.«

»Versprochen?«

»Ja, ich verspreche es dir«, antwortete sie mit einem feierlichen Nicken. »Und du, wartest du auf mich?«

»Ja.«

»Versprochen?«

»Ja, ich verspreche es dir. Ich warte auf dich.« Seine Augen blickten tief in ihre, verbanden sich mit ihrem Innersten, bezeugten sein Versprechen. Jessie zog sein Gesicht zu sich hinunter und gab ihm einen leidenschaftlichen Kuss.

»Das hättest du nicht tun dürfen«, murmelte er, bevor sie sich erneut liebten.

Glücklich folgte sie Christopher in die Küche, wo er bereits den Kaffee in zwei Tassen füllte. Sie lehnte sich gegen den Türrahmen und genoss es, ihm dabei zuzusehen. In seiner Jeans und dem Shirt, das er sich in der Schnelle übergezogen hatte, sah er, trotz des wenigen Schlafs, den er in der vergangenen Nacht bekommen hatte, ausgeruht aus. Sein braunes Haar war ein wenig zerzaust. Am liebsten hätte sie ihn wieder die Treppe hinauf gezogen. Aber das ging jetzt nicht.

»Hier, bitte.« Er reichte ihr eine große Tasse, die den aromatischen Duft frisch gekochten Kaffees verströmte.

»Danke.«

»Komm, lass uns ihn auf dem Balkon trinken. Danach rudere ich dich schnell zurück. So läufst du keinem neugierigen Berggeist über den Weg.«

»Gerne. Das ist wirklich eine gute Idee.«

In Gedanken versunken traten sie auf den Balkon. Die Sonne schien vom blauen Himmel und hatte die Morgenluft bereits erwärmt. Schweigend tranken sie ihren Kaffee, hingen ihren Gedanken nach.

»Es fällt mir wirklich schwer, aber ich muss nun los.« Zerknirscht schaute sie ihn an. Der Abschied fiel ihr unsäglich schwer.

Sanft strich er ihr mit dem Finger über die Wange. »Ich weiß. Auch wenn ich dich gleich bei Thomas wiedersehe, wo wir uns ja wie einfache Bekannte verhalten müssen«, fast unmerklich schüttelte er mit dem Kopf, »möchte ich, dass du dies nicht vergisst.« Dabei beugte er sich zu ihr hinunter und gab Jessie zum Abschied einen langen, leidenschaftlichen Kuss.

Nachdem sie während der letzten Stunden gepackt, aufgeräumt und alles für ihre Abreise verstaut und verschlossen hatte, drehte sie sich endlich vor dem Spiegel und begutachtete ihr Spiegelbild. Irgendwie sah sie heute Morgen anders aus. Ihre Augen strahlten intensiv von innen heraus, ihre Bewegungen erschienen ihr viel weiblicher. Aber das war nach der vergangenen Nacht ja auch kein Wunder. Ihr Blick glitt über das beigeschwarze Wickelkleid, dessen klassischer Schnitt ihrer schlanken Figur schmeichelte und das mit der langen Silberkette und dem tiefen Ausschnitt sehr attraktiv wirkte. Ja, das war gut. So sollte Christopher sie in Erinnerung behalten. Sie atmete tief durch. Allein der Gedanke an Abschied fiel ihr schwer. Sie biss sich auf die Lippen, es half nichts. Nun war es Zeit, Abschied zu nehmen, es war ja nur für einen Monat.

Die Eingangstür stand weit offen. Überall wimmelte es von Menschen. Langsam schritt Jessie durch das Restaurant. Ob Christopher schon da war? An der Terrassentür entdeckte sie Thomas, der sich mit einem älteren Ehepaar unterhielt. Die Frau lächelte ihn bewundernd an, während ihm der grau melierte Herr die Hand entgegen streckte. Thomas bedankte sich mit seiner tiefen Stimme. Als ob er ihren Blick spürte, drehte er sich zu Jessie um. Ein breites Lächeln überzog sein Gesicht und seine blauen Augen strahlten sie an. Höflich verabschiedete er sich von dem Ehepaar, dann kam er mit ausholenden Schritten auf Jessie zu. »Schön, dass du da bist.« Er küsste sie zur Begrüßung auf die Wange. Sein After Shave umfing sie. Sie genoss den Duft nach klarem Wasser. »Du siehst atemberaubend aus.«

»Danke, ich habe mir Mühe gegeben, mich dem Anlass entsprechend zu kleiden.«

»Das ist dir geglückt.«

Jessie spürte, wie sie leicht errötete. Schnell wechselte sie das Thema. »Ich hoffe, ich bin rechtzeitig da. Draußen stehen die Autos ja bis hinunter zum Hauptweg. Läuft alles nach deinen Vorstellungen?«

Thomas nickte zufrieden. »Ja, bisher schon. Gleich servieren wir das Menü.«

»Allein schon bei dem Gedanken daran läuft mir das Wasser im Mund zusammen.«

Er lächelte sie dankbar an. »Sei mir bitte nicht böse, Jessie, aber ich muss in die Küche. Christopher und Arno sind übrigens schon draußen auf der Terrasse.«

Sofort kribbelte es in ihrer Magengegend, als er Christophers Name erwähnte. »Prima, dann werde ich mich mal zu ihnen gesellen.«

»Viel Spaß. Ich komme später bei euch vorbei.« Er zwinkerte ihr verschwörerisch zu, bevor er in Richtung Küche entschwand. Jessie blickte sich glücklich um. Sie hatte sich also vorhin, doch nicht mit beim Anblick ihres Spiegelbildes geirrt. Wenn Thomas ihre Erscheinung attraktiv fand, dann tat Christopher das hoffentlich auch. Gut gelaunt trat sie hinaus auf die sonnige Terrasse. Die aufgestellten gelben Sonnenschirme verteilten sich über die gesamte Außenfläche und spendeten den umstehenden Gästen Schatten. Im hinteren Teil erblickte sie Christopher. Neben ihm stand eine schlanke Blondine, die auf ihn und Arno einredete. Sarah. Unmerklich legte sich ein Schatten über Jessies Gesicht. Warum war sie hier? Warum hatte Arno sie mitgebracht? Trotzig straffte Jessie die Schultern, dann ging sie auf die Gruppe zu. Christopher, der sie als erster erblickte, verfolgte gebannt ihre

Bewegungen, sodass sich plötzlich auch Arno und Sarah erstaunt umwandten, um zu sehen, wohin er so konzentriert blickte. Sarah hin oder her. Was hatte sie, Jessie, zu verlieren? Christopher liebte nur sie, unzählige Male hatte er ihr dies in der letzten Nacht beteuert. Und wenn sie selbst nicht darauf bestanden hätte, dann wüssten bereits jetzt alle hier, dass sie beide ein Paar waren. Sie würde sich von Sarah nicht provozieren lassen. Aber deren Blick nach zu urteilen würde das nicht so einfach werden, denn er ließ ihr das Blut in den Adern gefrieren. Noch bevor Jessie etwas sagen konnte, trat Arno auf sie zu und begrüßte sie strahlend: »Hallo, Jessie, wie schön dich wiederzusehen.« Er beugte sich vor, küsste sie zur Begrüßung auf die Wange. »Du siehst umwerfend aus«, raunte er ihr leise ins Ohr.

Jessie konnte sich ein Lachen nicht verkneifen. »Danke«, erwiderte sie ebenso leise.

Dann legte Arno ihr seinen Arm um die Schultern. »Sarah, darf ich dir Jessie vorstellen? Jessie, das ist Sarah.«

Sarah lächelte Jessie an, doch ihr Lächeln erreichte die Augen nicht. Was für eine stutenbissige Ziege Sarah doch war. Warum umgaben sich Männer wie Christopher und Arno mit solchen Frauen? Sie, Jessie, würde das wohl nie verstehen. Ohne sich jedoch ihre Gedanken anmerken zu lassen, schüttelte Jessie ihr freundlich die Hand, dann wendete sie sich Christopher zu, der sich ebenfalls auf die Wange küsste. Obwohl er als harmloser Begrüßungskuss gedacht war, spürte Jessie die darin verborgene Leidenschaft. »Schön dich wiederzusehen«, sagte er sanft.

»Nicht wahr?« Sie lächelte ihn so unbefangen wie möglich an, doch ihre Augen strahlten vor Glück. Dann wandte sie sich zwanglos an Arno, der sie immer noch anstarrte. »Wie ich sehe, seid ihr schon mit einem Aperitif versorgt. Ich glaube, ich hole mir auch einen. Bin sofort wieder da.«

»Das ist eine gute Idee. Ich brauche auch einen neuen Drink, meiner ist leider schon leer.« Zum Beweis hielt Christopher sein leeres Glas hoch. »Möchtet ihr auch etwas?« Fragend blickte er Arno und Sarah an.

»Ja, ich nehme noch ein Glas Champagner.« Mit einem schmachtenden Blick lächelte Sarah Christopher dankbar an.

»Danke, ich hab noch.« Arno klang noch überrascht.

Ohne der Konversation weiter Beachtung zu schenken, ging Jessie zum Buffettisch hinüber, neben dem sich auf einem weiteren Tisch der Champagnerkühler sowie frische Gläser befanden. Gerade, als sie ihre Hand nach der Flasche in dem Kühler ausstreckte, stellte sich Christopher dicht hinter sie. Schweigend griff er an ihr vorbei nach der Flasche, wobei sich ihre Hände leicht berührten. »Was hast du dir nur dabei gedacht, als du dir dieses Kleid angezogen hast?« raunte er ihr leise ins Ohr.

Lächelnd wandte sie ihren Kopf, blickte ihn fragend von der Seite an. »Gefällt es dir nicht?«

»Oh doch, es gefällt mir sogar ausgesprochen gut. Sehr elegant.« Und nach einer kleinen Pause fügte er hinzu: »Und sehr sexy.«

»Ist das ein Kompliment?«

»Natürlich. Stellst du mich auf die Probe?«

»Sollte ich?«

»Besser nicht. Ich kann nach heute Nacht für nichts garantieren.«

Jessie spürte, wie ihr die Röte ins Gesicht stieg. Gedankenvoll beobachtete sie, wie Christopher neben ihr den Champagner in zwei Gläser goss. »Wenn ich daran denke, was das letzte Mal passiert ist, als wir beide zusammen Champagner getrunken haben…«, murmelte sie leise.

Schweigend überreichte er ihr ein Glas. Seine Augen waren voller Wärme, sie erzählten ihr, was er ihr hier nicht laut sagen konnte. Sie versank darin, unfähig sich vom Anblick dieser Augen zu lösen. Langsam hob Christopher sein Glas. »Auf einen erfolgreichen Projektstart und deine baldige Rückkehr.«

Sanft stießen sie die Gläser miteinander an, bevor sie zu Arno und Sarah zurückkehrten. Christopher überreichte Sarah ihr Glas, worauf sie ihn sofort in ein Gespräch verwickelte. Er hörte ihr jedoch nur halbherzig zu, wie Jessie mit Genugtuung feststellte. Sie erhob ihr Glas und prostete Arno zu, der sie seltsam anschaute. Sein Lächeln wirkte für einen kurzen Moment gequält. Ach, wie schwierig war plötzlich alles durch Sarahs Gegenwart.

»Ich habe mir einen Tag frei genommen. Vielleicht können wir wieder wandern gehen?« Fragend ruhte sein Blick auf Jessie.

»Das wäre wirklich toll. Aber es geht leider nicht.« Ihre Mundwinkel verzogen sich zu einem bedauernden Lächeln. Als sie Arnos verständnislosen Gesichtsausdruck sah, fügte sie erklärend hinzu: »Stimmt. Du weißt es ja noch gar nicht.«

Rasch warf er einen Blick zu Christopher: »Was weiß ich nicht?«

»Mein Projektvorschlag hat den Zuschlag erhalten. Ich werde das Projekt in Toulouse nun tatsächlich leiten.«

Seine Miene hellte sich schlagartig auf. »Aber das ist ja wunderbar. Herzlichen Glückwunsch! Darauf müssen wir anstoßen.« Und schon klirrte sein Glas erneut an Jessies, doch sie blickte ihn verhalten an. »Ja, es ist wirklich wunderbar. Aber deswegen reise ich gleich auch ab, denn bereits heute Abend fliege ich nach Toulouse.« Der bloße Gedanken daran schnürte ihre Kehle zu. Sie wollte jetzt nicht weg. Warum kam im Leben immer alles zusammen?

»Wow, das sind in der Tat Neuigkeiten. Das ging jetzt aber wirklich schnell.«

»Ja, viel schneller als ich dachte.« Sie wollte Christopher anschauen, aber Sarah verstellte ihr den Blick.

»Dann lass uns die verbleibende Zeit in vollen Zügen genießen. Komm, die Vorspeisen sind gerade aufgetragen worden.« Wie selbstverständlich nahm Arno ihr das Glas ab, stellte es zusammen mit seinem neben sich auf den Bistrotisch, dann legte ihr leicht den Arm um die Schultern und führte sie entschieden zum Buffet. Er gab sich alle Mühe, ihre volle Aufmerksamkeit zu gewinnen. Irgendwie beschlich sie das Gefühl, dass Arno sie testete, doch sie konnte sich beim besten Willen nicht vorstellen, warum. Aus den Augenwinkeln sah sie, dass Christopher und Sarah ihnen folgten.

»Und, Arno, was kannst du mir empfehlen?« hörte Jessie Christopher hinter sich sagen. Sie schloss für eine Sekunde die Augen, dann suchte sie bemüht konzentriert das Buffet nach weiteren Köstlichkeiten ab. Sie durfte sich ihre Emotionen nicht anmerken lassen. Wie würde sie diese Stimme vermissen! Welche Worte hatte sie ihr in der vergangenen Nacht zugeflüstert. Jessie atmete tief ein und griff nach einem kleinen Amuse-Gueule.

»Ich kann dir die Scampisticks empfehlen und die Lachspastete dort drüben. Ich sag dir, wenn das Hauptgericht so ist wie die

Vorspeisen, dann boomt es hier ab heute.« Wie zum Beweis griff Arno beherzt nach den säuberlich aufgereihten Scampisticks.

Christopher nickte zustimmend, während er sich ebenso eines auf den Teller legte. Als er Jessies Amuse-Gueule sah, spielte um seine Mundwinkel ein kaum wahrnehmbares, provozierendes Lächeln. »Hm, das sieht lecker aus. Ich glaube, das nehme ich auch. Vorsicht«, meinte er lapidar, schon griff er an Jessie vorbei nach dem Häppchen, wobei er sich dicht hinter sie stellte und ihren Arm leicht streifte. Jessies Haut kribbelte. Das hatte er mit Absicht gemacht, um sie zu provozieren. Na warte, dachte sie. »Du brauchst dich nicht so zu verrenken. Ich falle ja fast auf den Buffettisch. Warte.« Dabei nahm sie rasch ein kleines Amuse-Gueule von der Servierplatte und schob es Christopher provozierend langsam in den Mund. Der blickte sie wissend an, lachte hinter vorgehaltener Hand: »Touché.«

Sie grinste verschmitzt, dann wandte sie sich betont arglos Arno zu, der überrascht von Christopher zu ihr schaute. »Möchtest du auch ein Amuse-Gueule probieren?«

»Ja, aber nur, wenn du es mir genauso in den Mund schiebst wie eben Christopher. Das war ja absolut filmreif.«

Jessie drehte sich lächelnd um. Dabei streifte sie Christophers Blick, der sie aufmerksam beobachtete. Also griff sie zu der kleinen Vorspeise, drehte sich erneut zu Arno um und schob es ihm langsam in den Mund. Er verdrehte theatralisch die Augen. »Köstlich«, war alles, was er hervorbrachte.

»Und, kannst du uns etwas empfehlen, Jessie? Ich meine, schließlich hattest du ja bei Thomas eine exklusive

Vorabverköstigung bei Kerzenschein«, wandte sich Christopher an Jessie.

»Was geht hier eigentlich ab?« platzte es aus Arno heraus. »Seit meinem letzten Besuch scheint sich ja einiges ereignet zu haben.« Und nach einer kleinen Pause fügte er mit sarkastischem Unterton hinzu: »Wenn man vom Teufel spricht.«

Jessies Blick wanderte zur offenen Terrassentür, in der Thomas erschien. Applaus brandete auf, worauf er sich dankend verbeugte. Lächelnd wünschte er allen Umstehenden einen guten Appetit, dann steuerte er auf Christopher, Jessie, Arno und Sarah zu.

»Thomas, was muss ich hier hören? Du hast für Jessie ein Exklusivessen gegeben?«

Leicht verlegen blickte Jessie zu Thomas. War es ihm peinlich, von Arno so direkt auf ihr Abendessen angesprochen zu werden? Doch anstelle eines verlegenen Grinsens nickte Thomas selbstsicher: »So, hat sich das sogar schon bis zu dir herum gesprochen?« Sarah schnaubte verächtlich.

Jessie wandte sich neugierig an Thomas: »Hast du das Champagnersoufflé auch gemacht?«

Thomas lachte belustigt. »Na, so wie du darin geschwelgt bist, hatte ich ja gar keine Wahl. Wenn die anderen Gäste es auch nur halb so gerne mögen wie du, dann wird es ein richtiger Erfolg. Es steht dort drüben.« Er zeigte auf den hinteren Buffettisch.

»Das Dessert will ich auch probieren«, bekannte Christopher.

»Dann komm mit«, forderte Jessie ihn auf. »Ich muss mir davon nämlich jetzt unbedingt eine Portion holen.« Entschuldigend wandte sie sich an Thomas und Arno: »Bis gleich.« Und schon entschwand sie zum Buffet, füllte für Christopher und sich das Dessert auf zwei Teller und reichte ihm seine Portion. »Nach dem Dessert muss ich los.«

»Leider.« Ihre Blicke trafen sich. In seinen Augen spiegelte sich ihr Schmerz.

»Wir werden uns nicht richtig voneinander verabschieden können.«

Christopher nickte langsam, doch dann verzog er seinen Mund zu einem tröstlichen Lächeln. »Ich weiß. Aber ab dann wird die Wartezeit um jede Minute kürzer, bis du wieder bei mir bist.«

»Das ist eine wirklich gute Sichtweise. Ich werde so schnell ich kann zurückkommen.«

»Ja, bitte tu das.«

Sie war sich schmerzlich bewusst, dass dies vorerst ihr letzter Moment zu zweit war. Wie zur Bestätigung gesellten sich Arno und Sarah zu ihnen. »Und wie ist es?« Arno beäugte neugierig den Rest des Desserts auf Christophers Teller.

»Einfach fantastisch. Jessie hat wahrlich nicht übertrieben. Das müsst ihr probieren.«

»Dann werde ich mir auch mal einen Teller damit füllen, aber erst muss ich dies hier vertilgen.« Arno deutete auf den Rest seines Rehbratens.

Jessie und Christopher aßen schweigend weiter. Als Jessie Arnos Blick spürte, sah sie ihn an. Seine blauen Augen ruhten fragend auf ihr. Entschuldigend zuckte sie mit den Schultern. »Probier es selbst und du wirst merken, dass man bei diesem Dessert nicht gestört werden will«, erklärte sie ausweichend, bevor sie ihn betont arglos angrinste.

»Was für Naschkatzen ihr Zwei doch seid.«

Jessie warf einen Blick auf ihre Uhr. Er bestätigte ihr, dass es bereits später war als gedacht, und sie nun dringend nach München fahren musste. Es fiel ihr so unglaublich schwer, Abschied zu nehmen. Am besten brachte sie es so kurz und schmerzlos wie möglich hinter sich. Christopher hatte recht, sobald sie abgefahren war, verringerte sich die Zeit bis zu ihrem Wiedersehen mit jeder Minute. »Ich werde euch nun verlassen müssen.« Ohne auf eine Antwort zu warten, wandte sie sich Thomas zu, küsste ihn leicht auf die Wange. »Vielen Dank für alles, besonders aber für die Einladung heute. Ich bin wirklich froh, dass ich dabei sein konnte.«

»Danke, dass du gekommen bist, Jessie. Ich hoffe, ich sehe dich in vier Wochen wieder?«

Als Antwort konnte sie nur nicken, ihre Stimme drohte zu versagen. Daher wandte sie sich schnell Arno zu. »Schade, dass diesmal aus der Wanderung nichts wird. Vielleicht ein anderes Mal.«

Er küsste sie ebenso zum Abschied auf die Wange. »Aufgehoben ist nicht aufgeschoben. Bis hoffentlich bald. Und toi, toi, toi in Toulouse.«

Jessie nickte. Sie war froh, dass Sarah gerade ins Haus gegangen war. Somit blieb ihr wenigstens eine förmliche Verabschiedung von Sarah erspart. Wenigstens etwas, schließlich hatte sie deren sauertöpfische Miene und arrogantes Verhalten nun lange genug ausgehalten. Hoffentlich brauchte sie noch einen Moment, bevor sie zurückkam. Jetzt kam es darauf an. Langsam drehte sie sich zu

Christopher um, raffte all ihre Selbstdisziplin zusammen. »Bis bald«, konnte sie nur sagen.

»Auf Wiedersehen«, antwortete er nur, küsste sie sanft auf die Wange und griff anschließend nach seiner Cappuccinotasse. Jessie verstand. Sie lächelte die drei Männer an, von denen jeder auf seine Art ihren Urlaub mitbestimmt hatte. »Danke für alles.« Dann drehte sie sich um. An der Schwelle zum Restaurant winkte sie ihnen noch ein letztes Mal zu. Als die Drei ebenfalls ihre Hände zum Gruß hoben, nickte sie dankbar, dann verschwand sie im Restaurant. Tief in Gedanken versunken überquerte sie den Parkplatz zu ihrem Auto. Dabei bemerkte sie nicht, wie Thomas', Arnos und Christophers Blicke ihr folgten, bis sie mit ihrem Auto langsam den Weg hinunter gefahren war.

KAPITEL 15

Der Wecker riss Jessie aus dem Schlaf. Verschlafen drückte sie auf die Snoozetaste und blinzelte zum Hotelfenster. Heute war ihr erster Projekttag. Das hieß viele Hände schütteln, sich Namen und Gesichter einprägen, die Produktionshalle sowie angrenzenden Büros kennenlernen und einen Plan für die kommenden Tage erstellen. In denen würden zahlreiche Meetings stattfinden, um die Mitarbeiter und ihre Einstellungen kennenzulernen, aber auch, um sie für eine kooperative Projektarbeit zu gewinnen. Jessie fand, dass eine kooperative Stimmung viel produktiver, ja nicht zuletzt erfolgreicher war. Erfahrungsgemäß zahlte sich diese Zeit immer aus, und sei es nur um etwaige Quertreiber sofort zu erkennen. Als sie eine Stunde später das Werksgelände betrat, fühlte sie sich energiegeladen und sehr optimistisch. Mit schnellem Schritt näherte sie sich in ihrem dunkelblauen Hosenanzug der Pforte des Fabrikgeländes. Sie hoffte, dass sie durch ihre helle Bluse weniger formell wirkte. Ein rundlicher kleiner Mann mittleren Alters erwartete sie bereits am Eingang. Sein grauer Anzug spannte über dem Bauch. Stolz streckte er Jessie die Hand entgegen. »Bonjour Madame, ich bin Jean, der Werksleiter. Herzlich Willkommen.«

Jessie schüttelte herzlich seine schwielige Hand. »Vielen Dank für den freundlichen Empfang, Jean. Nennen Sie mich Jessie.«

Er lächelte sie herzlich an. »Kommen Sie, das Team erwartet Sie.« Mit diesen Worten öffnete er bereits das breite Tor hinter sich, dann dirigierte er Jessie zum angrenzenden Bürogebäude. Sie erkannte sofort, dass er sie nun zum Besprechungszimmer im Bürotrakt führte. Es ging also direkt in die Höhle des Löwen. Nun musste sie die Herren der Schöpfung erst einmal davon überzeugen, dass sie als Frau auch Ahnung von der Produktion hatte und somit von ihnen als Gesprächspartner auf Augenhöhe akzeptiert wurde. Sie atmete tief ein. Das war immer das gleiche Spiel. Männer! Aber mit diesen hier würde sie klarkommen, das spürte sie instinktiv. Jean drückte bereits die Klinke einer unscheinbaren weißen Tür, bevor er den Blick auf einen großen Versammlungssaal freigab. Es befanden sich nicht, wie sie gedacht hatte, die führenden Köpfe der Toulouser Produktionsstätte im Raum, sondern die gesamte Belegschaft. Auch gut, dann wussten wenigstens alle, woran sie waren. Lächelnd folgte Jessie Jean zum Podest, wo ein kleines Rednerpult aufgebaut war. Sie wünschte den sie neugierig musternden Männern auf Französisch einen guten Morgen und lächelte neugierig in die Menge fremder Gesichter. Frankreich, das Land der Genießer, des französischen Charmes und der französischen Lebensart. Dazu gehörte auch, dass sie die Kooperation dieser Männer nur gewinnen konnte, wenn sie an ihren französischen Stolz appellierte. Darauf würde sie sich in den ersten Minuten ihrer Ansprache konzentrieren. Bestimmt dachten alle, dass sie kein Wort Französisch sprach. Und wie zu ihrer Bestätigung eilte eine Mittvierzigerin mit einem braunen kurzen Stufenschnitt auf sie zu und stellte sich als ihre Dolmetscherin vor.

»Ich werde gerne auf Ihre Dienste zurückkommen, sobald ich merke, dass mein Wortschatz nicht ausreicht. Bis dahin möchte ich auf Französisch reden.« Und leicht entschuldigend fügte sie hinzu: »Schließlich sind wir doch in Frankreich nicht wahr?«

Eifriges Nicken, dann lächelte sie Jessie aufmunternd an. »Sehr gut. Viel Glück! Ich bin da, wenn Sie mich brauchen.«

Jessie nickte ebenfalls dankbar, denn das interpretierte sie als positives Zeichen. Langsam, aber entschieden stieg sie die Stufen zum Podest hinauf. Es schien noch nicht allen Anwesenden aufgefallen zu sein, dass sie bereits da war, denn der Geräuschpegel hatte noch nicht abgenommen. Schweigend stellte sie sich hinter das Pult und nickte jedem freundlich zu, der sich zu ihr umdrehte und zu reden aufhörte. Jessie war jedes Mal von neuem überrascht, wie gut diese Methode funktionierte. Sie war viel schneller und souveräner als jegliches Rufen von »Ruhe, bitte.« Binnen weniger Augenblicke hatten sich die Anwesenden untereinander verständigt. Ruhe war eingekehrt. Dann hieß sie in fließendem Französisch die Anwesenden willkommen. Ihre weiche melodische Stimme erfüllte den Raum, wurde durch die Lautsprecher bis in seine hinterste Ecke getragen. Elektrisierende Neugier breitete sich aus. Jessie spürte sie ebenso sehr, wie sie sie in den Gesichtern lesen konnte. Entspannt stellte sie sich zunächst vor und erklärte, wie froh sie war, endlich wieder die Möglichkeit zu haben, eine Weile in Frankreich zu sein, das sie während ihres Studiums so ins Herz geschlossen hatte. Sie erklärte, dass dies ihr erster Aufenthalt in Toulouse war und sie von dem, was sie bisher gesehen hatte, begeistert war. Aber natürlich war sie nicht als Tourist nach Toulouse gekommen, sondern um ihnen zu helfen, die Produktionsstätte erfolgreich einzurichten, damit ihre zukünftige Arbeit so effizient und erfolgreich wie möglich gestaltet werden konnte. Dann schwieg sie einen Moment und blickte in die aufmerksamen Gesichter, die sie abwartend, aber interessiert anschauten. Gut, nun ging es in die nächste Runde. Sie fuhr fort, dass sie selbst, wenn sie hier unter den Zuhörern wäre, sich bestimmt fragen würde, wieso die Frau auf dem Podest dachte, für den Job qualifiziert zu sein. Daher berichtete sie von ihren Projekten im Mutterkonzern in Eindhoven. Wie selbstverständlich warf sie die verschiedenen Fachbegriffe auf Französisch ein. Sie war froh, diese extra den gestrigen Nachmittag lang nachgeschlagen und auswendig gelernt zu haben, denn die Mimik ihrer Zuhörer bezeugte, dass sie die richtigen Worte wählte. Sie schloss ihre Ausführungen mit einem kleinen Ausblick auf die kommenden Tage und einem Appell, dass die Umsetzung umso schneller sein würde, je besser sie an einem Strang zögen. Zum Schluss bedankte sie sich für die

Aufmerksamkeit, betonte ihre Freude auf eine gute Zusammenarbeit und wünschte allen einen guten Tag. Applaus brandete auf, dann gesellte sich Jean neben Jessie. Er trat ans Mikrophon, erklärte feierlich seine Unterstützung sowie die aller Anwesenden. Erleichtert atmete Jessie auf. Die Feuerprobe hatte sie erfolgreich bestanden.

Der Rest des Tages verlief vergleichsweise unspektakulär. Nach der Besichtigung der Produktionshalle richtete sie sich in ihrem Büroraum ein und verbrachte die restliche Zeit in Meetings mit den verschiedenen Verantwortlichen, um sie in einem Vieraugengespräch besser kennenzulernen. Als sie endlich ins Hotel kam, war sie völlig erschöpft. Wie gerne hätte sie jetzt Christopher angerufen, aber sie hatte leider vergessen, ihn nach seiner Telefonnummer zu fragen. Jessie seufzte. Wie konnte sie das nur vergessen? Jetzt konnte sie ihn bis zu ihrem Wiedersehen nicht kontaktieren!

Endliche speicherte sie ihre Analysekriterien und massierte ihre steif gewordene Nackenmuskulatur. Es war schon spät. Das ständige Hämmern und Klappern aus der Produktionshalle war bereits verstummt. Doch obwohl sie hundemüde war, fühlte sie sich voller Energie, denn sie hatte heute zufällig erfahren, dass in zwei Tagen Feiertag war. Zum Glück fiel dieser auf einen Freitag, wodurch dem Projekt eine ungeplante Projektpause bevorstand. Es war ein Wink des Schicksals, dass sie so schnell zu Christopher zurückkehren konnte. Nur noch einen Tag und sie war wieder mit ihm vereint. Endlich hatte das sehnsüchtige Warten auf das Wiedersehen ein Ende. Seit sie die Neuigkeit gehört hatte, konnte sie sich vor lauter Ungeduld kaum konzentrieren, vor allem da ihre Sehnsucht nach Christopher mit jeder Stunde wuchs.

KAPITEL 16

Jessies Herz klopfte ihr bis zum Hals. Wie oft hatte sie sich in den vergangenen Tagen ihr Wiedersehen mit Christopher vorgestellt. Jede Nacht hatte sie von ihm geträumt, sich immer wieder die Momente ihrer Zweisamkeit ins Gedächtnis gerufen, jede Handbewegung von ihm. Nun würde sie ihn endlich wiedersehen, ihn spüren. Ganz real und nicht nur im Traum. Sie hatte bereits auf dem Weg zum Haus gesehen, dass einige Autos auf seinem Grundstück parkten. Neben Christophers schwarzem Geländewagen hatte sie Arnos roten Sportwagen sowie Sarahs gelben Mini erkannt. Die anderen Autos kannte sie nicht. Vielleicht hatte Christopher einige Freunde eingeladen? Sie war leider nicht eingeladen, durchfuhr es sie traurig, aber das war ja auch unmöglich. Christopher hatte nicht ihre Kontaktdaten. Aber das war jetzt vorbei. Heute würden sie ihre Versprechen einlösen und der Heimlichkeit endlich ein Ende bereiten.

Als sie sich Christophers Haus näherte, drangen ihr Musik und Gelächter entgegen. Seine Gäste schienen sich gut zu amüsieren. Unwillkürlich blickte Jessie an sich herunter. Sie hatte ihre Jeans und ein schickes Top an, das gut zu einer Grillparty passte. Sollte sie einfach um das Haus herumgehen und sich unter die Gäste mischen? Oder sollte sie klingeln? Nein, sie wollte Christopher nicht zu sehr überrumpeln. Sie würde, wie es sich gehörte, klingeln. Entschieden drückte sie den Klingelknopf. Nichts rührte sich. Sie streckte die Hand erneut aus, um ein zweites Mal die Klingel zu drücken, als die Haustür schwungvoll aufgerissen wurde. Vor ihr stand Sarah, in einer ultrakurzen weißen Shorts und einem Bikinioberteil, über das sie sich eine weite weiße Bluse geworfen hatte. Ihr blondes Haar war lässig mit einem bunten Tuch zu einem Pferdeschwanz zusammengebunden. Mit der rechten Hand hielt sie die Türklinke umfasst, in der linken Hand hielt sie ein halbvolles Glas Bier. Sie schaute Jessie für einen kurzen Augenblick entsetzt an, dann hellte sich ihr Gesicht jedoch auf. »Hallo. Ich dachte, Sie sind in Frankeich.«

»Hallo. Ich würde gerne Christopher sprechen.«

»Oh, das tut mir wirklich leid. Das ist gerade ein ganz schlechter Zeitpunkt. Wie Sie sehen, haben wir das Haus voller Gäste und Chris steht am Grill, um unsere hungrigen Mäuler hier zu stopfen.«

»Das ist kein Problem«, erwiderte Jessie gezwungen ruhig. Wieso tat Sarah so, als ob es auch ihre Gäste waren, die Christopher besuchten?

»Ich gehe dann einfach zum Grill. Danke.«

»Das ist allerdings keine gute Idee.« Sarah versperrte ihr den Weg.

»Und wieso nicht?« Was war hier los? Ein ungutes Gefühl beschlich Jessie.

»Weil Christopher und ich verlobt sind und er diese Party hier für mich gibt. Alle unsere Freunde sind da und Sie gehören nicht dazu.« Ihr Blick drückte unverhohlene Feindseligkeit aus.

Jessie glaubte ihren Ohren nicht zu trauen. Hatte Sarah verlobt gesagt? Christopher und sie waren verlobt? Das konnte nicht sein. Er hatte doch gesagt, dass nichts zwischen ihnen sei. »Ich wusste gar nicht, dass Christopher und Sie verlobt sind.«

Abschätzig lächelte Sarah sie an. »Ja, Chris wollte es so gerne geheim halten, aber nun ist es offiziell.«

Plötzlich schallte Christophers Stimme durchs Haus. »Sarah, wo bleibst du denn? Wir warten alle auf dich.« Der Klang seiner Stimme zerriss Jessie das Herz.

»Ich komme«, flötete Sarah über die Schulter, bevor sie Jessie eiskalt anblickte. »Sie haben es ja selbst gehört, Chris ruft mich.«

»Viel Spaß dann noch«, brachte Jessie mechanisch vor. Ihr Magen krampfte sich zusammen, aus ihren Knochen schien jegliche Kraft entwichen zu sein. Eine eiskalte Hand legte sich um ihr Herz. Mit letzter Kraft zwang sie sich, keine Emotionen zu zeigen. Diese Genugtuung würde sie Sarah nicht geben, aber sie musste hier weg, so schnell es ging. Ohne auf Sarahs Reaktion zu achten, drehte sie sich um und ging normalen Schrittes hinunter zu ihrem Haus. Außer Sichtweite des Nachbarhauses spürte sie, wie ihre Augen brannten. Heiße Tränen verschleierten ihren Blick, sodass sie den Weg vor sich kaum wahrnahm. Das konnte nicht wahr sein! Sie träumte dies bestimmt alles. Sie war bestimmt Teil eines unglaublichen Alptraums, aus dem sie gleich aufwachen würde. Christopher liebte doch sie, Jessie! Das hatte sie sich doch nicht eingebildet. Und es war noch keine zwei Wochen her. Doch Jessie wusste, dass sie sich irrte. Dies war die Realität. So sehr sie es sich auch wünschen mochte, sie würde nicht aufwachen. Wie konnte das sein? Christopher hatte ihr doch gesagt, dass nichts zwischen ihm und Sarah war. Hatte er sie angelogen? War Sarah deshalb bei Thomas' Veranstaltung dabei gewesen? Hatte sie sich deshalb ihr gegenüber so feindselig verhalten? Aber Christopher hatte Sarah doch gar nicht richtig beachtet, wenn sie sich korrekt erinnerte. Vielleicht hatte sie ja gar nicht richtig aufgepasst, denn sie war nach der gemeinsamen Nacht mit Christopher wie mit einer rosaroten Brille herumgelaufen. Außerdem wusste sie ja nicht, was nach ihrer Abreise passiert war. Aber Christopher und sie hatten sich doch versprochen, aufeinander zu warten. Eine Woche! Sie war doch nur eine Woche fort gewesen! Und schon war er mit Sarah verlobt? Wild flogen die Gedanken in ihrem Kopf umher, ergaben keinen Sinn, passten einfach nicht zusammen. Mit letzter Kraft gelang es ihr, die Haustür aufzuschließen. Kaum hatte sie diese hinter sich ins Schloss geworfen, glitt sie zu Boden und wurde von einem Weinkrampf geschüttelt.

Geraume Zeit später versiegten endlich die Tränen. Jessie wusste nicht, wie lange sie so auf dem Boden gelegen hatte. Jegliches Zeitgefühl hatte sie verloren. Ihre Welt war aus den Angeln gehoben, alle Freude, alles Glück, das sie noch vor wenigen Stunden empfunden hatte, war einem dumpfen leeren Gefühl des Schmerzes und der Hoffnungslosigkeit gewichen. Sie musste sich der Tatsache stellen, dass Christopher sie angelogen hatte. Sie war so naiv gewesen zu glauben, dass zwischen ihnen etwas Einzigartiges war, etwas, das sie beide ganz tief in ihrem Inneren miteinander verband. Wie blöd war sie nur gewesen? Sie hatte wirklich geglaubt, er würde auf sie warten. Er hatte es ihr versprochen. Und Versprechen hatte man verdammt noch mal zu halten! Was hatte er sich bloß dabei gedacht? Spätestens in zwei Wochen hätte sie doch vor seinem Haus gestanden, nichts ahnend. Er musste sich doch darüber im Klaren sein, dass er Sarah nicht länger verheimlichen konnte. Wie sie es auch drehte und wendete, Christopher hatte sie, Jessie, ausgenutzt und verraten! Oder hatte Sarah sie vielleicht einfach nur angelogen? Vielleicht war sie ja gar nicht mit Christopher verlobt. Jessie spürte für einen kurzen Moment Hoffnung, doch dann schüttelte sie resigniert den Kopf. So eiskalt war selbst Sarah nicht. Schließlich hatte sie damit rechnen müssen, dass Christopher jederzeit hinter ihr auftauchte und die Lüge sofort korrigierte. Nein, sie hatte ihn selbst Sarahs Namen rufen hören und dass er auf sie wartete. Auf Sarah, nicht auf sie. Nein, sie musste den Tatsachen jetzt ins Auge sehen. Christopher hatte sie belogen. Sein Versprechen hatte keinen Wert für ihn gehabt, war nichts weiter als eine romantische Floskel nach einer gemeinsamen Nacht gewesen. Und sie hatte gedacht, er könnte ihr Traummann sein. Ein bitteres Lachen entrann ihrer Kehle. Nein, ihre Geschichte besaß kein Happy End. Heiße Tränen flossen über ihr Gesicht, ein neuerlicher Weinkrampf übermannte sie. Sie weinte bitterlich über die Erkenntnis, dass sie Christopher liebte, ihn aber einer anderen Frau überlassen musste. Ihre Liebe würde für immer unbeantwortet bleiben. Die Welt war so ungerecht. Warum musste ihr das ausgerechnet mit Christopher passieren? War das die Revanche dafür, dass sie ihn vor Jahren auf einer Party nicht wahrgenommen und dadurch sein Selbstwertgefühl verletzt hatte? Er hatte sie verraten, viel schlimmer noch, er hatte ihr Paradies verraten, indem er diese blonde Schlange hereingelassen hatte. Sie würde sich hier niederlassen, aber es würde niemals ihr Paradies werden. Doch sie selbst konnte nicht länger bleiben. Sie war nicht in der Lage, die beiden neben sich zu ertragen. Sie musste weg, ohne zu wissen, wann sie wieder zurückkommen würde. Ob sie noch ein letztes Mal durch den See schwimmen sollte, bevor sie ihm für lange Zeit Adieu sagte? Resigniert schüttelte sie den Kopf. Nein, sie hatte ja noch nicht einmal die Kraft aufzustehen, wie sollte sie dann den See durchqueren können? Und das Allerletzte, was sie wollte, war jetzt Christopher zu treffen. Oh nein, er hatte sein Versprechen mit Füßen getreten. Sie war ihm nichts, aber auch gar nichts mehr schuldig. Sie hatte ihren Teil des Versprechens eingehalten und genau deswegen auf bittere Weise die Wahrheit erfahren. Sie war mit ihm fertig. Sie schluchzte bitterlich. Ihr ganzer Körper zitterte. Sie musste hier so schnell wie möglich weg. Mit eiserner Selbstdisziplin zog sie sich am Türrahmen hoch, schwankte benommen die Treppe zu ihrem Schlafzimmer hinauf. Achtlos warf sie ihre Kleider, die sie kurz zuvor ausgepackt hatte, in ihren Koffer. Dann schleppte sie sich auf wackligen Beinen zu ihrem Wagen, wo sie mit letzter Kraft den Koffer in den Kofferraum hob. Ein letztes Mal stieg sie die Treppe zur Terrasse hinunter und blickte auf den See, der türkisblau in der Nachmittagssonne strahlte. Sie stand dort wie in Trance. Es musste so etwas wie einen lebenserhaltenden Mechanismus geben, der ihr nun half, sich auf den Rückweg nach München zu begeben, denn sie war nicht in der Lage, klar zu denken. Vom Nachbargrundstück drang Gelächter herüber, klang wie purer Hohn in ihren Ohren. Übelkeit überkam sie. Schnell wandte sie sich ab. Was hatte sie sich auf dieses Wochenende gefreut, vor allem aber, was hatte sie sich auf Christopher gefreut! Aber er hatte sich mit Sarah getröstet, seiner Verlobten. Erneut rannen Tränen über Jessies Wangen. Ärgerlich wischte sie diese mit dem Handrücken fort. Es war jetzt nicht der richtige Zeitpunkt zu weinen. Los, Jessie, nicht weinen, du musst nun Auto fahren. Weg von hier, los, beeil dich, ermahnte sie sich eindringlich. Wild entschlossen öffnete sie das gusseiserne Tor, stieg in ihren Wagen und fuhr langsam durch das Tor hindurch. Ein letztes Mal stieg sie aus, verschloss das Tor. Dabei ruhte ihr Blick für einen Moment auf dem Haus. »Irgendwann komme ich zurück. Versprochen!« Fast trotzig fügte sie hinzu: »Ich halte meine Versprechen.« Dann stieg sie mit zitternden Knien in ihren Wagen. Der Motor heulte laut auf und kleine Steinchen spritzten gefährlich an die Seiten. Ohne darauf zu achten, fuhr sie rasant den Bergweg hinauf und an Christophers Haus vorbei. Als sie eher zufällig in den Rückspiegel sah, erblickte sie ihn an der hinteren Hausecke. Vollkommen überrascht starrte er ihrem Wagen hinterher, bevor er plötzlich hinter ihr den Weg hinauf lief. Oh nein, sie würde sich nicht von ihm einholen lassen. Entgegen jeder Vernunft drückte sie das Gaspedal durch, jagte mit rasanter Geschwindigkeit und laut aufheulendem Motor auf den Hauptweg. Binnen weniger Sekunden war sie außerhalb Christophers Sichtweite. Sollte er doch wissen, dass sie hinter sein doppeltes Spiel gekommen war. Hoffentlich begriff er, dass sie ihn durchschaute. Tja, sie hatte auch ohne seine Hilfe die Wahrheit herausgefunden. Ach, es war ihr egal, was er dachte. Vielleicht zog er ja sogar zurück in die Stadt. Ihre Wege hatten sich für immer getrennt. Wie in Trance fuhr sie den Berg hinunter und stieß ein kleines Dankgebet aus, als sie unfallfrei die Umgehungsstraße erreichte. Sie wollte sich gar nicht ausmalen, was passiert wäre, wenn ihr ein anderes Auto bei ihrem rasanten Tempo entgegen gekommen wäre. Sie wollte nur noch weg. Zurück in ihre Wohnung, wo sie sich ihrer Trauer stellen konnte, wo sie ungeniert weinen konnte. Jessie schaltete das Radio ein und drehte es laut auf. Sie musste noch zwei Stunden Autobahn meistern. Beherzt drückte sie das Gaspedal und raste über die relativ leere Straße. Dabei verbot sie sich jegliche Gedanken an Christopher, Sarah oder sich selbst.

Die folgenden Tage waren hart. Jessie war überzeugt, alle Tränen dieser Welt geweint zu haben. Eine dumpfe Trauer erfüllte sie, lähmte jeden Lebensmut. Sie fühlte sich schwach und ohne jegliche Energie. Der Hunger war ihr gänzlich vergangen, sie konnte sich nie mehr als zu wenigen Bissen zwingen. Sie fühlte sich wie ausgelaugt, je mehr der Schock nachließ, desto deprimierter wurde sie. Am Ende verbrachte sie das gesamte Wochenende entweder im Bett oder vor dem Fernseher. Sie hatte kein Bedürfnis mit irgendjemandem zu sprechen. Dazu war sie außer Stande. Was sollte sie auch sagen? Sie musste erst einmal ihren Tränenstrom meistern. Glücklicherweise würde sie am nächsten Morgen wieder nach Toulouse fliegen. Dort konnte sie sich auf ihr Projekt konzentrieren, an einem Ort, der fern von aller Trauer lag und der nichts mit Christopher zu tun hatte. Sie lächelte bei dem Gedanken. Wie gut, dass er ihre Kontaktdaten nicht kannte. Das eigentliche Missgeschick entpuppte sich nun als wahrer Segen. Damit war wenigstens ihre Wohnung ein sicherer

Zufluchtsort, anders als das Haus am See. Jessie blickte in den Spiegel. Sie sah wirklich jämmerlich aus. Die rot verweinten Augen stachen aus dem schmalen Gesicht hervor, ihr Haar hing schlaff herab, dunkle Ringe umgaben ihre Augen. So konnte sie unmöglich morgen nach Toulouse fliegen. Es half alles nichts. Entschieden schleppte sie sich unter die Dusche, wo sie lange das heiße Wasser tröstend über sich rieseln ließ. Eine heiße Dusche tat wirklich immer gut. Dann rieb sie eine Haarkur in ihr Haar, die ihr Glanz und Sprungkraft versprach, trug eine Gesichtsmaske auf, um ihre dunklen Augenringe wieder verschwinden zu lassen und manikürte sich die Hände. Nachdem sie sich die Haare geföhnt hatte, blickte sie bereits eine ganz andere Frau als vorhin aus dem Spiegel an. Nur der traurige Ausdruck ihrer Augen war genauso dumpf wie vorher. Jessie entschied, sich ausnahmsweise ein Schlafmittel zu genehmigen, stürzte die Tablette mit Wasser hinunter und ging ins Bett, wo sie kurz darauf traumlos einschlief.

KAPITEL 17

Etwas lärmte unbarmherzig neben ihrem Kopf. Schläfrig streckte Jessie die Hand aus und drückte auf den Alarmknopf des Weckers. Mit schweren Augenlidern schaute sie auf das Ziffernblatt und erschrak. Es war schon sechs Uhr. In einer halben Stunde kam das Taxi, um sie zum Flughafen zu bringen. Hoffentlich schaffte sie das noch. Mit einem Satz sprang sie aus dem Bett, rannte ins Bad und duschte so schnell wie möglich. Dann zog sie sich rasch an, suchte in Windeseile alle

Kleidungsstücke zusammen, die sie noch mitnehmen wollte. Glücklicherweise war der Großteil ihrer Kleidung bereits in Toulouse. Noch während sie alles in ihren Koffer warf, klingelte es. Gehetzt rannte sie zur Wohnungstür und drückte den Knopf der Gegensprechanlage. »Ich komme sofort.« Rasch eilte sie von Zimmer zu Zimmer, löschte das Licht, griff nach ihrem Koffer, ihrer Handtasche sowie ihrem Jackett und verschloss die Wohnungstür, bevor sie die Treppe vollbeladen hinunter hastete. Als sie endlich in den Rücksitz des Taxis sank, hatte sie das Gefühl, einen Marathon hinter sich gebracht zu haben. Entschieden legte sie erneut Parfüm auf. Das Taxi fuhr zügig aus München heraus in Richtung *Franz-Josef-Strauß Flughafen*. Jessie schloss erleichtert die Augen, doch kaum entspannte sie sich, als der Verkehrsfunk einen kilometerlangen Stau kurz vor der Abfahrt zum Flughafen meldete. Fast gleichzeitig verlangsamte sich auch schon das Taxi und stand wenige Meter weiter still. Sie standen in besagtem Stau. Ein Blick auf die Uhr verriet ihr, dass es sehr knapp werden würde, ihren Flieger nach Toulouse noch zu erwischen. Entnervt schüttelte sie den Kopf. Was für ein Wochenende. Es war so schön geplant gewesen, doch dann hatte es sich als ein richtiger Alptraum entpuppt, dessen Ende immer noch nicht in Sicht war. Hoffentlich schaffte sie ihren Flug noch, denn sie hatte heute wichtige Termine in Toulouse. Als ob ihr stummes Flehen erhört worden war, setzte sich das Taxi langsam wieder in Bewegung und fuhr gemächlich in Richtung Flughafen. Gerade als der Schalter zum Einchecken schloss, erreichte Jessie die Abflughalle. Außer Atem, aber erleichtert, streckte sie der Angestellten ihren Pass entgegen und wuchtete den Koffer auf das Gepäckband. Die Frau hinter dem Schalter nahm den Pass mit unbeweglicher Miene entgegen, tippte Jessies Namen ins System. Kurz darauf reichte sie ihr die Papiere zurück: »Hier ist Ihre Bordkarte. Das Borden hat bereits begonnen, bitte gehen Sie so schnell wie möglich zum Gate, denn wir schließen es in Kürze.«

»Ja, klar. Danke.« Jessie griff nach den Dokumenten, dann eilte sie in Richtung Sicherheitskontrolle. Plötzlich rief jemand ihren Namen. Irritiert drehte sie sich um. Was war nun schon wieder? Sie blickte sich suchend um und erstarrte vor Überraschung. Keine zehn Meter von ihr entfernt winkte Arno ihr fröhlich zu. Sofort verkrampfte sich ihr Magen. Prüfend glitt ihr Blick über die Leute, die neben ihm standen. Christopher war zum Glück nicht zu sehen. Sie riss sich zusammen, Arno war ja schließlich nicht Christopher, setzte ein strahlendes Lächeln auf und winkte zurück. Doch bevor sie sich umdrehte, kam Arno schon mit großen Schritten auf sie zu. Das hatte ihr noch gefehlt!

»Hallo Jessie, was für eine Überraschung, dich hier am Flughafen zu sehen. Das nenne ich wirklich einen guten Start in die Woche.« Dabei beugte er sich leicht zu ihr hinunter und küsste sie flüchtig auf die Wange.

»Hallo Arno«, hauchte sie und rang sich ein Lächeln ab. Hoffentlich sah er ihre roten Augen nicht. Heute Morgen hatten sie im Spiegel zwar relativ normal ausgesehen, aber ganz sicher war sie sich nicht.

»Was machst du hier? Wohin reist du?« Er schaute sie prüfend an.

»Zurück nach Frankreich und du?«

»Ich muss nach Rom zu einem Kundentermin. Aber leider werde ich von der romantischen Stadt nicht viel zu sehen bekommen. Das ist echt schade!«

Gegen ihren Willen musste Jessie lachen. »Das tut mir wirklich leid für dich.«

»Hast du nicht Lust mit mir dorthin zu reisen? Ich kann dir dort den besten italienischen Pizzabäcker zeigen.«

»Das hängt davon ab, wie lange dein Angebot steht. Dieses Mal habe ich leider keine Pause für einen romantischen Trip nach Rom eingeplant. Ich muss nämlich nach Toulouse und jetzt wirklich dringend zum Gate.«

»Oh, das ist aber schade. Dann muss ich es das nächste Mal rechtzeitig anmelden.«

»Ja, besser ist das.«

»Ich nehme dich beim Wort. Und wie läuft dein Projekt?«

»Oh, das läuft prima. Es ist zwar sehr zeit- und arbeitsintensiv, aber bisher sehr erfolgreich.« Sie trat ungeduldig von einem Fuß auf den anderen, doch Arno schien ihre Ungeduld nicht zu bemerken.

»Schön zu hören, aber ich fände es toll, wenn du mal wieder an den See kommen würdest. Wir könnten wieder wandern und süße Siebzehn sein.« Verschwörerisch zwinkerte er ihr zu.

Sie war ihm einen argwöhnischen Blick zu. Wusste Arno wirklich nicht, dass sie erst vor wenigen Tagen keine 500 Meter von ihnen entfernt gewesen war? Hatte Christopher ihm nichts erzählt? Wahrscheinlich empfand er diese Tatsache als unwichtig.

»Süße Siebzehn ist ein Traum, Arno, aus dem man ziemlich unsanft wachgerüttelt wird. Ich glaube, ich bleibe besser bei meinem biologischen Alter.« Gegen ihren Willen war ein zorniger Unterton zu hören.

Er sah sie irritiert an. »Was meinst du damit?«

»Nichts, nur dass man Momente nicht beliebig wiederholen kann. Die Realität sieht anders aus.«

»Gut, gut«, stammelte Arno überrascht. »Aber dennoch kannst du uns ja am See besuchen.«

»Ich glaube nicht, dass ich bald dorthin zurückkomme.« Das klang zornig. Sofort ärgerte Jessie sich, dass sie sich nicht besser beherrschte. Vorsichtig lugte sie zu Arno hinüber, vielleicht hatte er den bitteren Ton nicht mitbekommen. Aber sein Gesicht zeigte einen Hauch von Bestürzung. Mist.

»Warum denn nicht?«

Sie wollte nicht weiter darüber reden, sonst würde sie hier vor Arno in Tränen ausbrechen, und das ließ ihr Stolz nicht zu. »Du, ich muss jetzt wirklich dringend los, sonst fliegt mein Flieger ohne mich. Ich bin heute ohnehin schon irre spät dran«, wechselte sie abrupt das Thema. Ein rascher Blick auf die Uhr bestätigte ihre Befürchtungen.

»Soll ich Chris etwas ausrichten? Ich meine, ihr habt euch bei Thomas' Veranstaltung doch so gut verstanden.«

Erschrocken wirbelte Jessie herum. Wut und Trauer spiegelten sich unübersehbar in ihrem Gesicht. »Nein, ich habe ihm nichts zu sagen«, erwiderte sie schroff. Dann hauchte sie dem sprachlosen Arno einen Abschiedskuss auf die Wange. »Es war schön, dich zu sehen. Vielleicht kreuzen sich unsere Wege ja mal wieder. Ich wünsche dir einen guten Flug.« Ohne auf seine Reaktion zu warten, wandte sie sich um, winkte ihm kurz zu und hastete zu ihrem Gate. Ein großes »Final Call« blinkte mahnend in roten Buchstaben auf dem Bildschirm oberhalb des Gates. Die Stewardess zählte bereits die eingecheckten Bordkarten. Außer Atem streckte Jessie ihr die eigene entgegen. Mit säuerlichem Blick griff die Stewardess danach. »Sie haben Glück. Wir schließen gerade das Gate.«

»Danke, dass Sie auf mich gewartet haben. Ich wurde leider unerwarteterweise aufgehalten.« Jessie zwang sich zu einem Lächeln, doch die Stewardess erwiderte es nicht. Blöde Kuh, dachte Jessie und nahm wortlos ihre Karte entgegen.

»Guten Flug«, rief ihr die Stewardess mechanisch nach. Erleichtert, den Flieger noch erwischt zu haben, und vor allem Arno entkommen zu sein, bestieg sie den Flieger, suchte ihren Platz in der Business Class und setzte sich neben einen graumelierten Mann Mitte fünfzig, der bereits in seine Zeitung vertieft war. Ihre Gedanken schweiften zurück zu dem Gespräch mit Arno. Er hatte sich anscheinend echt gefreut, sie zu sehen. Wusste er vielleicht wirklich nichts von ihr und Christopher? Er hatte sie ja auch ganz ahnungslos gefragt, wann sie wieder zum See kommen würde. Jetzt, wo Sarah dort eingezogen war, hätte er sie das sicherlich nicht gefragt, wenn er gewusst hätte, was zwischen ihr und Christopher gewesen war. Wenigstens etwas. Unmerklich entspannte Jessie sich. Sie mochte Arno. Er war zwar Christophers bester Freund, aber dennoch ganz anders. Hoffentlich hatte sie ihn nicht allzu sehr gekränkt mit ihren ungewollt bissigen Antworten. Sicherlich verstand er, dass sie nicht seinetwegen ungehalten gewesen war. Sollte Christopher ruhig wissen, dass sie sauer auf ihn war. Ach, das war ihr egal. Sie hatte jetzt ihr Leben wieder in die Hand genommen und Christopher konnte auf eine Aussprache warten, bis er schwarz würde. Aber er würde nicht warten, dachte Jessie traurig. Er hatte keinen Grund dazu. Er war mit Sarah verlobt, würde sie bald heiraten. Wenigstens hatte Arno die Verlobung nicht erwähnt. Dann wäre sie wohl nicht imstande gewesen, ruhig zu bleiben. Dafür tat es einfach noch viel zu weh. Falls sie Arno jemals wieder begegnen würde, dann musste sie sich wirklich besser beherrschen und ihn einfach nur als Arno, einen Bekannten sehen. Nachdem sie diese Entscheidung getroffen hatte, entspannte sich Jessie und verschlief den restlichen Flug.

Die kargen weißen Wände mit den befestigten Projektplänen der Produktionsanlage strahlten etwas Tröstliches aus. Jessie stellte ihren Laptop auf den Tisch und massierte ihren Nacken. Ihr Meeting mit den Produktionsleitern war entgegen ihrer Erwartungen gut verlaufen. Nach anfänglichem Widerstand hatten sie die Details für die kommenden Aufbauphasen diskutieren können sowie den genauen Arbeitsablauf der kommenden Wochen festgelegt. Mit sich zufrieden setzte sie sich an ihren Schreibtisch und öffnete ihr E-Mail Postfach. Sofort stach ihr eine Nachricht von Herrn Kampmeyer, dem Seniorchef ihres Kunden, ins Auge. Schnell öffnete sie die Nachricht, überflog die Zeilen. Er teilte ihr mit, dass er persönlich über den Stand des Projektes informiert werden wollte. Zudem verlangte er eine Präsentation der nächsten Projektphasen, möglicher Schwierigkeiten und Kosten. Diese würde vor ihm und den wesentlichen Entscheidungsträgern seines Unternehmens in vier

Wochen in Paris stattfinden. Gedankenvoll lehnte Jessie sich in ihrem Stuhl zurück und blickte aus dem Fenster, wo sich die riesigen Lavendelfelder vor dem blauen Sommerhimmel erstreckten. In vier Wochen musste sie also diese Projektphase abgeschlossen und alle weiteren Projektschritte bis ins Detail geplant, berechnet und ausgearbeitet haben. Das bedeutete viel Arbeit. An einen Rückflug nach München brauchte sie gar nicht erst zu denken. Sie lächelte matt. Unter den gegebenen Umständen war es wohl das Beste, was ihr passieren konnte. So würde sie keine freie Minute haben, um an Christopher oder ihren Schmerz zu denken. Das Klingeln ihres Handys riss sie aus ihren Gedanken. Neugierig zog sie es aus ihrer Handtasche. Die eingeblendete Handynummer kannte sie nicht, dennoch drückte sie auf den Annahmeknopf. »Winter, hallo?«

»Hallo, Jessie, hier ist Christopher.« Der Raum um sie herum begann sich zu drehen, reflexartig hielt sie sich an der Tischkante fest.

»Hallo? Jessie? Bist du noch dran?«

»Ja«, brachte sie mühsam hervor.

»Warum bist du einfach abgefahren, ohne mit mir zu sprechen? Ich habe auf dich gewartet.«

Täuschte sie sich oder klang er verletzt? Unglaublich, er wollte wohl wirklich alles haben. Reichte Sarah ihm nicht?

»Jessie, was ist denn los?«

Sie erwachte aus ihrer Starre. »Das fragst du mich? Du hast wirklich Mut, Christopher«, fauchte Jessie. »Ich habe dir vertraut und du, du hast mich die ganze Zeit belogen. Tut mir leid, aber es gibt nichts mehr zu reden. Bitte lass mich einfach in Ruhe.« Ihre

Stimme zitterte, heiße Tränen stiegen ihr in die Augen. Ohne auf seine Reaktion zu warten, legte sie auf. Verstört warf sie ihr Handy auf den Tisch und starrte es finster an. Was glaubte Christopher eigentlich, wer sie war? Sie würde nicht sein Zeitvertreib am See sein, während Sarah in München ihre Hochzeitsvorbereitungen traf. Vielleicht wollte er ihr auch einfach nur erklären, wie es zur Verlobung gekommen war und auf ihr Verständnis hoffen? Weder das eine, noch das andere kam für sie in Frage. Ihr Handy vibrierte erneut. Christophers Nummer leuchtete wieder im Display auf. Wütend unterdrückte Jessie den Anruf, dann schaltete sie es aus. Sie wollte nicht mehr mit Christopher sprechen. Wie sollte sie je über ihn hinwegkommen, wenn sie keinen klaren Schlussstrich zog? Auch wenn es hart war, sie hatte keine Wahl. Resigniert starrte sie aus dem Fenster.

KAPITEL 18

Fast hatte sie die Badeinsel erreicht. Obwohl die Sonne am blauen Himmel schien, verdunkelte sich der See, so als ob tiefschwarze Wolken die Sonne verdeckten. Jessie beschleunigte ihre Bewegungen. Nur noch wenige Züge, dann würde sie das feuchte Holz berühren, um sich für ihre Verschnaufpause hinaufzuziehen. Erleichtert schwamm sie voran, ertastete bereits die Kante der Badeinsel. Gerade als sie sich aus dem Wasser ziehen wollte, fiel ein langer Schatten auf sie. Überrascht blickte auf und schaute direkt in Sarahs Gesicht, das sich bedrohlich über sie beugte. »Hier ist kein Platz mehr für dich. Dies ist nun meine Badeinsel«, fauchte sie.

Jessie starrte sie fassungslos an. »Die Badeinsel gehört dir nicht. Jeder kann sich hier ausruhen.«

»Da irrst du dich. Du gehörst nicht mehr hierher. Dies ist jetzt mein Zuhause.«

»Du hast mir gar nichts zu sagen. Du kannst hier wohnen, aber du hast überhaupt kein Recht über den See. Christopher wird dir das bestätigen.« Wütend drehte Jessie sich nach ihm um. Er stand mit verschränkten Armen unbeweglich auf dem Balkon, blickte mit starrer Miene zu ihr und Sarah hinüber, ohne ein Anzeichen, ihr helfen zu wollen. Dabei wusste er doch, dass der See viel zu groß war, um ohne eine Verschnaufpause zurück zu schwimmen. Jessie spürte, dass sie keine Wahl hatte. Also drehte sie um die eigene Achse und schwamm, so schnell sie konnte, zurück. Eine tiefe Traurigkeit erfüllte sie. Die Erkenntnis, dass Christopher sich auf Sarahs Seite geschlagen und sogar zugelassen hatte, dass sie Jessie einfach vertrieb, verletzte sie tief. Das war purer Verrat. Während sie eisern Zug um Zug schwamm, schwanden ihre Kräfte. Sie musste durchhalten, musste es schaffen, ihren Weg zum Ufer zu meistern. Verzweifelt versuchte sie, ihre letzte Kraft zu mobilisieren, sich voranzutreiben. Sie kämpfte eine gefühlte Ewigkeit, bis sie endlich die Bootsstegleiter unter ihren Fingern fühlte und sich aus dem Wasser zog. Bevor sie erschöpft auf den Bootssteg fiel, schaute sie ein letztes Mal zur Badeinsel hinüber, auf der sie nun Christopher und Sarah eng umschlungen stehen sah. Dann brach sie zusammen.

Schweißnass und tränenüberströmt wachte Jessie auf. Orientierungslos warf sie den Kopf von einer Seite auf die andere. Wo war sie? Langsam kam die Erkenntnis zurück. Ach ja, sie war im Hotel und nicht am See. Erschöpft seufzte sie auf. Sie hatte einfach wieder schlecht geträumt. Es war alles nur ein Traum gewesen. Erschöpft tastete sie nach dem Lichtschalter, knipste die Nachttischlampe an. Blinzelnd griff sie nach dem Wecker. Zwei Uhr. Zu früh, um eine geruhsame Nacht zu haben, zu spät für eine Schlaftablette. Ergeben schloss sie die Augen. Was sollte sie nur tun? Sie musste nachts abschalten, um Kraft für ihre Arbeit zu tanken. Wie lange würde diese Quälerei denn noch andauern? Sie brauchte doch ihre Energie. Traurig starrte sie an die Decke, in der Hoffnung, dass ihr irgendwann die Augen vor Müdigkeit zufallen würden, damit sie wenigstens noch etwas Schlaf vor ihrer Abreise nach Paris bekam. Wann, ja wann würden diese Träume endlich aufhören, fragte sie sich resigniert.

KAPITEL 19

Jessie stieg die Stufen zur Metrostation am *Place de la Concorde* hinunter. Dabei musste sie aufpassen, dass sie nicht stolperte, denn die Leute hinter ihr drängelten ungeniert. Gleichzeitig kam ihr eine Gruppe von Menschen entgegen, die ungeduldig ins Freie drängte. An ihrer Kleidung und den umgehängten Kameras erkannte Jessie sie leicht als Touristen. Dazwischen nahm sie vereinzelt Männer in Anzügen mit Aktentaschen und leicht gehetzten Gesichtern wahr. Einige von ihnen hatten sich

Kopfhörer in die Ohren gesteckt und sich so ihre eigene kleine Welt in diesem Trubel geschaffen. Ihre Blicke schienen durch die Leute hindurchzuschauen. Ja, sie war wieder in Paris, der Stadt des anstrengenden Arbeitslebens, aber auch der Romantik. Jessie erinnerte sich gerne an ihr erstes Projekt hier in Paris. Die Fabrik des Kunden befand sich in der Nähe von *Saint Germain*, das sie leicht mit dem RER von Paris aus erreichte. Daher hatte sie hier im Zentrum gewohnt und ihre wenige Freizeit in vollen Zügen genossen. Dazu hatte sie diesmal leider keine Gelegenheit, denn nun musste sie sich mit Herrn Kampmeyer, den wichtigsten Vertretern ihres Kunden Arlsen sowie Herrn Gessler treffen, bevor sie am späten Nachmittag zurück nach Toulouse fliegen würde. Konzentriert stieg sie die letzten Stufen zum Gleis hinunter, reihte sich in die Schlange der bereits wartenden Fahrgäste ein. Um diese Uhrzeit war das Gedränge glücklicherweise weniger groß als zu den Stoßzeiten am frühen Morgen oder am Abend. Jessie schaute auf die Metrokarte, die an der gewölbten Tunnelwand angebracht war. Zehn Stationen lagen nun vor ihr, bis sie im Geschäftsviertel *La Défense* eintreffen würde. Dort kam es dann darauf an, dass sie sich nicht verlief. Die Hochhausschluchten waren mehr als verwirrend, eine Wegbeschreibung fast nicht existent. Außerdem hatte sie sich entgegen aller Erfahrung für ein paar Stöckelschuhe anstelle flacher Schuhe entschieden, denn das waren ihre Glücksschuhe. Und Glück konnte sie heute wirklich gut gebrauchen. Das Geräusch der sich nähernden Metro unterbrach ihre Gedanken. Geschickt drängte Jessie sich mit den anderen Wartenden in den Zug, wo sie einen Sitzplatz erwischte. Kaum schlossen sich die

Türen, setzte sich die Metro in Bewegung. Die Melodie einer Ziehharmonika unterbrach den monotonen Fahrlärm. Ja, das war Paris. Leichter Flair trotz emsiger Geschäftigkeit. Hier wimmelte es von Menschen. Aber wenn man wollte, konnte man ein absolutes Einsiedlerdasein führen, ohne von der eigenen Umwelt wahrgenommen zu werden. Paris, die Stadt der Individualisten. Gut gelaunt suchte sie in ihrer Tasche nach ein paar Münzen, die sie dem Mann in seinen hingehaltenen Hut legte. Er bedachte sie mit einem dankbaren Lächeln, das eine Reihe fehlender Zähne freigab.

Als die Metro kurze Zeit später hielt, merkte Jessie gerade noch rechtzeitig, dass sie aussteigen musste. Hektisch sprang sie auf, bahnte sich höflich aber energisch ihren Weg zur Tür und schlüpfte, gerade als das Signal zum Türenschließen ertönte, auf den Metrosteig hinaus. Dann stieg sie eilig die Rolltreppe hinauf. Grelles Sonnenlicht empfing sie, sodass sie für einen kurzen Moment blinzelte. Sie befand sich auf dem Plateau des Geschäftsviertels mit dem *Grande Arche* in ihrem Rücken. Vor ihr erstreckte sich der *Bois de Boulogne*, an den sich in der Ferne die *Champs Elysées* anschloss. Im Sonnenlicht strahlte sie förmlich der *Arc de Triomphe* aus der Ferne an. Friedlich stand er inmitten des Verkehrstrubels, sein bloßer Anblick verlieh ihr Energie. Sie schloss die Augen und ermutigte sich. Sie war gut vorbereitet, zudem hatte sie bisher ausgezeichnete Fortschritte in Toulouse erreicht. Es gab überhaupt keinen Grund zur Sorge. Entschieden öffnete Jessie die Augen, griff zur Straßenkarte, um sich zu orientieren. Glücklicherweise befand sich das Geschäftsgebäude, in dem sie sich mit Herrn Gessler und den Vertretern von Arlsen treffen wollte, unweit der Metrostation. Zielstrebig überquerte sie den belebten Platz. Mit jedem Schritt, den sie sich dem Treffpunkt näherte, wuchs ihre Nervosität. Heute war die erste große Prüfung ihrer bisherigen Leistung. Sie musste die Vertreter von Arlsen nicht nur über die bereits durchgeführten Projektschritte und Analysen auf den neuesten Stand bringen, sondern auch noch die kommenden Projektschritte von ihnen absegnen lassen. Dies war schon durchaus kniffliger, denn nachdem es leicht zu verstehen war, welche Kosten der Aufbau einer Produktionsanlage verursachte, waren Trainingskosten, Kosten der Umstellung bisheriger Arbeitsabläufe sowie Kosten der Dokumentenerstellung eher schwierig nachvollziehbar und daher viel mühsamer durchzusetzen. Nur wenn sie alle Entscheidungsträger Schritt für Schritt durch die Planungsschritte führte, konnte sie die Notwendigkeit der einzelnen Maßnahmen verständlich erklären. Dafür hatte sie sich einen klaren Plan mit Zielvorgaben, nachprüfbaren Meilensteinen und Analysen zurechtgelegt. Hoffentlich stimmten Herr Kampmeyer und seine Kollegen diesem zu, denn das benötigte Budget war trotz aller Sparmaßnahmen beachtlich. Als sie das Gebäude erreichte, drückte sie beherzt gegen die Glasdrehtür. Dann durchquerte sie die weitläufige Eingangshalle mit ihrem dunklen Marmorfußboden in Richtung Aufzug. Ihre Absätze klapperten in hellem Stakkato auf dem Stein. Das Treffen würde im dreizehnten Stockwerk stattfinden. Das war bestimmt ein gutes Omen, denn dreizehn war ihre Glückszahl. Und vielleicht hatte sie von dort sogar einen herrlichen Blick über Paris.

Schon von weitem sah sie, dass der Konferenzraum gut gefüllt war. Es waren ungefähr zehn Männer im Raum, von denen sich vier über ein paar Unterlagen beugten und heftig diskutierten. Jessie erkannte sofort, dass es sich um ihre letzten Projektanalysen handelte, die sie nach Eindhoven geschickt hatte. Etwas entfernt standen die anderen Männer in einem Kreis, alle in dunklen Anzügen, und unterhielten sich. Darunter erkannte Jessie Herrn Gessler, der angeregt mit dem Seniorchef von Arlsen sprach. Sie spürte, wie ihr Herz schneller schlug. Los geht's! sagte sie sich und trat auf die beiden Männer zu.

»Ah, Frau Winter! Da sind Sie ja!« Gut gelaunt nickte ihr Herr Gessler zu.

»Frau Winter, wie schön Sie wiederzusehen.« Herr Kampmeyer streckte Jessie erfreut die Hand entgegen. Lächelnd schüttelte sie diese. Obwohl die Präsentation anschließend auf Englisch stattfinden würde, war Herr Kampmeyer stets bemüht, seine guten Deutschkenntnisse anzuwenden. Jessie empfand das jedes Mal aufs Neue als sehr charmant. »Guten Morgen, Herr Kampmeyer. Ich freue mich auch, Sie wiederzusehen. Hatten Sie eine gute Anreise?«

»Sehr gut. Danke. Wie man mir sagte, haben Sie unser Projekt in Toulouse gut im Griff.«

Jessie freute sich über das Lob. »Es stimmt, das Projekt kommt sehr gut voran, aber auch dank der ausgezeichneten Kooperation mit der Belegschaft.«

Herr Arlsen nickte zustimmend. »Ich bin sehr gespannt auf Ihren Bericht. Wann werden Sie anfangen?«

»Sofort, wenn Sie mögen.«

»Sehr gerne. Also, meine Herren, let's sit down.«

Und noch ehe Jessie etwas erwidern konnte, wandten sich die umstehenden Männer ab und rückten die Stühle am Konferenztisch. Das war nun auch ihr Zeichen. Am Kopfende des Tisches, wo bereits ein Laptop für sie bereitstand, griff sie mit einer zielstrebigen Bewegung in ihre Aktentasche, aus der sie die vorbereiteten Projektunterlagen für alle Anwesenden herausholte, die sie vor sich auf den Tisch legte, um sie zu gegebener Zeit auszuteilen. Nur zu gut wusste sie, dass es keinerlei Disziplin gab. Kaum, dass sie die Unterlagen verteilt hatte, würde jeder darin blättern, lesen und ihren Ausführungen nicht mehr zuhören. Das war aber elementar, sonst würden die Herren ihre Begründungen für die kommenden Projektphasen und die damit verbundenen Kosten nicht verstehen. Jessie steckte ihren Memorystick in den PC, fuhr ihre Präsentation hoch, dann wandte sie sich dem großen Konferenztisch mit ihren Zuhörern zu, lächelte einen nach dem anderen an, bis alle endlich schweigend ihr zugewandt am Tisch saßen. Sie liebte diese Momente, denn nun hörten alle ihr zu. Jetzt lag es an ihr, wie gut am Ende die Teilnehmer überzeugt sein würden. Alle Nervosität fiel von ihr ab. Ruhig erklärte sie die bisherigen Fortschritte, unterlegte ihre Daten mit Fotos der Produktionsanlage und stellte ihren Kostenvoranschlag sowie die gegenwärtigen Projektkosten vor. Stolz zeigte sie das bisher realisierte Sparvolumen auf, was bei solch einem gigantischen Projekt äußerst schwierig umzusetzen war. Aber sie hatte es geschafft. Als sie ihre Ausführungen beendete, stellte Jessie erleichtert fest, dass alle ihr noch sehr genau zuhörten und bisher niemand das Interesse an ihren Ausführungen verloren hatte. Sie hoffte nur, dass es nicht an ihrem eng geschnittenen blauen Etuikleid lag, das neben ihrer restlichen Sommerbräune auch ihre blauen Augen gut unterstrich. Außerdem hatte sie nach ihrer Rückkehr aus den Alpen einige Pfund abgenommen, was nun in ihrem Kostüm positiv zur Geltung kam. Jessie schwieg bedeutungsschwer. Alle Blicke richteten sich auf sie. Gut so, lobte sie sich, denn nun begann sie mit den Begründungen für die kommenden Projektphasen, für das geplante Training, für die Veränderungen der Arbeitsabläufe und für die daraus resultierenden Prozessverbesserungen. Am Ende zeigte sie klar die Kostenpunkte auf und präsentierte den von ihr ausgearbeiteten Zeitplan mit seinen Analysen und Meilensteinen. Erst dann verteilte sie die Projektunterlagen. Zuletzt schaute sie erwartungsvoll in die Runde, wartete auf Reaktionen. Herr Kampmeyer räusperte sich. »Vielen Dank für die ausführliche Präsentation. Haben Sie irgendwelche Fragen, meine Herren?«

Zu Jessies Erstaunen räusperten sich sofort mehrere Teilnehmer, sodass sie sich für die kommenden Fragen wappnete. Eine nach der anderen beantwortete sie ausführlich. Schließlich unterbrach Herr Kampmeyers sonore Stimme die kurze Stille. »Also, meine Herren, wie ich den bisherigen Ausführungen entnehmen kann, gibt es keine fundierten Einwände gegen das dargestellte Konzept. Habe ich recht?«

Alle Anwesenden nickten zustimmend. Er wandte sich an Jessie. »Frau Winter, Sie haben bisher ausgezeichnete Arbeit geleistet. Vorausgesetzt, wir erhalten pünktlich zu jedem der benannten Daten die angeführten Projektanalysen, um den Projekt- und

Kostenstand klar im Auge zu behalten, stimme ich Ihrem Vorschlag zu.«

Dies war das höchste Lob, das sie heute erwarten konnte. In ihrem Bauch breitete sich ein tiefes Glücksgefühl aus. Wie einfach am Ende alles gelaufen war. Fast zu einfach. »Vielen Dank, Herr Kampmeyer. Sie werden die geplanten Berichte und Analysen zeitgenau erhalten.« Dankend nickte sie dem älteren Mann zu.

»Wir werden übrigens im kommenden Monat das Projekt persönlich in Augenschein nehmen. Dann können wir eventuelle weitere Pläne, die Sie heute nicht vorgestellt haben, im Detail erörtern.«

Jessie nickte zustimmend, während er in die Runde blickte. »Gut, meine Herren, ich erkläre dieses Meeting für beendet. Ich danke Ihnen allen für Ihre Kooperation und Ihr heutiges Erscheinen und wünsche Ihnen eine gute Heimreise.« Allgemeines Gemurmel folgte, Stühle wurden zurückgeschoben, dann verließen die Teilnehmer langsam den Konferenzraum.

Herr Gessler eilte zu Jessie. »Ausgezeichnete Arbeit! Herr Kampmeyer hat uns beide zum Mittagessen eingeladen, bevor wir alle wieder zum Flughafen fahren. Ich hoffe, dass ist Ihnen recht?« »Ja, sehr gerne. Das ist wirklich eine nette Geste«, stimmte Jessie zu. Sie wusste, dass diese Einladung ein Kompliment war und sie somit keine Wahl hatte, wollte sie Herrn Kampmeyer nicht brüskieren.

»Herr Kampmeyer hat einen Tisch im *Louis* auf der *Champs Elysées* reserviert. Wir nehmen am besten die Metro, das ist um diese Uhrzeit am schnellsten«, fügte Herr Gessler erklärend hinzu.

Wie schön, dass sie doch die *Champs Elysées* sehen konnte. Das *Louis* war ein vornehmes Restaurant direkt am Boulevard. Schnell packte sie ihre Unterlagen zusammen und folgte den beiden älteren Herren, die bereits auf sie warteten. Im leichten Plauderton über Paris, Toulouse, Eindhoven und München durchquerten sie das Geschäftsviertel.

»Ah, die *Champs Elysées*«, seufzte Herr Kampmeyer, als er die letzte Stufe des Metroeingangs hinaufstieg. »Nun kann ich wenigstens guten Gewissens behaupten, in Paris gewesen zu sein.«

»Ja, die *Champs Elysées* ist wirklich etwas Besonderes«, stimmte Jessie zu.

»Als ich das letzte Mal hier war, war es kalt und neblig. Ich erinnere mich noch, wie schnell ich wieder in der Metrostation verschwunden war«, lachte Herr Gessler. Plötzlich streckte er seinen Arm aus und deutete auf ein Restaurant auf der anderen Straßenseite. »Sehen Sie, da ist bereits das *Louis*. Wir brauchen nur noch dort über die Ampel zu gehen, schon sind wir da.«

Jessies Blick folgte seinem ausgestreckten Arm und wanderte zurück zur Ampel, auf dessen Höhe plötzlich ein Paar aus einem der Hauseingänge eilte. Die blonde Frau lachte aufreizend, der Mann trug mehrere Einkaufstüten. Jessies Atem stockte. Sie musste träumen! Das konnte nicht wahr sein! Christopher und Sarah vor ihr auf der *Champs Elysées*! Ihr Magen krampfte sich zusammen. Jegliche Kraft schien aus ihrem Körper zu weichen. Womit hatte sie das verdient? Gegen ihren Willen starrte sie gebannt zu ihnen hinüber, wie sie auf die Fahrbahn zusteuerten. Fast gleichzeitig hielt ein Taxi mit quietschenden Bremsen neben

Christopher am Bordstein. Sofort öffnete er für Sarah die Seitentür. Galant stieg sie ein und rutschte schnell auf die andere Seite durch, damit auch er sicher vom Bordstein aus einsteigen konnte. Ungeduldig wuchtete Christopher alle Einkaufstaschen ins Auto, bevor er selbst einstieg. Als er die Tür zuzog, passierte es. Ihre Blicke trafen sich. Trotz der Entfernung schienen Zeit und Ort plötzlich zu verschwinden. Wie hatte sie diese Augen und dieses Gesicht vermisst! Ein schmerzhaftes Ziehen durchzog Jessies Bauch. Warum nur musste er hier und heute auftauchen? Es war bisher alles so gut, ja vielleicht zu gut für sie gelaufen. Christopher wirkte genauso überrascht wie sie selbst. Für einen Moment glaubte sie, Traurigkeit in seinen Zügen zu erkennen. Er schien etwas sagen zu wollen, ja sogar die Tür des Taxis aufzureißen, um zu ihr zu kommen, aber das Taxi war bereits angefahren und fädelte sich in das hektische Treiben ein. Schnell wandte Jessie sich ab, obwohl sie Christophers Blick spürte, als das Taxi an ihr vorbei fuhr.

Sie konnte dem Gespräch nur noch mühsam folgen. Immer wieder schweiften ihre Gedanken ab, fuhren Achterbahn. Christopher hatte sich also einen kleinen Urlaub mit Sarah gegönnt, die ihn ja ausgiebig genutzt zu haben schien. Paris, die Stadt der Verliebten! Christopher und Sarah! Der Schmerz raubte ihr fast den Atem. Wie hatte sie sich nur so in ihm täuschen können? Wie hatte sie nur so naiv sein können? Und warum tat es ihr immer noch so weh? Es war doch nun schon über vier Wochen her. Wie lange noch würde sie brauchen, um Christopher endlich zu vergessen? Wenn er ihr weiter über den Weg lief, konnte das ewig dauern, dachte Jessie grimmig. Wie in Trance nahm sie dankbar die Speisekarte entgegen. Später, dachte sie. Später im Flieger konnte sie sich ihren Gedanken hingeben, aber hier und jetzt musste sie sich auf ihren Beruf konzentrieren. Den würde sie sich nicht auch noch von ihm kaputt machen lassen. Wild entschlossen verdrängte sie Christopher aus ihren Gedanken.

KAPITEL 20

Der Reisewecker klingelte unbarmherzig und für ihren Geschmack viel zu laut. Es war kurz vor fünf. Warum klingelte er denn mitten in der Nacht? Genervt löschte sie den Alarm und versuchte, verschlafen wie sie war, einen klaren Gedanken zu fassen. Ach ja, sie flog heute zurück nach München, wo am späten Vormittag ihre Präsentation vor dem Vorstand von Multitec stattfand. Danach hatte sie endlich Wochenende! Der bloße Gedanke beflügelte sie. Endlich konnte sie wieder in ihrem eigenen Bett schlafen. Sie sehnte sich so sehr nach ihren eigenen vier Wänden. Und morgen würde sie einen ausgiebigen Einkaufsbummel machen, bevor sie am Abend zu Nadines Grillparty gehen würde. Beinahe fröhlich stieg Jessie aus dem Bett.

Die Einkaufstüten gegen die Glastür stemmend, öffnete Jessie voller Vorfreude die Cafétür und schob sich mit ihren Tüten ins Innere. Drinnen war es, wie zu erwarten, proppenvoll. Vor ihr stand bereits eine kleine Schlange wartender Kunden. Es würde bestimmt noch eine Ewigkeit dauern, bis sie sich endlich an einen Tisch setzen konnte, um einen wohlverdienten Latte Macchiato zu bestellen. Nur ein kleines Wunder konnte ihren müden Füßen jetzt noch helfen. Suchend blickte sie sich im Café um. Vielleicht standen gerade einige Gäste auf? Aber Fehlanzeige.

»Jessie, hallo.«

Überrascht drehte sie sich um. Die Stimme kannte sie doch. Neugierig glitt ihr Blick über die umstehenden Tische, bis sie direkt in Arnos blaue Augen blickte. Er saß allein an einem Tisch mit einer vor sich ausgebreiteten Zeitung und einer halbvollen Tasse Cappuccino. Mein kleines Wunder, schoss es ihr durch den Kopf. Ohne zu zögern ging sie auf ihn zu. »Hey Arno, wie schön dich hier zu sehen. Was für ein Zufall.«

Sofort war er aufgesprungen und drückte Jessie einen Begrüßungskuss auf die Wange. »Magst du dich zu mir setzen? Es könnte deine Wartezeit echt verkürzen.« Er zwinkerte ihr mit einem breiten Grinsen verschwörerisch zu.

»Überredet, meine Füße sind dir echt dankbar.«

Galant zog er ihr den Stuhl zurecht, bevor sein Blick über ihre vielen Tüten schweifte. »Du scheinst dich ja gut amüsiert zu haben. Ist denn noch etwas übrig geblieben?«

»Ich glaube nicht«, lachte Jessie. »Aber es war so himmlisch, dass ich gar nicht aufhören konnte. Außerdem war ich ziemlich erfolgreich.«

»Dann gratuliere ich dir«, neckte Arno sie.

Der Ober kam zu ihnen an den Tisch. Jessie bestellte einen Latte Macchiato, während Arno sich für einen weiteren Cappuccino entschied. Dann faltete er die Zeitung zusammen, lehnte sich in seinem Stuhl entspannt zurück.

»Bist du öfter in diesem Café?« fragte Jessie neugierig.

»Ja, ziemlich oft sogar. Unser Büro ist fast gegenüber, so kann ich gut das Nützliche mit dem Angenehmen verbinden. Und du?«

»Manchmal. Es liegt einfach günstig zwischen Parkhaus und Einkaufsstraße. Und der Latte Macchiato ist ein Traum.«

Er lachte. »Du siehst toll aus. Du solltest häufiger einen Großeinkauf starten.«

»Gerne, aber nicht auf Kosten meiner Kreditkarte. Die stöhnt heute schon enorm.« Begeistert griff sie nach ihrem Latte-Macchiato-Glas, das ihr der Ober hinstellte, trank einen kleinen Schluck und leckte sich dann gedankenverloren den Schaum von der Lippe. Arno beobachtete sie amüsiert.

»Anstatt dich über mich lustig zu machen, solltest du mir lieber sagen, wie es dir so geht.« Sie schaute ihn offen an. Ihr Herz schlug ihr plötzlich bis zum Hals.

»Ich mache mich überhaupt nicht über dich lustig, aber das nur nebenbei. Was magst du wissen?«

Am liebsten alles, jedes noch so kleine Detail, jede Neuigkeit! hätte Jessie am liebsten gesagt. Aber sie saß hier mit Arno, Christophers bestem Freund, also musste sie auf der Hut sein.

»Das, was du mir erzählen möchtest.«

»Ich hoffe, du hast heute nichts mehr vor«, lachte Arno.

»Dann schieß mal los, ich hab den ganzen Nachmittag Zeit«, neckte Jessie ihn.

»Echt? Dann nehme ich hiermit deinen gesamten Nachmittag in Beschlag.«

Sprachlos starrte sie ihn an. Das hatte sie doch nur so gesagt, aber nun konnte sie nicht einfach kneifen. Die Freude würde sie Arno nicht machen. Und wenn sie es sich genau überlegte, würden ihr zwei oder drei Stunden in Arnos Gesellschaft bestimmt gut tun. Sie musste einfach nur Christopher aus ihren Gedanken ausblenden. Das musste sie sowie lernen. Vielleicht war es ja ein Wink des Schicksals, Arno hier zu treffen. Dann konnte er später aus erster Hand erzählen, dass es ihr blendend ging. Mit diesem Ziel vor Augen, riss sich Jessie sich zusammen, schüttelte lächelnd den Kopf. »Also gut.«

Arno schien sich ernsthaft zu freuen. »Prima. Also, wo fange ich an?« meinte er mit betont gefurchter Stirn und trank nachdenklich einen Schluck Cappuccino, bevor er weitersprach. »Ich sitze hier an einem Samstagmorgen und versuche, die vor mir liegende Arbeit hinauszuschieben, indem ich einen Cappuccino trinke. Es ist nichts Großes, aber einfach nervtötend für jede kreative Seele.« Dabei schaute er sie beifallheischend an, jedoch zog Jessie als Reaktion lediglich eine Augenbraue fragend in die Höhe. »Ich meine die gemeinen Abrechnungen«, fügte er schließlich erklärend hinzu, bevor er sein Gesicht zu solch einem gequälten Ausdruck verzog, dass Jessie unwillkürlich lachte. »Aber glücklicherweise bist du mir wie ein Wunder über den Weg gelaufen und hast mich heute davon befreit. Ich finde das einfach genial.« Bei diesen Worten hob er strahlend seine Tasse zum Toast. Seine Augen lachten verschmitzt, sodass sich kleine Lachfältchen um die Augenwinkel herum bildeten. Jessie ergriff ebenfalls ihr Glas, prostete ihm zu und trank ihren Schluck so genießerisch, als wäre es Champagner. Arnos Mund umspielte ein

Lächeln, doch er schüttelte tadelnd den Kopf. »Das ist ein ernstes Thema, Jessie, und nicht zu veralbern. Na ja, von diesem düsteren Sachverhalt abgesehen, geht es mir beruflich sehr gut. Die letzte Zeit war allerdings ziemlich turbulent, da wir ein riesiges Projekt umstrukturieren mussten, aber Chr, ich meine, wir haben das gut hinbekommen.« Er griff nach seiner Tasse, trank wie beiläufig einen Schluck, doch er beobachtete Jessies Reaktion auf seine Worte sehr genau. Sie tat, als hätte sie seinen Versprecher nicht gehört. Als sie beharrlich schwieg, fuhr er fort: »Na ja, derzeit muss ich regelmäßig reisen. Leider aber nicht immer nach Rom.«

»Sei doch froh, stell dir bloß vor, wie sehr du mich jedes Mal vermissen würdest. So kannst du ganz unbesorgt reisen und es dir in jeder Stadt gut gehen lassen. Das ist doch ein echt toller Deal«, warf Jessie betont fröhlich ein. Schließlich wollte sie ihre Wirkung, die sie damals am Flughafen auf Arno gemacht hatte, wieder gutmachen. Er sollte weder ihr Sündenbock sein, noch sollte er den Eindruck haben, dass sie wegen Christopher litt. Das ging schließlich niemanden außer ihr etwas an.

»Richtig, das hatte ich ganz vergessen. Wann fliegst du nun mit mir nach Rom?«

»Im Moment leider gar nicht.«

Arno verzog sein Gesicht als Antwort zu einer traurigen Grimasse.

»Schau nicht so. So schlimm kann es ja gar nicht sein, wenn ich dich sogar erst daran erinnern muss. Aber derzeit verbringe ich meine gesamte Zeit in Frankreich. Deshalb habe ich ja auch meinen Einkaufsbummel heute so hemmungslos genossen.«

Sein Blick wirkte nachdenklich. »Dann werde ich warten«, meinte er leichthin, doch über Jessies Gesicht hatte sich ein Schatten gelegt, der ihn irritierte.

»Heute wartet man nicht mehr.« Die Worte waren in bitterem Ton aus ihr herausgesprudelt. Über sich selbst erschrocken lächelte sie schnell und hoffte, dass es nicht allzu gezwungen wirkte. Dennoch hatte sie das Gefühl, dass Arno sie ganz genau beobachtete. »Und was machst du sonst, wenn du nicht einsam durch europäische Großstädte reist?« fragte sie ihn daher leichthin, um das Thema zu wechseln.

»Oh, ich sitze in meinem Büro, male den ganzen lieben langen Tag Skizzen, treffe mich mit Kunden und kümmere mich um die Angestellten. Das ist ganz schön tagfüllend.«

»Du Armer, dein ganzes Leben besteht nur aus Arbeit.«

Er lachte ungläubig. »Das sagt genau die Richtige. Du arbeitest doch rund um die Uhr, hast München den Rücken gekehrt und lebst in der Nähe einer einsam gelegenen Fabrikhalle in Frankreich.«

»Na, so schlimm, wie du es schilderst, ist es nicht. Toulouse ist übrigens kein verschlafenes Dorf, sondern eine französische Großstadt, die mir wirklich gut gefällt. Und manchmal fahre ich sogar einfach ans Meer. Was sagst du nun?«

»Wow, ich bin beeindruckt. Du scheinst dich dort ja wirklich wohl zu fühlen. Aber das alles ist doch mit deiner Arbeit verbunden. Und sonst?« Neugierig beugte er sich leicht vor.

Und sonst, dachte Jessie, liegt mein Leben in Trümmern, sorgfältig zerschlagen mit einem einzigen genialen Hieb von deinem besten Freund, wegen dem ich mich nicht an den Ort zurückziehen kann, der mir gerade jetzt so gut tun würde. »Und sonst genieße ich das Leben, wie du siehst.« Sie zeigte stolz auf ihre Einkaufstüten.

»Sag mal, hast du Lust auf einen kleinen Spaziergang im Englischen Garten? Das Wetter ist heute endlich mal wieder schön«, schlug Arno spontan vor.

»Sehr gerne, aber erst muss ich meine Errungenschaften zum Auto bringen.«

»Dann lass mich schnell zahlen. Danach verstauen wir deine Einkäufe in deinem Auto und fahren mit meinem Wagen weiter. Nachher setze ich dich dann wieder ab.«

Wie leicht alles mit Arno war. Wie selbstverständlich nahm er Jessie die Tüten ab und gemeinsam gingen sie zum Parkhaus, in dem sie parkte. Schnell verstaute sie die Tüten im Kofferraum.

»So, nun können wir in den Englischen Garten fahren.«

»Prima. Wenn du magst, kann ich dir auch kurz unser, eh, mein Büro zeigen.«

»Lieber nicht. Heute ist Wochenende und das genießen wir außerhalb deines Büros.«

»Du hast wirklich recht. Lass uns lieber in den Englischen Garten gehen.« Sie atmete erleichtert auf und fühlte doch gleichzeitig eine tiefe Enttäuschung. Es wäre wirklich toll gewesen, das Büro von innen zu sehen. Wie oft hatte sie sich gefragt, wie es wohl aussah, wie groß es war, wie es eingerichtet war und was genau davon Christophers und was Arnos Einfluss zeigte. Aber die Zeiten hatten sich geändert. Sie wollte, durfte daran kein Interesse mehr haben. Sie musste Christopher vollständig aus ihrem Leben verbannen. Dazu war das Treffen mit Arno allerdings nicht sehr hilfreich. Sie durfte Arno nur als Arno, einen Bekannten, und nicht als Christophers besten Freund sehen. Aber konnte sie das?

»Woran denkst du? Es scheint ja nicht besonders angenehm zu sein, wenn du deine Stirn so in Falten legst.«

Seine Worte schreckten sie aus ihren Gedanken auf. »Wie bitte? Ach nichts, ich musste nur gerade an meine Arbeit denken.«

Sie durchquerten den Englischen Garten, vorbei am japanischen Pavillon und näherten sich langsam dem *Seehaus*. Suchend blickten sie sich nach einem freien Tisch um, doch die Tische waren zu dieser Tageszeit bereits gut besetzt, teilweise mit Familien und jungen Müttern, die ihre Kinderwagen leicht vor- und zurückschoben, teils mit Senioren, Touristen und einigen verliebten Pärchen. Plötzlich wies Arno auf einen letzten noch leeren Tisch, bahnte sich vor Jessie den Weg durch die belebten Tischreihen und drehte sich schließlich triumphierend zu ihr um.

»Cool, oder? Du kannst es dir schon bequem machen, ich besorge uns schnell etwas zu trinken.« Und schon war er in Richtung Zapfhahn entschwunden, während Jessie sich auf die Holzbank setzte. Nachdenklich blickte sie ihm nach. Ein sehr attraktiver Mann, modisch und sehr männlich. Dabei hatte sein ganzes Wesen eine unbekümmerte Leichtigkeit, die jeder Angelegenheit etwas Positives verlieh. Was er wohl von ihr hielt? War er wirklich an ihr interessiert oder sah er sie eher als Christophers Bekannte, die ihm zufällig über den Weg gelaufen war? Manchmal hatte sie das Gefühl, dass er mit ihr flirtete, dann wiederum behandelte er sie komplett neutral oder bestenfalls als gute Freundin. Sollte sie es darauf ankommen lassen und es herausfinden? Das würde Christopher wahrscheinlich ganz schön in seinem Stolz kränken, wenn sie ihn durch seinen besten Freund ersetzte. Jessie grinste schadenfroh, doch dann schüttelte sie unmerklich den Kopf. Arno hatte es nicht verdient, dass sie ihn für solch einen Zweck missbrauchte. Sie würde es einfach nie erfahren, was er über sie dachte. Schade, wirklich schade.

»So, hier ist unsere Stärkung.« Erleichtert stellte Arno das Tablett mit den zwei Radlern auf den Tisch und hob seine langen Beine über die Holzbank. »Die haben wir uns redlich verdient«, dabei sank er erleichtert auf die Holzbank, griff nach einem Glas und prostete Jessie zu, bevor er gierig einen großen Schluck trank. Sie folgte seinem Beispiel. »Was für eine Wohltat«, seufzte sie erleichtert.

»Du bist wirklich die einzige Frau, die ich kenne, der man mit einem einfachen Radler so eine Freude machen kann. Du bist echt erstaunlich.«

»Ist das jetzt ein Kompliment oder eher eine Kritik an mein anspruchsloses Wesen?«

»Ein Kompliment. Du überraschst mich immer wieder. Das finde ich einfach großartig.«

»Danke«, antwortete Jessie schlicht. Sie wusste nicht, was sie sagen sollte und wechselte daher schnell das Thema. »Und, was machst du so an deinen Wochenenden hier in München?«

»Och, dies und das«, antwortete Arno leichthin. »In den letzten Wochen bestanden sie vornehmlich aus Arbeit. Daher genieße ich diesen Nachmittag in vollen Zügen, zumal du ja da bist.«

Jessie schaute Arno über ihr Glas hinweg zwinkernd an. »Charmeur.«

»Und du, wie sehen deine Wochenenden aus?«

Ihre Wochenenden waren einsam und eigentlich mit Arbeit so voll gestopft, dass sie noch nicht einmal Zeit zum Nachdenken hatte, was sie eigentlich gerne unternehmen würde. Aber das genau war es wahrscheinlich, was sie vermied. Kein Nachdenken darüber, was sie verloren hatte, wie traurig sie war oder wie einsam ihr Leben plötzlich war. Aber all das konnte sie Arno nicht sagen. Daher antwortete sie ausweichend: »Im Moment verbringe ich fast jedes Wochenende in Toulouse. Das ständige Hin- und Herreisen ist doch auf die Dauer sehr anstrengend.« Eine satte Lüge. Die zwei Stunden Flug machten ihr überhaupt nichts aus, schließlich war das häufige Reisen Teil ihres Berufsalltags. »Daher genieße ich heute auch in vollen Zügen: zuerst einen ausgiebigen Einkaufsbummel, nun einen Spaziergang mit dir im Englischen Garten und heute Abend die Grillparty meiner besten Freundin. Ein wirklich perfekter Tag, würde ich sagen, bevor es morgen wieder zurück nach Toulouse geht.« Sie fand, das klang sehr gut.

»Oh, du bist heute Abend eingeladen?« Arno klang enttäuscht.

»Ja, warum?«

»Ich hätte sehr gerne mit dir den heutigen Abend verbracht.«

Völlig überrascht blickte sie ihn mit großen Augen an. »Aber du hast nur vom Nachmittag gesprochen, wenn ich mich richtig erinnere.«

»Stimmt, aber das war vor ein paar Stunden. Und da die Zeit mit dir einfach viel zu schnell vergeht, würde ich dich sehr gerne zum Abendessen einladen.«

»Es tut mir wirklich leid, aber ich habe meiner besten Freundin versprochen, zu ihrer jährlichen Grillparty zu kommen. Magst du vielleicht mitkommen? Ich bin sicher, sie hätte nichts dagegen.«

Er zögerte kurz. »Das ist lieb, aber ich bin nicht gerne ein ungebetener Gast. Können wir uns dann später noch auf einen Drink treffen? Bitte, Jessie.« In seinen Augen lag ein unausgesprochenes Flehen. Sie war sich sicher, dass er genau die Wirkung seines Charmes kannte, dennoch genoss sie es, umworben zu werden. Warum eigentlich nicht? Es gab wirklich schlechtere Alternativen, als die Zeit mit Arno zu verbringen.

»Wenn dir zehn Uhr nicht zu spät ist, können wir uns gerne dann auf einen Drink treffen.«

»Super. Sollen wir uns im *Enchilas* treffen?«

»Meinst du das *Enchilas* in Schwabing?«

»Ja, genau das.«

»Prima. Das ist eine meiner Lieblingsbars. Also abgemacht.« Sie blickte beiläufig auf ihre Uhr und erschrak. Wenn sie nicht zu spät zu Nadine kommen wollte, dann musste sie sich jetzt beeilen. »Ich glaube, wir sollten langsam den Rückweg antreten.«

»Natürlich.« Sofort erhob sich Arno und eilte mit zwei ausholenden Schritten voraus, bevor er sich lachend umdrehte und über die Schulter gewandt rief: »Komm schon, der Rückweg wartet.«

Jessie wusste, dass er sie imitierte, denn so oder so ähnlich hatte sie beim Aufbruch von der Alm zu ihm gesprochen. Lachend folgte sie ihm.

Stunden später klingelte Jessie bei Nadine. Gelächter drang bereits aus der Wohnungstür, noch bevor sie von Nadine schwungvoll aufgerissen wurde. Sie strahlte Jessie an: »Wie schön dich zu sehen, komm herein. Ich freue mich riesig, dass du gekommen bist. Die Franzosen haben dich ja völlig in Beschlag genommen. Hoffentlich wissen sie wenigstens zu schätzen, dass du ihretwegen alles vernachlässigst.« Herzlich umarmte sie Jessie. Wie sehr hatte sie Nadines Geplauder vermisst. Neugierig folgte Jessie ihr in die Wohnung, wo Nadine sie von einer Person zur anderen zog und nicht müde wurde, sie jedem einzelnen vorzustellen. Als es erneut klingelte und Nadine zur Wohnungstür eilte, entwischte Jessie dem Trubel und betrat den kleinen Dachbalkon, von dem sie einen freien Blick auf die zwei Zwiebeltürme der Frauenkirche genoss. Die Sonne war gerade untergegangen, die Stadt lag im Dämmerlicht zu Jessies Füßen. Wie friedlich doch alles aussah. Als ihr plötzlich jemand eine Hand auf die Schulter legte, drehte Jessie sich erschrocken um und blickte direkt in Nadines fragende Augen. »Na, du, woran hast du denn gerade gedacht?«

»Oh, eigentlich an nichts Besonderes. Ich habe deine tolle Aussicht über München genossen. Wirklich spektakulär.«

»Aha«, erwiderte Nadine nur, dann stellte sie sich neben Jessie an die Balkonbrüstung. »Und, wie geht es dir sonst so? Du siehst ziemlich erschöpft aus, wenn ich das so sagen darf.«

»Mir geht es gut. Wahrscheinlich ist mir die letzte Woche anzusehen, die war ziemlich stressig«, wich Jessie aus, gebannt blickte sie zu den Kirchtürmen.

Nadine trat einen Schritt näher auf Jessie zu, sodass sie gezwungen war, ihr direkt ins Gesicht zu sehen. »Jessie, ich bin deine beste Freundin und das auch schon seit einer kleinen Ewigkeit. Also, lass den Smalltalk und sag mir bitte, wie es dir wirklich geht. Ich habe von dir so wenig in den letzten Wochen gehört, dass ich mir ernsthaft Sorgen mache.«

Nadine anzuschauen traute sie sich nicht, denn schließlich wollte sie heute Abend nicht hier bei ihrer Grillparty in Tränen ausbrechen. »Du hast recht«, gab sie kleinlaut zu. »Mir geht es derzeit nicht so besonders. Ehrlich gesagt, es geht mir ziemlich miserabel.«

»Magst du darüber sprechen?«

»Ja, aber nicht heute, bitte.«

»Ok, aber eine Frage: Beruf oder Männer?«

Trotz allem musste Jessie lächeln, das war typisch Nadine. Sie kam immer unverblümt zum Punkt. Aber das war es auch, was Jessie unter anderem so an ihr mochte. »Männer«, gestand sie mit rauer Stimme.

»Hab ich es doch geahnt. Ach, du Arme. Weißt du was, wir werden uns einfach einen schönen Frauenabend machen und dann die Sache mal ganz nüchtern analysieren, was meinst du?«

Nadine liebte Frauenabende, die aus irgendeinem Vergnügen bestanden, bevor dann bei einer guten Flasche Wein ein Thema im Detail diskutiert und von allen Seiten mit dem Ziel beleuchtet wurde, sich in jedem Fall hinterher besser zu fühlen.

»Abgemacht.«

»Gut, ich werde mir etwas ausdenken.«

Dankbar legte Jessie ihre Hand auf Nadines Arm. »Du bist wirklich meine beste Freundin.«

Nadine lächelte sie an, doch aus ihren Augen sprach Besorgnis.

»Ich kann leider nicht sehr lange bleiben, denn ich habe heute einen Bekannten getroffen, der mir das Versprechen abgenommen hat, ihn noch auf einen Drink zu treffen. Ist das ok für dich?«

»Ein Bekannter? Ist es ER?« Nadines Augen weiteten sich vor Neugier.

»Nein, aber du kennst ihn trotzdem nicht.« Nadines Neugier war legendär.

»Kein Problem. Aber bei unserem nächsten Treffen musst du mich auf den neuesten Stand bringen, inklusive heute Abend und aller Details. Versprochen?«

Jessie nickte zustimmend, wieder einmal froh, Nadine als Freundin zu haben. Sie konnte jeder schwierigen Situation etwas Positives abgewinnen und ließ trotzdem ihrem Gegenüber den gewünschten Freiraum.

»Gut. Jetzt lass uns schnell ein Paar Würstchen vom Grill stibitzen, denn ich kann dich ja nicht hungrig in die Nacht entlassen.« Ohne auf eine Antwort zu warten, zog sie Jessie entschlossen mit sich in Richtung Grill.

Die großen Leuchtbuchstaben des *Enchilas* strahlten hellblau in der dunklen Nacht. Jessie blickte durch die bodentiefen Glasfenster ins Innere. Noch war die Bar nicht überfüllt. Sie drückte gegen die schwere Glastür und betrat die Bar. Laute

Musik und Gelächter empfingen sie. Suchend ließ sie ihren Blick über die Tische schweifen, doch Arno war nirgends zu sehen.

»Suchst du mich?« fragte eine Männerstimme dicht hinter ihr. Erschrocken wirbelte Jessie herum, dabei stieß sie fast gegen Arno, der belustigt auf sie herunter schaute.

»Vielleicht«, erwiderte sie gedehnt. Um ihren Mund spielte ein verschmitztes Lächeln.

»Dann werde ich mich anstrengen müssen, damit du deine Aufmerksamkeit nur mir schenkst.« Er drückte ihr einen Begrüßungskuss auf die Wange, der gefühlt jedoch eine Sekunde zu lange dauerte. »Ich finde es wirklich schön, dass du es geschafft hast. Und wenn ich das noch sagen darf«, sein Blick glitt langsam an ihr herab, »du siehst wirklich sehr sexy aus.«

Glücklicherweise war der Eingang nur schwach beleuchtet, sodass Arno nicht sehen konnte wie sie errötete. »Danke.« Sie freute sich, dass ihre Mühen nicht unbeachtet geblieben waren. Schließlich sollte Arno Christopher berichteten, dass es ihr blendend ging. Zu ihrer engen Hose mit dem schulterfreien Top trug sie ihre lange Silberkette, wodurch ihre schlanke Figur und ihre makellosen Schultern zur Geltung kamen. Ihr betont dezentes Make-up verlieh ihren blauen Augen ein geheimnisvolles Strahlen. Wie selbstverständlich legte Arno ihr seine Hand auf den Rücken und führte sie durch die Bar an einen leeren Tisch am Fenster. Durch den dünnen Stoff ihres Oberteils spürte sie die Wärme seiner Hand, ein leises Kribbeln lief ihr über den Rücken. Als sie den Tisch erreichten, rückte er ihr den Stuhl zurecht, dann setzte er sich ihr gegenüber.

»Wie war der Grillabend?« Lässig lehnte er sich zurück.

»Schwerwiegend«, zum Beweis strich sie sich mit der Hand über ihren flachen Bauch. »Aber sehr lecker und lustig.«

»Dann bist du ja gut vorbereitet, um mit mir einen Cocktail zu trinken.« Er schob ihr eine der Getränkekarten über den Tisch.

»Genau.« Sie zwinkerte Arno provozierend zu, der daraufhin herzlich lachte und sich in seine eigene Cocktailkarte vertiefte.

»Und, weißt du schon, welchen Cocktail du nehmen willst?«

»Ja, ich will die *Süße Sünde*«, antworte Jessie belustigt. »Und du?«

»Ich glaube, da bleibt mir nur *Hot Love* übrig, nicht wahr?« Dabei schaute er ihr lange in die Augen, als ob er nach etwas Bestimmtem suchte. Doch anstatt wegzuschauen, lächelte sie ihn provozierend an, damit er nicht merkte, wie überrascht sie war.

»Ich hoffe, du weißt, was du tust.« Mit gespielter Skepsis zog sie eine Augenbraue hoch.

»Ich bin mir da, ehrlich gesagt, nicht mehr so sicher«, antwortete er langsam, ohne jedoch seinen Blick abzuwenden. »Aber ich denke, dass ich die Herausforderung bestehen werde.«

Amüsiert schob sich Jessie eine Strähne hinters Ohr. »Das nenne ich ein gesundes Selbstvertrauen.« Sie lehnte sich leicht irritiert zurück, da er weiterhin jede ihrer Regungen verfolgte. Täuschte sie sich oder hatte sich der Ausdruck in Arnos Augen verändert? Dummerweise war das bei dem schummrigen Licht nicht zweifelsfrei erkennbar.

»Du schaffst es immer wieder, mich zu überraschen, Jessie. Vorhin warst du noch die Unschuld selbst, die sich mühsam für einen kurzen Moment aus ihren Arbeitsbergen davonstehlen konnte, um ein paar Schritte durch den Englischen Garten zu gehen. Und jetzt bist du die Femme Fatale, die die Männer mit drei Sätzen um den Verstand bringt.«

Jessie lachte herzlich. »Ich weiß ja nicht, von wem du sprichst, Arno, aber mich kannst du mit dieser Beschreibung wirklich nicht meinen.«

»Ich meine ganz genau dich.«

»So, habe ich dich also um den Verstand gebracht, ja?« Ihr helles Lachen perlte über den Tisch. »Und wie habe ich mir das dann bitte vorzustellen?«

Arno zögerte kaum merklich. Für den Bruchteil einer Sekunde huschte ein Schatten über sein Gesicht, doch dann fuhr er leichthin fort: »Das werde ich dir lieber nicht verraten. Sonst isst du mich noch mit Haut und Haaren, bevor wir unsere Cocktails getrunken haben. Ich hüte mich jetzt lieber vor dir, du Vamp.«

»Spielverderber«, entgegnete sie gespielt entrüstet. Dabei blinzelte sie zu Arno hinüber. Was für ein Bild von Mann. Wäre er nicht Christophers bester Freund, dann würde sie einfach weiter hemmungslos mit ihm flirten. Das wäre bestimmt ein Riesenspaß.

»Nenn mich lieber Lebensretter«, unterbrach Arno ihre Gedanken.

»Dafür sehe ich allerdings keinen Grund. Wenn du Angst vor mir hast, dann muss ich das akzeptieren und mir einen anderen Spielgefährten suchen.« Mit betont gleichgültigem Gesichtsausdruck schaute Jessie sich in der bereits vollen Bar um. »Für kein Geld in der Welt. Richte deine Spielwut nur völlig auf mich, ich werde ihr schon Stand halten.«

»Wenn du das sagst.« Jessie gab sich große Mühe, ihre Antwort zweifelnd klingen zu lassen. Glücklicherweise servierte der Ober in diesem Moment ihre Cocktails.

»Hm, der ist himmlisch. Typisch Marketing, da gibt man einem solch harmlosen Getränk so einen provokanten Namen.« Sie leckte sich die Cremereste von der Lippe.

»Alles Verkaufsstrategie. Und wie man an uns beiden sieht, wirkt sie ja auch.«

»Und, wie schmeckt dein *Hot Love*?«

»Für meinen Geschmack zu herb und nicht so feurig wie erwartet.«

Jessie lachte herzlich. »Das kommt davon, wenn man mit dem Feuer spielt.«

»Du hast recht. Das sollte ich wirklich lieber sein lassen.« Nachdenklich drehte er seinen Strohhalm.

Verwirrung spiegelte sich auf Jessies Gesicht, aber sie wagte nicht nachzufragen. Was hatte er damit gemeint? Männer. Wer konnte sie schon verstehen? »Und, was hast du vorhin noch gemacht?« versuchte sie das Gespräch wieder in harmlose Bahnen zu lenken.

»Ich habe mich dann doch noch den vermaledeiten Abrechnungen gestellt und sie glücklicherweise relativ schnell hinter mich gebracht. Trotzdem, wenn ich eine Tätigkeit wirklich unglaublich nervtötend finde, dann sind das Abrechnungen.«

»Du bist halt ein kreativer Typ, da ist das ziemlich verständlich. Kommst du eigentlich häufiger ins *Enchilas*?«

»Früher war ich oft hier, heute fehlt mir schlichtweg die Zeit, um abends um die Häuser zu ziehen.«

»Ja, das kenne ich.« Sie nickte zustimmend. »Schon Wahnsinn, wie genügsam man wird.«

»Das ist der Preis, den wir für unsere Karrieren zahlen. Lass uns darauf trinken.« Grinsend stießen sie miteinander an.

Nachdem sie ihren dritten Cocktail bestellt hatten, schaute Arno ihr lange in die Augen. Seine Augen funkelten in dem schummrigen Licht. »Da sitzen wir zwei Tropfe hier zwischen all diesen Liebespärchen. Das ist schon traurig, oder?«

»Woher willst du denn wissen, dass dies alles Liebespaare sind? Vielleicht haben sie sich einfach kennengelernt, finden sich sympathisch, werden diese Nacht miteinander verbringen und morgen früh wird wieder jeder seiner Wege gehen.« Entsetzt über ihre kühlen Worte schüttelte Arno vehement den Kopf. »Das klingt echt schrecklich. Ich dachte, du seist eine wahre Romantikerin.«

»Auch Romantikerinnen müssen der Wahrheit ins Auge sehen, Arno. Es hilft doch nichts, naiv durch die Welt zu gehen.« Ihre Antwort klang bitterer, als sie beabsichtigt hatte.

»Was ist an der Liebe naiv, Jessie?«

»Der Glaube an die große Liebe mit Treue, Vertrauen und Versprechen ist naiv, denn er bringt nichts als Ärger und hat nichts mit der wahren Realität zu tun. In der nimmt man sich nämlich, was in den eigenen Plan passt. Keine Verpflichtungen, keine Verantwortung, keine Vorwürfe. Man lässt sich so lange auf jemanden ein, wie es einem selbst gefällt. Der Rest ist egal.« Die Worte waren einfach so aus ihr heraus gesprudelt. Mist. Sie hätte nicht so viel trinken sollen.

Arno schwieg betroffen, schien angestrengt über ihre Worte nachzudenken. »Ich glaube trotzdem an die Liebe. An etwas, das zwei Menschen tief in ihrem Inneren verbindet. Etwas, das so groß und tief ist, dass sie sich dem nicht entziehen können, egal wie sehr sie es versuchen. Etwas, das so stark ist, dass man sich nicht um sich selbst, sondern um den anderen sorgt. Wo die eigenen Gedanken sich nicht mit sich selbst, sondern mit der anderen Person beschäftigen, weil man das unbedingte Verlangen verspürt, diese Person glücklich zu wissen.«

»Zugegeben, das hört sich toll an. Aber hast du das schon einmal so erlebt? Oder wünschst du dir das nur?«

»Ich wünsche es mir. Und du?« Seine Stimme kam ihr plötzlich viel sanfter vor, aber wahrscheinlich vernebelte der Alkohol ihre Sinne. Sie schwieg lange, bevor sie leise antwortete: »Ich dachte, ich hätte es gefunden. Aber das war ein Irrtum.« Ein bitterer Zug lag um ihren Mund. »Daher finde ich es besser, nicht mehr nach den großen Gefühlen zu suchen.«

Mitfühlend legte Arno seine Hand auf Jessies. Sie wusste nicht, ob es an der Berührung oder am Cocktail lag, aber plötzlich stiegen Tränen in ihr auf. Verzweifelt kämpfte sie damit, diese wieder zu verbannen. Sie hätte nicht so viele Cocktails trinken sollen. Nein, sie würde hier und jetzt nicht anfangen zu heulen.

»Aber deswegen kannst du doch nicht den Traum von der großen Liebe wegwerfen, Jessie. Ich bin überzeugt, irgendwo da draußen wartet sie auf dich.« Sie blickte Arno direkt ins Gesicht, wobei ihre Augen vor ungeweinten Tränen schimmerten. Seine Gesichtszüge drückten Sorge und tiefe Zuneigung aus.

»Das ist lieb von dir.« Ihr Blick fiel auf seine Armbanduhr. Es war schon weit nach Mitternacht. Mist, sie musste morgen früh den ersten Flieger nach Toulouse nehmen und sollte schleunigst ins Bett. »Arno, ich mag nicht unhöflich sein und würde wirklich liebend gern noch Stunden hier mit dir sitzen, aber mein Flieger geht morgen früh um sieben. Ich sollte daher schnellstens ins Bett. Wäre es für dich ok, wenn wir zahlen?«

»Kein Problem. Wir sollten diesen Abend aber unbedingt wiederholen.« Und nach einer kleinen Pause fügte er hinzu: »Ich habe ihn sehr genossen.« Ein warmes Lächeln umspielte seinen Mund, bevor er der Bedienung ein Zeichen gab, dass er zahlen wollte.

»Ich fand ihn auch wirklich schön.« Erst jetzt merkte sie, dass Arnos Hand noch immer ihre umschlossen hielt. Als er ihrem Blick folgte, zog er sie hastig zurück.

Gut gelaunt verließen beide die Bar. Arno hatte seinen Arm um ihre Schultern gelegt. »Soll ich nicht doch lieber mitfahren?«

Das wäre ja wohl noch schöner, dachte Jessie. Christopher sollte nicht erfahren, wo sie wohnte. Das war ihr Privatleben. »Nein, das ist wirklich nicht nötig. Danke.«

»Und wie kann ich dich erreichen?«

Jessie lächelte verschmitzt. »Du kannst mir deine Telefonnummer geben und ich rufe dich an. Eventuell«, fügte sie nach einer kleinen Pause hinzu.

Er strich ihr leicht über die Wange, dann steckte ihr sanft eine Strähne hinters Ohr. »Bitte nicht eventuell, ok?«, beharrte er sanft. Dann zog er abrupt seine Hand zurück.

»Mal sehen«, erwiderte Jessie irritiert.

»Versprochen?« Seine Stimme klang belegt.

»Tut mir leid, Arno. Es hat nichts mit dir zu tun, aber ich verspreche nichts mehr. Versprechen werden eh nicht gehalten. Ich werde dich anrufen, sobald ich genügend Freiraum für ein Treffen in meinem Kalender habe. Ist das ok für dich?«

»Welche Wahl habe ich?«, fragte er leise, wobei er seinen Kopf leicht zur Seite neigte. Seine tiefblauen Augen schauten sie fragend an.

»Ehrlich gesagt, keine.«

»Dann ist es wohl ok.« Er griff in seine Jackentasche, zog eine kleine Visitenkarte hervor, die er ihr reichte. Jessie ergriff die elegante Karte aus festem cremefarbenem Karton. In dunkler feingliedriger Schrift geschrieben erkannte sie seinen Namen.

»Vielen Dank, auch für den tollen Nachmittag und den wunderschönen Abend. Daran werde ich gerne denken, wenn ich abends alleine in der dunklen Produktionshalle sitze.«

»Tu das. Und denk dann bitte auch daran, mich anzurufen.« Hatte sie ein leichtes Bitten in seiner Stimme gehört?

»Also, gute Nacht und noch einmal vielen lieben Dank.« Dann hauchte sie ihm einen Abschiedskuss auf die Wange und stieg ins wartende Taxi.

Gedankenvoll blickte sie aus dem Fenster, sah die vorbeiziehenden Häuserfassaden, doch nahm sie nicht wirklich wahr. Zu viele unbeantwortete Fragen schwirrten durch ihren Kopf. Wie hatte es kommen können, dass sie den ganzen Tag mit Arno verbracht hatte, vom Grillen einmal abgesehen? Der Tag war so schnell verflogen. Was hatte das zu bedeuten? War sie etwa in Arno verliebt? Jessie überlegte. Sie verspürte ein Kribbeln, wenn er in ihrer Nähe war, aber es war anders als das, was sie bei Christopher gefühlt hatte. Christophers bloße Anwesenheit hatte sie emotional total auf den Kopf gestellt. Aber vielleicht sollte die Liebe einem nicht alles auf den Kopf stellen, sondern etwas Leichtes und Erfrischendes sein? Hatte sie Arno zu viel anvertraut? Würde er alles Christopher weitersagen? Aber warum sollte er das tun? Sie biss sich nachdenklich auf die Lippen. Es war schon seltsam gewesen. In manchen Augenblicken hatte eine gefühlte unsichtbare Wand zwischen ihnen gestanden, dabei war sie sich ganz sicher, dass Arno mit ihr geflirtet hatte. Sie glaubte sich sogar an ein, zwei Blicke von ihm zu erinnern, die ihr klar signalisiert hatten, dass er nicht abgeneigt gewesen wäre, wenn sie weiter mit ihm geflirtet hätte. Aber dann hatte er sich plötzlich wieder ganz anders verhalten. Hatte er nicht seine Hand abrupt von ihrer genommen? Das Gleiche war auch passiert, als er ihr die Strähne hinters Ohr gesteckt hatte. Erst hatte er sie sanft berührt, dann hatte er seine Hand so schnell zurückgezogen, als ob er sich verbrannt hätte. Hatte er das vielleicht? Wusste er von ihr und Christopher? Aber Christopher hatte sich gegen sie entschieden, schlimmer noch, er hatte sich in weniger als zwei Wochen mit einer anderen verlobt. Er würde sie, nicht Jessie, heiraten. Konnte Arno es vielleicht nicht ertragen, Christophers früherer Flamme den Hof zu machen? Ja, das musste es sein. Enttäuscht schloss sie die Augen, doch sofort sah sie Christopher vor sich. Christopher, der lachend mit Sarah zum Auto ging. Christopher, der charmant alle Einkaufstüten trug. Christopher, der ein Taxi heranwinkte. Christopher, der sie anblickte.

Christopher in Paris! Aber nicht mit ihr, sondern mit Sarah! Gequält öffnete sie die Augen. Was konnte sie nur tun, um ihn endlich zu vergessen? Sie wusste es nicht. Es würde ihr wohl nichts anderes übrig bleiben als darauf zu vertrauen, dass die Zeit alle Wunden heilte.

KAPITEL 21

Ein gewohnter Arbeitsalltag hatte definitiv seine Vorteile. Die gleichmäßigen Abläufe der Arbeitszeiten mit den bekannten Gesichtern ließen Jessies aufgewühltes Inneres zur Ruhe kommen, gewährten ihr eine Auszeit vom Denken, Grübeln und Verdrängen. Sie konzentrierte sich ausschließlich auf ihr Projekt und den Aufbau der angelieferten Produktionsanlage. Abends, wenn sie sich müde in ihr Büro schleppte, um die Arbeitsschritte des Tages zu notieren und zu analysieren, beschlich sie ein Gefühl der Einsamkeit. Obwohl sie sich verbat, ihre Gedanken schweifen zu lassen, drifteten diese immer wieder zu Christopher und Arno. Was sie jetzt wohl beide machten? Ob sie an sie dachten? Nein, es unwahrscheinlich, dass Christopher an sie dachte. Schließlich hatte er ja Sarah. Dummerweise dachte aber Jessie zunehmend an ihn, egal wie sehr sie sich auch bemühte, jeden Gedanken an ihn zu verdrängen. Aber wie sollte sie das auch anstellen, wenn sie nun an der Stelle der Produktionsanlage arbeitete, wo sie die tragende Wand in Stahlträger umgewandelt hatte? Jessie empfand ihre Situation als sehr ungerecht. Sie war allein und musste ständig an Christopher denken, während er mit Sarah zusammen war und sie wahrscheinlich bereits vergessen hatte. Hoffentlich fühlte er sich mies, wenn er das Haus ihrer Eltern morgens beim Sonnenaufgang beobachtete. Mit Genugtuung dachte Jessie daran, dass sie die Wahrheit so schnell herausgefunden hatte. So hatte sie wenigstens ihren Stolz bewahrt, das Einzige, was sie aus den Trümmern ihrer Liebe zu Christopher hatte retten können. Und Arno? Ob er immer so flirtete? Vielleicht hatte er an jenem Abend einfach mal Spaß haben wollen. Oder hatte er sie getestet? Nein, das war schwer vorzustellen, seine Augen hatten eine ganz eindeutige Sprache gesprochen. Resigniert rieb sie sich die Augen, wandte sich wieder ihren Notizen zu. Das plötzliche Klingeln ihres Handys ließ sie zusammenschrecken. Reflexartig griff sie danach. Nadines Name blinkte im Display. »Hallo, Nadine. Das ist wirklich eine schöne Überraschung.«

»Hallo, meine Süße. Wie geht es dir?« Nadines fröhliche Stimme schallte aus dem Telefon, erfüllte das kahle Büro mit Wärme.

»Das Projekt läuft gut, aber es raubt mir etliche Energien. Ich bin gerade dabei, die Arbeitsschritte von heute zu analysieren. Davon abgesehen kommen wir gut voran.«

»Bist du etwa noch im Büro?«

»Ja«, bestätigte Jessie trocken.

»Himmel, Jessie, weißt du eigentlich, wie spät es ist?« Blanke Ungläubigkeit drang ihr entgegen. Sie hatte die Zeit ganz vergessen und blickte zur Wanduhr. »Stimmt, es ist bereits kurz vor Mitternacht.«

»Genau, du solltest um diese Uhrzeit bei einem Glas Wein faul in deinem Hotelbett liegen und nicht mutterseelenallein in der

Fabrik hocken. Also ehrlich.« Sie konnte Nadines Gesicht förmlich vor sich sehen, wie sie tadelnd die Stirn krauste.

»Ich bin schon fast auf dem Weg ins Hotel.«

»Das will ich dir jetzt mal glauben, denn ich habe gute Neuigkeiten.«

Sofort wurde Jessie hellhörig. Gute Neuigkeiten konnte sie wirklich gebrauchen. »Schieß los, ich platze vor Neugier.«

»Also, stell dir vor, Steffen Limbach kommt nach München. Er spielt im *Residenztheater*.«

Jessie stöhnte innerlich auf. Nadine himmelte Steffen Limbach an und überredete sie jedes Mal, mit ihr zu seinen Münchner Aufführungen zu gehen. Unter guten Neuigkeiten hatte sie sich irgendwie etwas anderes vorgestellt.

»Und weißt du was?«, plapperte Nadine einfach weiter. »Das ist der ideale Beginn für unseren Frauenabend. Oh Jessie, bitte versprich mir, dass wir zwei zu der Aufführung gehen können. Ich habe extra die Samstagabendvorstellung ausgesucht, damit du leicht hin- und herreisen kannst. Bitte, lass mich nicht hängen.«

Jessie überlegte. Die Aufführung mit Steffen Limbach war wahrscheinlich ganz nett, und ein richtiger Frauenabend mit Nadine würde ihr nach den Wochen allein in Frankreich garantiert gut tun. »Ok, ich bin dabei. Aber lass mich erst meinen Flug buchen.«

»Kein Problem. Die Tickets habe ich aber vorsichtshalber schon einmal gekauft.« Nadine lachte erleichtert. Typisch Nadine. Sie ließ wirklich nichts anbrennen.

KAPITEL 22

Leichtfüßig stieg Jessie die Stufen zum Theater hinauf, in dessen Vorhalle Nadine ihren drei SMS nach zu schließen bereits auf sie wartete. Es hatte angefangen zu regnen und Jessie wischte sich ein paar Tropfen aus dem Gesicht, als sie die Theatertür öffnete. Unübersehbar stand Nadine mit ihren langen blonden Haaren in der Mitte der Vorhalle. Sie hatte sich genau wie Jessie für ihr kleines Schwarzes entschieden, das jedoch im Gegensatz zu Jessies an den Armen und dem Saum mit verspielten Rüschen versehen war. Es passte hervorragend zu Nadines quirligem Charakter. Obwohl sie ganz allein in der Mitte der Eingangshalle stand, strahlte sie eine unbändige Fröhlichkeit aus. Jessie war sich sicher, dass kein Mann an Nadine vorbei gegangen war, ohne sie bewundernd anzuschauen. Mit schnellen Schritten eilte sie auf ihre Freundin zu und umarmte sie herzlich. »Hallo, Nadine. Hoffentlich hast du nicht schon lange gewartet.«

»Nein, keine Sorge. Ich dachte nur, vielleicht erhasche ich einen Blick auf die Darsteller, wenn ich frühzeitig da bin, aber bisher habe ich leider niemanden gesehen.«

»Das tut mir leid. Dafür hat dich aber jeder andere Mann, der hereingekommen ist, bewundert.«

»Ach, das ist mir heute völlig egal. Dieser Abend gehört nur uns beiden.« Nadine zuckte mit den Schultern. „Komm, lass uns schon hineingehen. Zusammen betraten sie den bereits gut gefüllten Theatersaal und stiegen die breite Treppe zu ihren Plätzen hinauf. Nadine hatte eine Reihe in der oberen Hälfte gewählt, von der aus man die gesamte Bühne im Blick hatte.

Kaum hatten sie ihre Plätze eingenommen, erlosch auch schon das Licht und der Vorhang hob sich.

Der Hauptdarsteller Steffen Limbach war wirklich ein ausgezeichneter Schauspieler war. Heute spielte er die Rolle eines Dandys, der sich um niemanden wirklich bemühte und dem dennoch alle Frauenherzen zuflogen, bis er plötzlich Leonie trifft. Doch Leonie interessiert sich nicht für ihn, sondern nur für sein Vermögen. Zum ersten Mal in seinem Leben muss er um die Liebe einer Frau kämpfen. Jessie wagte einen Seitenblick zu Nadine, die begeistert der Vorstellung folgte. Nadine sah in Steffen Limbach den Prototypen für ihren eigenen Traummann, an dem sie alle ihre männlichen Bekannten maß. Es musste toll sein, wenn man seinem Traummann so real begegnen konnte. Der geheimnisvolle Mann ihrer eigenen wunderbaren Träume war ihr immer noch ein Rätsel. Der Pausengong unterbrach Jessies Gedanken. Unter lautem Beifall fiel der Vorhang, der Theatersaal erhellte sich. Die ersten Zuschauer strömten bereits in den Vorraum. Begeistert drehte sich Nadine zu Jessie um. »Und, was sagst du?«

»Eine tolle Geschichte, wirklich. Nicht sehr real, aber ideal zum Auspannen nach einer harten Arbeitswoche.«

Freundschaftlich stieß Nadine Jessie mit ihrem Ellbogen in die Seite. »Ich meine doch nicht die Geschichte, sondern IHN.«

»Ach so«, tat Jessie überrascht. »Er ist toll wie immer.«

»Ja, nicht wahr?« hauchte Nadine verträumt, doch dann gewann ihr Realitätssinn wieder die Kontrolle über sie. »Komm, lass uns ein Glas Sekt trinken, zur Feier des Tages.«

»Ja, lass uns gehen, bevor die Schlange an der Bar zu lang wird.«

Als sie endlich ihre Sektgläser in den Händen hielten, suchten sie sich einen ruhigen Platz, wo sie miteinander anstoßen konnten.

»Habe ich dir eigentlich schon von meinem neuen Arbeitskollegen erzählt?« Nadine blickte Jessie über den Rand ihres Sektglases neugierig an.

»Nein, definitiv nicht. Schieß los.«

»Jessie, bist du es?«

Überrascht drehten sich Jessie und Nadine um. Doch noch bevor Jessie die Stimme zuordnen konnte, fühlte sie einen instinktiven Schmerz in der Brust. Alles Blut wich aus ihrem Gesicht. Vor ihnen standen Arno und Christopher. Entgeistert starrte sie beide an, dann fing sie sich, zwang sich zu einem unbeschwert wirkenden Lächeln. »Hallo. Das ist in der Tat eine Überraschung, euch hier zu sehen.«

Arno trat freudestrahlend einen weiteren Schritt auf sie zu und küsste sie auf die Wange. Christopher schaute Jessie unentwegt an. Christopher! Ihre Gedanken überschlugen sich. Verdammt, was machte er hier? Die Welt war so groß! Früher waren sie sich doch auch nie über den Weg gelaufen, warum musste sie ihn hier und heute Abend treffen? Hatte er gar keine Skrupel, sie anzusprechen? Oder hatte er Arno doch nichts von ihnen erzählt? Egal, sie würde ihm keine Gelegenheit geben, die Situation an sich zu reißen. Wenn die Pause doch schon vorbei wäre!

»Ich habe euch schon einen Moment beobachtet, aber ich war mir nicht sicher, ob du es bist, ganz im Gegensatz zu Chris.« Arno trat grinsend einen Schritt zur Seite, so dass Jessie direkt Christopher gegenüber stand. Weniger als einen Meter trennte sie von ihm, sofort fühlte sie wieder dieses unbändige Kribbeln im Bauch. Oh, wie sie ihn hasste!

»Hallo Jessie«, Christopher küsste sie leicht auf die Wange.

Ihr Herz raste. Sie war völlig elektrisiert. Ihre Wange schien plötzlich zu brennen. Sie verabscheute ihn dafür, dass er immer noch in der Lage war, sie so zu beherrschen und hoffte inständig, dass er ihre Reaktion nicht bemerkte. Sie durfte sich auf keinen Fall etwas anmerken lassen. Christopher hatte sich schließlich für Sarah entschieden. »Hallo«, antwortete Jessie mit belegter Stimme. Dann drehte sie sich energisch zu Nadine um, die sie überrascht beobachtete. »Nadine, darf ich dir Arno und Christopher vorstellen?« Sie wandte sich erneut zu Arno und Christopher um, wobei sie es vermied Christopher anzuschauen. »Das ist meine beste Freundin Nadine.« Sofort schüttelten beide Nadines Hand. »Was verschlägt euch in dieses Theaterstück?« Jessie empfand die Stille als unerträglich.

»Nichts Besonderes«, erklärte Arno. »Wir waren auf der Suche nach etwas Ablenkung und sind zufällig hier gelandet. Und ihr?«

»Wir haben es als Auftakt zu unserem Frauenabend ausgesucht«, erklärte Nadine schnell. »So ein bisschen Liebe, Herzschmerz und hoffentlich ein Happy End sind doch ideal, nicht wahr?« Jessie stöhnte innerlich.

»Ich hoffe, es gibt ein Happy End nach all den Wirrungen«, dabei bohrte Christopher seine Augen in Jessies.

»Im Theater wohl schon«, entgegnete Jessie kühl. Aus den Augenwinkeln sah sie, wie Nadine überrascht von Christopher zu ihr schaute. Er ignorierte ihren Kommentar, fragte stattdessen:

»Es ist lange her, dass ich dich das letzte Mal gesehen habe. Wann kommst du denn wieder zum See?«

»Keine Ahnung, auf jeden Fall nicht sehr bald. Es gibt dafür auch keinen Grund mehr«, antwortete sie schroff, dabei blickte sie Christopher kühl in die Augen. Es kostete sie alle Kraft und Selbstdisziplin, denn diese Augen hatten immer noch denselben unvergleichlichen Effekt auf sie. Warum sah Christopher auch so verdammt gut aus, wie er da vor ihr stand? Aber er würde nicht wieder mit ihr spielen. Sie war einmal dumm genug gewesen. Das passierte ihr nicht noch ein zweites Mal, das würde sie ihm ein für alle Mal zu verstehen geben.

»Bist du da ganz sicher?« fragte Christopher sanft. »Mir fallen da spontan hundert Gründe ein, warum du zurückkommen solltest.«

Sie ignorierte seine Antwort. Hier und jetzt würde sie sicherlich nicht mit ihm über ihre verlorene Liebe diskutieren. Arno, der Jessies Unwohlsein bemerkte, warf einen bangen Blick von Jessie zu Christopher. »Wie lange bist du denn diesmal in München? Ich hatte mit deinem Anruf gerechnet.«

Überrascht blickte Christopher Arno an. Jessie jubilierte innerlich. Arno hatte also Christopher doch nicht alles von ihrem letzten Treffen erzählt. Dafür war sie ihm aufrichtig dankbar. Christophers Reaktion tat ihr so gut. »Sei mir bitte nicht böse, Arno, aber ich bin erst heute angekommen und werde morgen leider schon wieder losfliegen. Aber aufgeschoben ist ja nicht aufgehoben.« Sie lächelte ihn entschuldigend an.

»Da bin ich aber erleichtert. Vergiss es bitte nicht.« Er zwinkerte ihr zu. »Dürfen wir euch denn wenigstens nach dem Theaterstück auf einen Drink einladen?«

Jessie zögerte und schwieg.

»Bitte, Jessie, nur einen Drink, versprochen«, beharrte Arno.

»Ich glaube, einen Drink können wir einrichten«, stimmte Nadine zu. Endlich erklang der erlösende Pausengong.

»Ich glaube, wir müssen wieder zurück in den Theatersaal, sonst verpassen wir noch das Happy End.« Betont ungeduldig stürzte Jessie den Rest des Sekts hinunter. Sie folgten den anderen Gästen in Richtung Theatersaal, wobei Christopher Nadine geschickt den Vortritt ließ, sodass er selbst neben Jessie ging. Ihr Herz raste.

»Jessie, wir müssen reden.« Dabei fasste er sie leicht am Arm.

Sie zuckte regelrecht zusammen bei der unerwarteten Berührung.

»Tut mir leid, aber das Theaterstück beginnt jetzt. Ich möchte den Anfang des zweiten Aktes nicht verpassen«, antwortete sie knapp. Das war eine pure Lüge, das Stück war ihr absolut egal, aber es war eine perfekte Entschuldigung.

»Es ist aber wichtig, Jessie. Bitte. Wir müssen einiges klären, denke ich.« Sein Ton war eindringlich.

»Nicht jetzt. Wenn du mit mir reden willst, dann nach dem Ende des Stücks«, antwortete sie barsch, schaute stur geradeaus.

»Versprochen?« fragte Christopher. Er war stehen geblieben und schaute Jessie an.

»Ich verspreche dir gar nichts mehr«, zischte sie. Ihre Augen funkelten ihn wütend an. Im gleichen Moment ärgerte sie sich maßlos über sich selbst. Sie hatte sich doch so fest vorgenommen, nicht ihre Selbstbeherrschung zu verlieren. Warum aber auch provozierte er sie so? Ach egal, zum Teufel mit Christopher. Sie wollte nur noch weg, weg von hier und weg von ihm. Ohne ein weiteres Wort ließ sie ihn stehen, lächelte Arno kurz zum

Abschied zu und ging ohne Zögern zur Theatertür, wo sie ohne Umschweife die Treppe zu ihrer Sitzreihe hinauf stieg. Nadine verabschiedete sich rasch von Arno und Christopher, deren eigene Plätze sich weiter unten im Theatersaal befanden. Schnell folgte sie Jessie, die oben am Treppenabsatz auf sie wartete. Nadine schaute sie bestürzt an. »Jessie, was war das denn? Ich glaube, du bist mir jetzt eine Erklärung schuldig. Wo hast du denn diese beiden Traumtypen kennengelernt? Und was ist da zwischen dir und dem Dunkelhaarigen eigentlich los?«

»Ach nichts. Christopher ist unser Nachbar am See, du weißt doch, wo meine Eltern ihr Ferienhaus haben, und Arno ist sein bester Freund. Ich habe sie zufällig in meinem letzten Urlaub am See getroffen und heute wiedergesehen.«

Nachdenklich schaute Nadine Jessie an. »Aha. Aber unbeeindruckt hat dich das jedenfalls nicht gelassen. Ist Christopher ER?«

Jessie nickte bekümmert. Dann blickte sie Nadine flehentlich an. »Ich will die beiden nachher nicht treffen. Ich kann nicht. Ich halte Christophers Nähe einfach nicht aus.«

»Oh Süße«, Nadine legte ihr mitfühlend eine Hand auf den Arm. »Sollen wir direkt gehen?«

»Aber du hast dich doch so auf dieses Theaterstück gefreut. Wäre es für dich ok, wenn du es alleine zu Ende schaust? Ich kann mich jetzt eh nicht mehr darauf konzentrieren.«

»Jessie, ich bin nicht irgendwer und werde wohl hoffentlich noch ein anderes Mal ein Theaterstück mit Steffen Limbach sehen können. Wir überlassen jetzt einfach die beiden Herren ihrer herben Enttäuschung, dass wir nicht auftauchen werden und begeben uns zu mir, wo wir eine gute Flasche Rotwein öffnen und du mir alles erzählst. Einverstanden?«

Jessie nickte dankbar. Im bereits gedimmten Licht verließen sie den Theatersaal.

Es war schon weit nach Mitternacht, als Jessie vor ihrer Haustür aus dem Taxi stieg. Nach einer Flasche Rotwein und dem ausgiebigen Gespräch mit ihrer besten Freundin fühlte sie sich irgendwie befreiter. Es tat so gut, mit Nadine über alles zu reden, die ganze Sache mit einer objektiven Person zu besprechen. Als sie sich erschöpft in ihre Kissen kuschelte und die Bettdecke um sich wickelte, wanderten ihre Gedanken zurück zu ihrem Treffen mit Christopher. Irgendwie hatte er ein wenig müde gewirkt. Vielleicht hatte er sehr viel zu tun. Oder er war, wie Nadine behauptete, doch nicht glücklich mit Sarah. Bestand eventuell die Möglichkeit, dass er seine Verlobung noch löste? Aber das war ja eigentlich total egal. Er hatte sein Versprechen gebrochen. Traurig drehte Jessie sich auf die andere Seite, doch auch das half ihr nicht, die Gedanken zu verdrängen. Was hatte Christopher mit den hundert Gründen gemeint, die sie dazu bringen sollten, wieder an den See zu kommen? Er musste sich doch denken können, dass sie Sarah dort oben nicht begegnen wollte. Vor allem nicht nach alldem, was zwischen ihr und ihm gewesen war. Allein der bloße Gedanke schnürte ihr die Kehle zu. Heiße Tränen liefen ihr über die Wangen. Nein, sie wollte nicht mehr wegen Christopher weinen, das hatte sie nun schon so viele Wochen lang getan. Damit musste doch irgendwann einmal Schluss sein. Aber wann? Wenigstens hatte er sehr überrascht gewirkt, als Arno von dem

Telefonanruf gesprochen hatte. Sehr gut. Die beiden hatten also auch ihre kleinen Geheimnisse voreinander. Vielleicht hatte sie sich doch nicht geirrt, als sie in der Bar dachte, dass Arno gerne mit ihr flirten würde? Dieser Gedanke stimmte Jessie versöhnlich, endlich schlief sie ein.

KAPITEL 23

Als Jessie die Produktionshalle betrat, atmete sie erleichtert auf. Dies war ihr Spielfeld, hier kannte sie alle Unbekannten. Bisher waren ihre Kunden mit dem Projektablauf sehr zufrieden, und sie würde ihr Bestes geben, damit dies auch so blieb. Glücklicherweise machten sie mit dem Arbeitsplan große Fortschritte. Die Produktionsanlage, die Jessie so schmerzlich an Christopher erinnert hatte, war fertig montiert und die neue Projektphase hatte bereits begonnen. Zu ihre Überraschung war diesmal alles reibungslos verlaufen. Sonst musste sie immer tage- bzw. wochenlange Überzeugungsarbeit bei ihren Klienten leisten, um die Projektschritte nach Plan umzusetzen. Hier in Toulouse folgten alle ihren Anweisungen. Vielleicht lag es daran, dass man sie in Eindhoven bereits kannte und mit ihrem vorherigen Projekt sehr zufrieden gewesen war? Jessie konnte es nicht sagen. Sie war einfach nur dankbar, dass wenigstens etwas in ihrem Leben reibungslos verlief.

Es war schon später Nachmittag. Draußen hatte ein heraufziehendes Gewitter das Tageslicht verdunkelt. Tiefes

Grollen war aus der Ferne zu hören, während Jessie die Kostenplanung überarbeitete. Das Klingeln ihres Handys durchbrach die Stille. Überrascht blickte sie auf das Display, doch die Rufnummer war unterdrückt. Würde Christopher sie nun unter einer anderen Nummer anrufen? Aber warum sollte er es tun? Jessies Herz klopfte plötzlich heftig. Sollte sie den Anruf einfach ignorieren? Aber vielleicht wäre es gar nicht so schlimm, noch einmal den Hörer abzunehmen und Christopher zu beweisen, dass sie die Situation nun unter Kontrolle hatte. Außerdem sehnte sie sich danach, noch ein einziges Mal seine Stimme zu hören. Zitternd drückte sie den Annahmeknopf.

»Winter, hallo.«

»Hey Jessie, wie gut, dass ich dich erreiche. Hier spricht Thomas.« Warum rief Thomas sie an? War etwas passiert? »Hallo Thomas. Wie geht es dir?«

»Prima, danke. Die Überraschung scheint mir ja gelungen zu sein!« Sein tiefes Lachen drang durch den Hörer.

Sie war sich nicht sicher, aber er klang irgendwie nervös. Bildete sie sich das vielleicht nur ein? »Wie komme ich denn zu der Ehre?« bohrte sie neugierig nach.

»Es ist nun schon wieder echt lange her ist, dass du hier warst. Und da wir doch zusammen wandern wollten, habe ich mir gedacht, ich frag dich einfach, wann du zurückkommst.«

»Thomas, das ist echt total nett von dir, aber das kann ich dir derzeit leider nicht sagen. Mein Projekt hier ist super intensiv, ich musste sogar meinen Rückflug nach München stornieren. Diesen Sommer wird es wohl nichts mehr«, wich sie aus.

»Bist du da ganz sicher, Jessie?« Er klang enttäuscht. »Gibt es nicht wenigstens eine kleine Chance?«

Warum hatte sie nur das Gefühl, dass Thomas sie partout überreden wollte, an den See zu kommen? Rief er etwa in Christophers Auftrag an? Nein, das war mehr als unwahrscheinlich, denn so wie sie Christopher einschätzte, trug er sein Herz nicht auf der Zunge. Das hatte sie selbst ja nur zu schmerzlich erfahren müssen. »Tut mir leid, aber die Wahrscheinlichkeit geht gen Null.«

»Schade, aber klar, wenn du eingespannt bist, geht es halt nicht.«

»Was gibt es denn sonst für Neuigkeiten zu berichten?« versuchte Jessie das Gespräch in eine andere Richtung zu lenken. Bitte erwähne jetzt nicht die Hochzeit von Christopher und Sarah, flehte sie innerlich.

»Eigentlich nicht viel. Das Wetter hat umgeschlagen und es regnet jetzt viel. Du hast wahrscheinlich die Sonne mit nach Toulouse genommen«, neckte er sie. »Ach ja, vor ein paar Tagen waren Christopher und Arno bei mir zum Kartenspielen. Das war eine lange Nacht, aber natürlich nicht so lustig wie mit dir.«

»Ach, komm schon. So ein echter Männerabend ist doch auch etwas Tolles.«

»Wir haben zumindest versucht, das Beste daraus zu machen.« Sein tiefes Lachen sprach Bände.

»Siehst du.« Eine kleine Pause setzte ein. Jessie wippte gedankenverloren mit dem Fuß gegen das Tischbein, dann unterbrach Thomas' tiefe Stimme die Stille: »Wahrscheinlich fragst du dich, was mein eigentlicher Grund für den Anruf ist, nicht wahr?«

Sofort war sie hellhörig. »Ein wenig schon, wenn ich ehrlich bin.«

»Ich brauche deine Hilfe.« Er klang plötzlich ernst. Stutzend hielt sie in der monotonen Bewegung ihres Fußes inne. »Was ist denn passiert, Thomas?«

»Ich habe einen Brief von der CHCI, der *Confédération de Haute Cuisine Internationale*, erhalten. Sie organisieren eine Kochveranstaltung, in der fünf ausgewählte Spitzenköche vor ausgelesenem Publikum kochen. Das ist zwar so eine Art Marketing, aber im Publikum sitzen unter anderem einflussreiche Köpfe der Branche. Sie beurteilen die Gerichte, schreiben darüber in den Fachzeitschriften und bewerten die Köche im nationalen und internationalen Vergleich. Das ist somit eine wichtige Veranstaltung für jeden Koch, der sich seinen ersten Stern erarbeiten will.«

»Aber das ist doch super«, jubelte Jessie. »Herzlichen Glückwunsch!« Die Anspannung fiel von ihr ab. Thomas hatte sie aber auch wirklich erschreckt.

»Danke. Aber ich habe doch riesigen Respekt davor.«

»Quatsch. Du bist ein exzellenter Koch. Ich drücke dir auf jeden Fall die Daumen. Danke, dass du mich wegen dieser Neuigkeit angerufen hast.«

»Jessie, das ist nur die halbe Neuigkeit.« Thomas machte eine kleine Pause. »Mein eigentlicher Grund ist, dich zu fragen, ob du mir an dem Abend moralische Unterstützung geben kannst. Das Schaukochen findet nicht hier oben statt, keine Sorge. Es ist in einer alten Villa am Starnberger See geplant, das ist ja nur einen Katzensprung von München entfernt. Könntest du mir diesen Gefallen tun?«

»Wann findet dieses Essen denn statt?«

»Leider schon übermorgen um 20 Uhr.«

Jessie überlegte. Sie musste dieses Wochenende ohnehin nach München, um sich endlich mit Herrn Gessler zu treffen. Ansonsten hatte sie nichts geplant. Was aber, wenn Thomas nicht nur sie, sondern auch Christopher einlud? Ihn wollte Jessie nun wirklich nicht sehen. »Bin ich eigentlich die Einzige, die du zu diesem Essen einlädst oder kommen noch andere zur Unterstützung?«

»Du bist die Einzige, die ich eingeladen habe. Wieso fragst du?«

»Oh, nur so. Ich dachte nur, falls mir beruflich etwas dazwischen kommt, dann wäre es natürlich nicht so schlimm, wenn noch andere Leute dort wären.«

»Jessie, ich hoffe, dir kommt nichts dazwischen. Es bedeutet mir wirklich sehr viel, vor allem, da für mich ja beruflich einiges auf dem Spiel steht. Versprichst du zu kommen?«

Jessie konnte zwar nicht genau nachvollziehen, warum bei einem Schaukochen so viel mehr auf dem Spiel stand als im Restaurant, wo auch unerkannt Restauranttester aßen, aber Thomas klang so flehentlich, dass sie ihm diesen Wunsch nicht abschlagen konnte. »Gut, ich komme«, versprach sie endlich.

»Prima. Jetzt bin ich wirklich erleichtert. Du bist ein Schatz. Die Details schicke ich dir dann per SMS. Ich freue mich sehr darauf, dich am Samstagabend zu sehen.«

»Ich freue mich auch.«

»Bis Samstag dann.«

»Bis Samstag.« Sie legte ihr Handy auf den Tisch, dann schaute sie aus dem Fenster auf das riesige Lavendelfeld. Sie hatte gar nicht gewusst, dass sie für Thomas eine solch wichtige moralische Stütze war. Oder war es nur ein Versuch gewesen, sie zu treffen? Schließlich hatte sie ihm ja gesagt, dass sie nicht mehr in diesem Jahr zum See kommen würde. Hegte Thomas doch stärkere Gefühle für sie als angenommen? Jessie seufzte. Warum war bei ihr und den Männern immer alles so kompliziert? Resigniert schüttelte sie den Kopf und griff wieder nach ihren Notizen.

KAPITEL 24

Sie hatte Glück. Vor ihr befand sich ein letzter freier Parkplatz. Erleichtert parkte Jessie ihren Wagen in einer der ausgewiesenen Reihen am Seeufer und stieg vorsichtig aus. Die frische Abendluft umhüllte sie. Vor ihr lag die Villa verträumt auf einer Anhöhe, angestrahlt von den unzähligen Fackeln, die über das gesamte Anwesen verteilt waren. Die Luft war kühl und Jessie zog ihren Seidenschal ein wenig enger um sich. Vorsichtig schritt sie mit ihren High Heels über den feinen Kies. Sie hätte doch lieber flachere, vor allem geschlossene, Schuhe anziehen sollen. Bis sie die Villa erreichte, waren ihre Füße sicherlich total staubig, wenn nicht sogar aufgeschürft von den kleinen spitzen Steinchen. Während sie vorsichtig einen Schritt vor den anderen setzte, wehte ihr rosafarbenes langes Chiffonkleid sanft um ihre Beine. Warum hatte sie Nadine nicht mitgebracht? Es war eine dumme Idee gewesen, Thomas ihre ganze Aufmerksamkeit schenken zu wollen. Er würde garantiert den ganzen Abend über beschäftigt sein, während sie verloren herumstehen würde. Vorsichtig öffnete sie die Eingangstür. An den Wänden befanden sich in gebührendem Abstand voneinander große Porzellanvasen mit kunstvoll arrangierten Blumengebinden, die sich in den deckenhohen Spiegeln vervielfachten. Im Inneren der großzügigen Eingangshalle wimmelte es von Menschen. Die Männer trugen ausnahmslos Smokings, während die Frauen in teuren langen Abendkleidern mit kunstvollen Frisuren aufreizend lachend neben ihren Begleitern standen und schüchtern am Champagner nippten. Wie gut, dass sie ihr Kleid für besondere Anlässe angezogen und sich die Zeit genommen hatte, zum Friseur zu gehen, der ihre Haare ebenso kunstvoll geföhnt hatte. Wenn sie schon nicht glücklich war, dann war das noch lange kein Grund, dies der Welt zu zeigen. Sie würde heute einem Freund unterstützend zur Seite stehen. Dies war Thomas' Abend und sie würde ihm keinen Anlass geben, sich irgendwelche Sorgen um sie zu machen, die er womöglich beim nächsten Skatabend brühwarm Christopher erzählen würde. Oh nein, da hatten sie sich aber in ihr, Jessie, getäuscht. Thomas sollte ruhig erzählen, wie glücklich sie heute Abend wirkte.

»Darf ich Ihnen ein Glas Champagner anbieten?« Ein junger Mann vom Cateringservice hielt ihr ein Tablett mit gefüllten Champagnergläsern hin. Lächelnd griff sie sich ein Glas und nippte an ihrem Champagner, bevor sie langsam durch den Raum schritt. Die Veranstaltung schien riesig zu sein. Hinter dem ersten Raum eröffnete sich ein zweiter, der wiederum in einen riesigen Saal führte. Dort standen mindestens zwanzig große runde Tische, an denen die verschiedenen Gänge serviert werden würden. Die erleuchteten Kerzenlüster tauchten sie in ein warmes

Licht. Es wirkte sehr festlich. In jeder Ecke standen große Liliengebinde, die dem Raum ein süßes Aroma verliehen. Erwartungsvolle Spannung lag in der Luft. Hoffentlich wurde Thomas jetzt nicht nervös und produzierte routiniert sein Können auf die Teller. Leider würde sie ihn wohl erst später treffen, denn er hatte ihr ja gesagt, dass es vor dem Servieren höllisch in der Küche sein würde und sie zuerst sein Essen, dann ihn selbst sehen würde. Bis dahin musste sie sich alleine die Zeit vertreiben. Sie drehte sich um und schritt zurück in den Vorraum. Vielleicht konnte sie sich derweil den Garten anschauen.

»Frau Winter, sind Sie es?«

Jessie fuhr herum und blickte in eine kleine Gruppe von drei Männern und zwei Frauen. Verwirrt schaute sie in die Gesichter, bis sie den Blick auf einen großen blonden Mann richtete. Sein Haar war in einem langen Stufenschnitt geschnitten und seine blauen Augen stachen aus dem sonnengebräunten Gesicht hervor, dessen Bräune im Gegensatz zu seinem blütenweißen Smokinghemd stand. Er lächelte sie gewinnend an. Plötzlich dämmerte es ihr. »Herr Gessler?«

»Nennen Sie mich doch bitte Alex, sonst habe ich noch das Gefühl, Sie denken an meinen Vater, wenn Sie mit mir sprechen.«

»Äh, guten Abend Alex. Wie schön Sie zu sehen.«

»Ganz meinerseits.« Anerkennend ließ er seinen Blick über sie gleiten. »Sie sehen heute Abend bezaubernd aus. Kommen Sie, stoßen Sie mit uns an.«

Jessie näherte sich der Gruppe. Die Männer erhoben lächelnd ihre Gläser zum Gruß und Jessie nickte jedem einzelnen herzlich zu. Dann schüttelte sie den beiden jungen Frauen die Hand.

»Darf ich euch den Stolz meines Vaters vorstellen? Beruflich natürlich«, schob Alex schnell nach. »Sie ist die erfolgreichste Projektleiterin und der Shootingstar von Multitec.«

Verlegen lächelte Jessie. »Nun übertreiben Sie aber ganz schön, Alex. Wirklich.«

»Keine falsche Bescheidenheit, das stimmt schon. Schließlich müssen meine Freunde hier doch wissen, wen sie vor sich haben.« Er grinste selbstbewusst. Dann warf er einen suchenden Blick hinter Jessie: »Sind Sie alleine hier?«

»Ja, ein guter Freund von mir hat mich eingeladen. Er ist heute einer der fünf Köche, die das Menü zubereiten. Allerdings befürchte ich, dass er derzeit ziemlich eingespannt ist.«

»Dann können Sie uns ja Gesellschaft leisten, Jessie. Darf ich Sie Jessie nennen?«

Sie lächelte. »Gerne.«

Alex erhob leicht sein Glas, stieß es sanft an ihres. Dann trank er einen Schluck und zwinkerte ihr schelmisch zu. Sie atmete erleichtert auf. Wie gut, dass sie Alex und seine Freunde getroffen hatte. Das würde ihr die Zeit bis zum Abendessen wirklich verkürzen. »Sind Sie derzeit in München, Alex?« Jessie wusste, dass er Fotograf war und häufig an Fotoreportagen oder Bildbänden arbeitete. Er besaß zwar auch ein Atelier in München, aber das bediente er im Wesentlichen nur, wenn er gerade nicht unterwegs war. Er verstand sich nicht als ordinärer Fotograf, der Passbilder, Hochzeits- oder Familienfotos schoss, sondern sah sich als Künstler mit Anspruch. Soviel wusste Jessie noch von den Erzählungen seines Vaters.

»Ja, ich komme gerade von einer Safari zurück. Eine wirklich tolle, wenn auch nicht immer ungefährliche Erfahrung. Waren Sie schon mal auf einer Safari, Jessie?« Interessiert beobachtete Alex ihre Reaktion.

»Nein, leider noch nie. Aber vielleicht ergibt sich ja mal die Möglichkeit, wenn ich Zeit für einen richtigen Urlaub habe.« Sie grinste ihn an.

»Ich werde es meinem Vater dringend ans Herz legen. Waren Sie schon einmal hier?«

»Nein, es ist das erste Mal, dass ich hier bin. Ich muss sagen, ich finde diese Villa einfach zauberhaft.« Zustimmend nickte Alex, steckte eine Hand lässig in die Hosentasche. »Wenn das so ist, dann muss ich Ihnen unbedingt den Garten mit dem romantischen Seerosenteich zeigen, bevor das Essen beginnt.« Spontan drehte er sich zu seinen Freunden um. »Haltet uns zwei Plätze frei, ja?«

»Klar, geht ruhig.«

Jessie konnte förmlich das Grinsen auf den Gesichtern seiner Freunde spüren. Sie schienen daran gewöhnt zu sein, dass Alex sich spontan um ihnen unbekannte Frauen kümmerte. Aber das war bei seinem Aussehen keine Überraschung. Wie selbstverständlich legte er seine Hand auf ihren Rücken und manövrierte sie gekonnt neben sich zur Terrassentür. Draußen standen ebenso viele Leute, gedämpftes Stimmengewirr lag in der Luft. In der Ferne des Gartens konnte Jessie den Seerosenteich erahnen.

»Haben Sie Lust auf einen kleinen Spaziergang, oder ist das mit ihren mörderisch hohen Absätzen zu gewagt?«

Jessie fand es weniger gewagt als schmerzhaft, aber sie würde sich jetzt keine Blöße geben, vor allem nicht vor Herrn Gesslers Sohn. »Nein, das ist kein Problem«, versicherte sie ihm schnell.

Zu beiden Seiten des Kiesweges erstreckten sich großflächige Rasenflächen, die von wuchtigen Rhododendren gesäumt waren. Unzählige Fackeln tauchten sie in romantisches Licht, warfen Schatten auf den weißen Kiesweg, an dessen Ende sich der Seerosenteich befand. Umgeben von einer mannshohen Buchsbaumhecke lud er zum Flanieren und Verweilen ein. Langsam schritten sie auf ihn zu. Im fahlen Mondlicht, das durch den leichten Wolkenschleier schien, wirkte er verwunschen schön. Plötzlich blickte Alex hinüber zur Villa. »Ich glaube, wir werden Ihren Füßen noch etwas mehr zumuten müssen. Sehen Sie nur, die letzten Gäste verschwinden gerade von der Terrasse und wir wollen den ersten Gang doch nicht verpassen, oder?«

Jessie biss sich auf die Lippen. Sie hatte die Zeit völlig vergessen. Zustimmend nickte sie, dann eilten sie strammen Schrittes zurück zum Haus.

Die Räume hatten sich schon geleert, Musik drang aus dem großen Saal. Als sie durch die Saaltür traten und Alex sich nach seinen Freunden umschaute, hatten sich bereits alle Anwesenden an die Tische gesetzt. Zu allem Überfluss entdeckte sie Alex' Gruppe auch noch am anderen Ende des Saales. »Da hinten sind sie ja. Kommen Sie.« Mit lässigem Schritt durchquerte er den Saal. Hoffentlich saß ihr Kleid richtig. Unmerklich straffte sie die Schultern und spürte, wie sich die Leute an den Tischen nach ihnen umdrehten. Jessie versuchte, betont gelassen zu wirken, wobei es ihr wie eine kleine Ewigkeit erschien, bis sie endlich den Tisch erreichte.

»Monsieur hatte wieder seinen Auftritt«, neckte einer seiner Freunde Alex.

»Wer kann mir das in solch einer Begleitung übel nehmen?« entgegnete Alex schlagfertig, während er Jessie den Stuhl zurecht rückte. Eines musste man Herrn Gessler lassen, die Erziehung alter Schule hatte er gut an seine Söhne weitergegeben, dachte Jessie. Alex' Freunde erhoben die Gläser: »Auf ein wunderbares Gourmetmenü.«

»Und auf das Können Ihres Freundes«, fügte Alex rasch hinzu.

Sie stießen mit ihren Gläsern an und Jessie trank einen Schluck. Dann ließ sie ihren Blick über die anderen Tische wandern, an denen die Gäste sich leise unterhielten. Es lag eine erwartungsvolle Spannung in der Luft. Plötzlich blieb ihr Blick an einem Tisch in der Saalmitte hängen, zeitgleich setzte ihr Herz einen Moment aus, ihr Magen zog sich schmerzhaft zusammen. Das war nicht möglich! Nein, das konnte und durfte nicht wahr sein! Nur wenige Tische von ihr entfernt saß Christopher. Schnell wandte sie ihren Blick wieder Alex zu, fragte ihn belanglos, was es denn als Vorspeise gebe. Ihr Herz raste. Panik stieg in ihr auf. Christopher hier? Wie konnte das sein? Hatte er per Zufall von dieser Veranstaltung gehört? Oder hatte Thomas ihn auch eingeladen? War sie in eine Falle getappt, nichts ahnend? War sie wieder einmal zu naiv gewesen? Aber Thomas hatte doch von der Geschichte mit Christopher nichts gewusst. Als er vom Event gesprochen hatte, da hatte er so aufrichtig um ihre moralische Unterstützung gebeten, dass sie nicht anders gekonnt hatte, als ihm zu versprechen, heute Abend zu kommen. Mist, selbst wenn Christopher hier war, hätte sie ja die Möglichkeit gehabt, sich unbemerkt an einen entlegenen Tisch zu setzen. Aber dank ihres Superauftritts wusste er wahrscheinlich, wo sie saß. Warum hatte er keinen Stuhl erwischt, der ihr den Rücken zudrehte? Das war doch alles wie in einem schlechten Film. Wenn sie es allerdings genau bedachte, dann hatte sie doch enormes Glück, dass sie Alex getroffen hatte. So brauchte sie wenigstens nicht auf Thomas' Informationen vertrauen, die er angeheitert beim Kartenspielen von sich gab, sondern sie führte die Regie und niemand sonst. Oh ja, Christopher würde sie nicht aus der Reserve locken. Über den Rand der Menükarte schaute sie versteckt zu ihm hinüber. Er hielt den Kopf gesenkt. Wahrscheinlich las er etwas in seiner Menükarte. Sie hatte verdrängt, wie ungemein attraktiv er aussah. Mit seinem dunklen Haar, seinem länglichen, leicht gebräunten Gesicht und dem perfekt sitzenden Smoking wirkte er wie ein Filmstar. Aber das war, das musste ihr jetzt egal sein, er hatte sich mit Sarah verlobt. Hatte er sie etwa mitgebracht? Aber zu seiner Linken saß eine Frau mittleren Alters und zu seiner Rechten saß Arno. Auch neben Arno konnte Jessie keine Sarah erkennen. Wenigstens etwas!

»Jessie?«

Sie fuhr herum.

»Habe ich Sie aus Ihren Gedanken gerissen? Ich hoffe nun wirklich nicht, dass Sie an Ihr Projekt gedacht haben. Das wäre ein herber Schlag für mich.«

Jessie lachte beschwingt. »Oh nein, ich habe mir nur gerade überlegt, wie es jetzt wohl in der Küche zugeht.«

»Bestimmt mörderisch. Ich ziehe meinen Platz hier der Küche jedenfalls vor.« Dabei beugte Alex sich näher zu ihr herüber. Ein Mann im Smoking griff zum Mikrofon, kündigte den Gruß aus der Küche an und erläuterte neben dem Namen des Gerichtes, seines Kochs und dessen Heimatrestaurant in knappen Worten. Dann beschrieb er den Werdegang des Kochs, während eine Reihe von Servicekräften mit dem angekündigten Gericht den Raum betrat.

Jessie genoss das kleine Lachsfilet mit Sesamkruste auf Kapuzinerkresse. Wie magisch angezogen wanderte ihr Blick erneut zu Christopher und Arno hinüber. Arno redete, Christopher aß schweigend mit verschlossener Miene sein Amuse-Gueule.

Auch die Vorspeise schmeckte vorzüglich. Die Maronenschaumsuppe mit Champagnerflocken zerfloss förmlich auf der Zunge. Ihr Schöpfer verbeugte sich artig vor dem klatschenden Publikum, wobei er ziemlich erschöpft aussah. Langsam spürte sie Nervosität in sich aufsteigen. Das erste Hauptgericht war Thomas' Gericht. Sie wusste es auswendig: Lammfilet mit Kräuterkruste an Sommergemüse, Kräutertomaten und Balsamicoessenz. Hoffentlich ging das gut. Lamm war nicht nur ein anspruchsvolles, sondern auch ein undankbares Gericht. Schließlich mochte nicht jeder Lamm. Warum hatte er sich nicht einfach für Huhn entschieden? Was, wenn es daneben ging? Quatsch, schalt sie sich. Thomas war ein begnadeter Koch und sein Lamm war ein Traum gewesen. Selbst wenn es heute nur halb so gut sein würde wie vor einigen Monaten, dann würden sich die heutigen Gäste noch morgen nach seinem Lamm sehnen. Alex drückte aufmunternd ihre Hand. »Wird schon klappen.«

Sie nickte dankbar. Schon wurde der Gang mit silbernen Servierglocken gebracht. Die Servicekräfte stellten sich gleichzeitig hinter die sitzenden Gäste eines Tisches und hoben auf ein Zeichen die Glocken im selben Moment hoch. Erleichtert atmete Jessie auf. Es sah fantastisch aus. Präzise hatte Thomas das Lamm auf dem Gemüse angerichtet, die Tomaten fein säuberlich mit der Balsamicoessenz umkreist. Es roch himmlisch. Ein Raunen erklang an ihrem Tisch. Instinktiv spürte sie, dass dies ehrliche Bewunderung war. Sie war stolz auf Thomas. Vorsichtig schnitt sie ein Stück vom Lamm ab und kostete es. Er hatte sich selbst übertroffen. Es ließ ihr das Wasser im Mund zusammenlaufen. Ein wirkliches Gaumenerlebnis.

»Das ist einfach fabelhaft.«

»Jessie, Sie müssen uns unbedingt die Adresse vom Restaurant Ihres Freundes geben.«

Die Komplimente an ihrem Tisch überschlugen sich.

»Pst«, ermahnte Alex, gerade trat Thomas neben den Moderator. Applaus brandete auf, dem sich Jessies Tisch vehement anschloss. Er verbeugte sich lächelnd, zwinkerte ihr verschwörerisch zu. Dabei sah er gar nicht nervös oder müde aus, stellte sie erleichtert fest. Vielmehr glücklich. Er schien es zu genießen, sein Können vor neue Herausforderungen zu stellen. Dann verschwand er von der Bühne. Das zweite Hauptgericht bestand aus Seeteufel an Lauchgemüse mit marinierten Champignons und Kaviarcroûtons. Auch es war ausgezeichnet, aber das außergewöhnliche Geschmackserlebnis von Thomas' Lamm löste es nicht bei ihr aus. Während sie sich bemühte, die Unterhaltung an ihrem Tisch nicht abreißen zu lassen, schweiften ihre Gedanken ständig zu Christopher. Glücklicherweise erzählte Alex gerade von seinem Buchprojekt, sodass sie nur hin und wieder einen lobenden oder fragenden Kommentar von sich geben musste. Den Rest der Unterhaltung übernahmen seine Freunde und Alex selbst. Sie war heilfroh, als endlich das Dessertbuffet eröffnet wurde. Sofort folgte sie Alex und seinen Freunden. Je eher sie die Veranstaltung verlassen konnte, umso besser. Gleich nach dem Ende des Essens würde sie Thomas gratulieren und sich sofort mit Hilfe einer Ausrede aus dem Staub machen. Sie hatte ihre Schuldigkeit getan. Der Andrang am Buffet war jedoch so groß, dass sie sich ein wenig hinter Alex in die Schlange einordnen musste. Bewusst hatte sie es vermieden, sich nach Christopher umzuschauen.

»Hallo Jessie«, sprach jemand leise von hinten nahe ihrem Ohr. Ihr stockte der Atem. Christopher! Oh nein! Alles, aber nur das nicht! Das war nicht fair, was sollte sie tun? Jetzt kam es darauf an, dass sie stark war. Sie hatte so versucht, diese Stimme aus ihrer Erinnerung zu verdrängen, ihre Wirkung zu vergessen, aber so sehr sie es auch versucht hatte, sie war kläglich gescheitert. So beherrscht wie möglich drehte sie sich um. »Hallo.« Dann schaute sie schnell zur Seite, denn die Intensität seines Blickes übermannte sie. Sie fühlte, wie sie ihre Beherrschung, ihre schützende Mauer eiserner Selbstdisziplin verlor. Nicht jetzt, nicht hier. Sie musste jetzt durchhalten. »Hat Thomas dich auch heute Abend eingeladen?« fragte sie betont kühl.

»Nein, Arno.«

»Und hat es dir geschmeckt?« Sie versuchte so gut es ging, ihre Stimme betont gleichgültig klingen zu lassen. Sollte er doch merken, dass sie keinen Wert auf ein Gespräch mit ihm legte.

»Ja, es war köstlich.«

 »Schön.« Sie kehrte ihm wieder den Rücken zu.

»Warum bist du nicht wie versprochen zu mir zurückgekommen, Jessie?« Er war ihrem Ohr gefährlich nahe gekommen. Ihr Herz krampfte sich zusammen. War er von allen Sinnen verlassen, sie das jetzt und hier zu fragen? Wollte er, dass sie ihre Beherrschung verlor, ihm vor allen Leuten eine Szene machte? Zornig drehte sie sich erneut zu ihm um und zischte leise: »Das fragst du noch? Wer hat denn hier zuerst das Versprechen gebrochen? Ich habe dir vertraut, und du?« Sie war nahe daran, ihre Beherrschung zu verlieren, drehte sich abrupt um.

»Jessie, wir müssen reden.«

Sie schüttelte verneinend den Kopf.

»Ich meine es ernst.« Seine Stimme klang bestimmt. Deutlich hörte sie den ungeduldigen Unterton heraus. Bebend vor Wut drehte sie sich erneut um und funkelte ihn an. »Willst du mich hier vor allen Leuten zu einem Gespräch zwingen?«

»Komm, wir gehen jetzt nach draußen, den Nachtisch kannst du gleich noch essen.« Ohne auf ihre Reaktion zu achten, umfasste er ihren Ellbogen und führte sie mit festem Griff aus der Schlange heraus. Sie wusste nur zu gut, dass sie sich nur mit einer aufsehenerregenden Bewegung aus diesem Griff befreien konnte, die garantiert die Aufmerksamkeit des halben Raumes auf sie gezogen hätte. Also lächelte sie betont charmant, doch ihre Augen funkelten vor rasendem Zorn. Für alle Umstehenden sahen sie jedoch nur wie zwei Gäste aus, die sich entschlossen hatten, kurz zusammen an die frische Luft zu gehen. Jessies Blick streifte Arnos entsetztes Gesicht. Ja, du kannst dir jetzt ruhig ins Hemd machen, dachte sie bissig. Warum bist du denn überhaupt mit deinem tollen Freund hergekommen? Christopher führte sie zielstrebig hinaus auf die Terrasse, dann hinüber zum Seerosenteich, wo sich eine vom Haus nicht einsehbare Gartennische eröffnete, in der eine kleine Bank stand. Sie war von hohen Rosenhecken umgeben und gab nur den Blick auf den kleinen See frei. Woher wusste Christopher eigentlich, dass es diese Bank hier gab? War er schon mit seiner Sarah hier gewesen? Endlich ließ er sie los, doch er stellte sich zu ihrem Verdruss so vor sie, dass sie sich zwischen ihm und der Bank befand. Weglaufen war schier unmöglich, stellte sie bebend vor Wut fest.

»Also, Jessie, warum hast du dein Versprechen gebrochen und bist nicht zu mir zurückgekommen? Ich habe dir vertraut.«

»Ha«, entfuhr es ihr verächtlich. »Ich habe dir auch vertraut. Aber was machst du? Du trittst dein Versprechen mir gegenüber mit Füßen.«

»Das ist nicht wahr.«

»Lügner.«

Christophers Augen funkelten zornig. Mühsam beherrschte er sich. »Du hast kein Recht so mit mir zu reden, Jessie. Ich habe auf dich gewartet.«

Ein bitteres Lachen entfuhr ihr. »Klar. Und kaum bin ich weg, da gibst du eine Privatparty für deine Verlobte.«

»Ich habe keine Verlobte.«

»Willst du mir etwa unterstellen, dass ich halluziniere? Hast du eine Party gegeben als ich zurückgekommen bin oder nicht?«

»Ja, habe ich. Und?«

»Und? Du fragst mich und?« Vor Wut überschlug sich ihre Stimme. »Deine süße Verlobte hat mir die Tür geöffnet und freudestrahlend erzählt, dass du, ihr Verlobter, die Party für sie organisiert hast. Also bitte, frag nicht so blöd. Und jetzt lass mich gehen.« Sie wollte ihn zur Seite schieben, doch anstatt ihr mehr Platz zu geben, trat er noch näher auf sie zu, sodass er nun gefährlich nahe vor ihr stand. Sein After Shave hüllte sie ein.

»Sarah hat mich als ihren Verlobten bezeichnet?«

»Spreche ich Suaheli? Ja, Sarah, mit der du ja angeblich nichts hast.« Trotzig reckte sie ihr Kinn.

»Dieses Miststück«, entfuhr es ihm, »jetzt wird mir so einiges klar.«

»Schön, dass auch du es endlich begriffen hast. Ich kann dann ja wieder zurück zum Dessert.« Energisch versuchte Jessie sich an ihm vorbeizuschieben, doch er packte sie brüsk am Arm, zog sie unsanft zu sich herum. »Du läufst jetzt nicht schon wieder weg. Du bleibst jetzt verdammt noch mal hier und hörst mir zu.« Seine Stimme war eine Mischung aus Wut und Ungeduld. Doch ihr machte er keine Angst. Ganz im Gegenteil. Kampfeslustig und mit Zorn im Blick funkelte sie ihn an. »Lass mich los«, zischte sie.

»Erst wenn du mir zugehört hast.« Sein Griff verstärkte sich. Sie hatte keine Wahl.

»Jessie, ich bin und war nie verlobt. Und ich habe und hatte nie etwas mit Sarah. Ich schwöre es dir.«

»Kannst du selbst jetzt nicht einfach zugeben, dass du mich belogen hast? Ich habe euch beide mit eigenen Augen in Paris gesehen. Und das war NACH der Party, also lass mich jetzt in Ruhe. Viel Glück, falls du das hören wolltest.« Vergeblich versuchte sie, ihren Arm zu befreien. »Jetzt lass mich los.«

»Den Teufel werde ich tun«, erwiderte Christopher schroff. »Bei jeder Gelegenheit, bei der ich mit dir reden wollte, bist du einfach davon gerannt. Heute Abend wird das nicht passieren. Wir müssen endlich reden.«

»Ich denke, es ist alles gesagt.«

Sie versuchte erneut an Christopher vorbei zu kommen, aber das war unmöglich. Sie fühlte, dass er sie erst wieder loslassen würde, wenn er ihre Unterhaltung als beendet betrachtete, egal, was sie davon hielt. »Soll ich schreien?« fragte sie provozierend.

»Wenn es dir hilft mir zuzuhören, bitte.« Gleichgültig zuckte Christopher mit den Schultern, aber seine Augen schienen Jessie unaufhörlich zu durchbohren. Sein Blick war dunkel vor Wut. Wie er so dastand, konnte Jessie sich gut vorstellen, wie er in schwierigen Verhandlungen knallhart seine Position vertrat. Aber ihr würde er nicht seinen Willen aufdrücken. Das Kapitel war beendet. »Dann bin ich mal auf deine Erklärung gespannt. Aber beeil dich, dort drinnen erwartet man mich.« So, nun konnte er ruhig wissen, dass sie auch nicht mehr alleine war. Wenigstens ein kleiner Trost in dieser misslichen Lage.

»Ich war nie mit Sarah verlobt«, begann Christopher beherrscht. »Da war wirklich nie etwas zwischen uns, auch wenn ich ehrlicherweise zugeben muss, dass Sarah es wahrscheinlich gerne anders gehabt hätte. Aber dazu gehören schon zwei und das war eben nie der Fall.«

Misstrauisch blickte sie ihn an. »Und warum sagt sie so etwas, wenn sie weiß, dass es nicht stimmt?«

»Keine Ahnung, vielleicht ihre Art der Rache.«

»Rache?« Sie glaubte ihm kein Wort.

»Ich habe an jenem Tag eine Abschiedsparty für Sarah gegeben. Sie hat im gegenseitigen Einvernehmen die Firma verlassen.« Christopher verzog seinen Mund. Offensichtlich war es wohl doch nicht ganz so einvernehmlich gewesen, wie er es nun darstellte.

»Und warum?« Zweifelnd, aber neugierig zugleich wartete sie auf seine Erklärung.

»Sarah hat ihre Grenzen zunehmend überschritten. Als sie dich dann bei Thomas gesehen hat, hat ihr das wohl den Rest gegeben. Daher blieb mir keine andere Wahl, als die Zusammenarbeit mit ihr zu beenden. Allerdings musste ich vorsichtig vorgehen, denn Sarah hatte einen wichtigen Kunden unter Vertrag. Darum musste ich mich erst wieder in den Auftrag einarbeiten, ihn zur Chefsache erklären, bevor ich sie gehen lassen konnte.«

Jessie verzog süffisant ihren Mund. »Und warum bist du dann vier Wochen später mit ihr nach Paris gereist und warst dort mit ihr einkaufen? Da bin ich jetzt aber gespannt.« Ihr Arm begann langsam zu schmerzen. Christopher schien vollkommen vergessen zu haben, dass er ihn immer noch fest umfasste.

»Ich bin nicht mit ihr nach Paris gereist.«

»Ich habe euch aber gesehen.«

»Ja, ich weiß. Das war echt ein dummer Zufall. Fakt ist aber, dass ich allein nach Paris zu Sarahs ehemaligem Kunden gereist bin, der sein Büro auf der *Champs Elysées* hat. Als ich das Büro verließ, stand sie plötzlich mit all ihren Einkaufstüten vor mir und wollte von mir wissen, wie die Übergabe verlaufen sei. Natürlich hätte sie dafür nicht nach Paris kommen müssen, und ja, ich bin mit ihr ins gleiche Taxi eingestiegen, weil ich noch vor meinem Abflug ins Hotel musste und sie im selben Hotel wohnte. Als ich dich sah, da wusste ich, dass du diesen Zufall ganz anders verstehen würdest. Ich hatte dem Taxifahrer noch gesagt, er solle anhalten, aber der hat einfach nicht reagiert.«

Nur langsam sickerte die Bedeutung seiner Worte in Jessies Bewusstsein. Ihr wurde schlecht. Das durfte nicht wahr sein. Wochenlang hatte sie gelitten, schlecht geschlafen, gearbeitet wie besessen und sich nächtelang in den Schlaf geweint. Wegen einer einfachen Lüge einer rachsüchtigen und eifersüchtigen Frau? Sie, Jessie, war wie in einem schlechten Roman auf den Racheakt einer zurückgewiesenen Frau hereingefallen und hätte dadurch fast ihre gemeinsame Zukunft mit Christopher für immer verloren? Das konnte nicht wahr sein!

Christoper, der sie besorgt beobachtete, fuhr fort: »Es hat mich wirklich umgetrieben, dass ich diesen Umstand nicht klarstellen konnte. Und als du mir dann auch noch in der Theaterpause erzählt hast, dass du für lange Zeit nicht an den See zurückkommen magst, weil es nichts gibt, was dich dazu ermutigen könne, da hatte ich das Gefühl, dass alles zwischen uns verloren war. Ich wollte dich so gerne fragen, warum, was ich falsch gemacht hatte, aber du bist mir geschickt entwischt. Es blieb nur das dumpfe Gefühl, dass dein Sinneswandel etwas mit Sarah zu tun hatte.« Er legte den Zeigefinger seiner freien Hand leicht unter Jessies Kinn, zwang sie sanft, ihn anzuschauen. Sie fühlte sich elendig. Ihr graute davor, in diese Augen zu schauen, die jeden Winkel von ihr zu kennen schienen. Aber es half nichts, da musste sie jetzt durch. Als sich ihre Blicke trafen, erschrak sie. Anstelle des dunklen zornigen Brauns lag nur Liebe und Traurigkeit darin.

»Jessie, ich liebe nur dich!« mit diesen Worten gab er ihren Arm frei und küsste sie. All ihre Schutzwälle brachen in sich zusammen, ließen ihrer Liebe zu Christopher freien Lauf. Sie spürte seine Trauer, seinen Schmerz und sein Verlangen, dann gaben ihre Knie nach. Entsetzt griff sie nach seinem Revers, um sich festzuhalten. Da zog er sie ganz sanft an sich, hielt sie fest an sich gedrückt. Jessie spürte, wie eine Träne leise ihre Wange hinunter lief und auf seine Hand tropfte.

»Nicht weinen, Jessie. Es ist doch alles gut. Wir haben uns endlich wieder gefunden.«

Sie versuchte zu lächeln, aber weitere Tränen brachen sich ungefragt ihren Bann. Die eiserne Selbstdisziplin, die sie sich in den letzten Wochen erarbeitet hatte, war gewichen und machte ihren ungeweinten Tränen Platz. Er reichte ihr sein Taschentuch, das sie dankbar annahm. Dann legte er den Arm um sie, setzte sich auf die Bank und zog sie auf seine Knie. Jessie tupfte sich mit dem Taschentuch die Tränen fort. Sie spürte einen Kloß im Hals, war unfähig zu sprechen.

»Jessie, vertraust du mir jetzt? Ich habe dich nie belogen. Bis heute habe ich auf dich gewartet, wie ich es dir versprochen habe. Es tut mir leid, dass ich die Angelegenheit mit Sarah so naiv angegangen bin. Ich hatte ja keine Ahnung, wozu diese Frau fähig ist.« Nach einer kleinen Pause fuhr er fort: »Ich möchte mit dir den Rest meines Lebens verbringen und dich nie wieder von meiner Seite lassen. Wärst du damit einverstanden?«

Jessie nickte stumm, schluckte. Irgendwie musste sie doch ihrer Tränen Herr werden. Dann hob sie ihren Kopf und sah Christopher direkt in die Augen. »Ja. Ich liebe dich nämlich auch.« Als Antwort küsste er sie zärtlich. »Oh Jessie, du kannst dir nicht vorstellen, wie sehr ich gelitten habe, dass du einfach ohne ein Wort weggefahren bist, ohne zu wissen, warum, und ohne zu wissen, ob du je zu mir zurückkommen wirst. Es war die Hölle.« Liebevoll fuhr sie mit dem Finger über seine Wange. »Doch, ich kann es mir sehr gut vorstellen.«

»Wir gehören zusammen, glaubst du mir das jetzt?«

»Ja, ich weiß«, gestand sie leise.

»Ich liebe dich so sehr«, dabei zog Christopher sie ganz dicht an sich heran.

»Wieso bist du eigentlich hier?«

»Arno hat darauf bestanden, dass ich Thomas an so einem Tag nicht im Stich lassen kann. Allerdings musste er auf meine Nachfrage am Tisch eingestehen, dass er von Thomas erfahren hatte, dass du auch kommen würdest.«

Jessie grinste. Diese zwei alten Kuppler. »Aber woher wussten sie denn überhaupt von uns?« Fragend schaute sie Christopher an.

»Arno hat mich nach der Veranstaltung bei Thomas gefragt, was zwischen uns beiden ist. Erst habe ich so getan, als ob ich nicht wüsste, wovon er sprach. Aber als er weiter bohrte, habe ich es ihm schließlich erzählt. Zuerst war er ganz schön überrascht, dann hat er sich aufrichtig gefreut und mir gesagt, ich solle bloß gut auf dich aufpassen.« Christopher atmete tief ein. »Als du dann nicht wieder gekommen bist und ich anfing, mir ernsthaft Sorgen über dein Wegbleiben zu machen, zermarterte ich mir den Kopf, was geschehen sein konnte. Als Arno mir dann von eurer Begegnung am Flughafen erzählte und wie wütend du auf mich zu sein schienst, da war ich wirklich verzweifelt. Ich konnte mir einfach nicht erklären, was ich getan hatte, um dich so gegen mich aufzubringen. Besonders verletzt hat mich aber, dass du davon überzeugt warst, dass ich mein Versprechen gebrochen hatte. Dabei habe ich jeden Tag, jede Stunde auf dich gewartet.« Nachdenklich fuhr er sich durchs Haar. »Arno hat dann Thomas eingeweiht, der wiederum auf seine Weise versucht hat, dich zum See zu holen. Aber leider hattest dir in den Kopf gesetzt, mich nicht zu sehen. Arno hat es wahnsinnig gemacht, dass ich nichts unternommen habe. Er hat mir gehörig die Leviten gelesen.«

Jessie zog erstaunt eine Augenbraue hoch und Christopher lächelte. »Der arme Arno ist deinem Zauber wohl ebenfalls erlegen. Er hat mir klar zu verstehen gegeben, dass du eine echte Traumfrau bist, um die es sich zu kämpfen lohnt. Falls ich nicht endlich aktiv werden und lieber warten würde, bis mir jemand anderes diese Frau wegschnappt, dann wäre ich der größte Trottel unter der Sonne.«

Jetzt musste auch Jessie lächeln.

»Thomas hat mir dann deine Handynummer gegeben. Ich habe dich so oft angerufen, aber ohne Erfolg.«

Sie nickte. »Ja, ich wollte nicht mehr mit dir reden. Ich wollte dich endlich vergessen.«

»Oh Jessie, meine süße, stolze Jessie. Ich kann dir gar nicht sagen, wie froh ich bin, dass Thomas' letzter verzweifelter Versuch, uns beide an den gleichen Ort zu locken, funktioniert hat. Auch wenn es noch vor ein paar Augenblicken gar nicht gut für mich ausgesehen hat«, fügte er schmunzelnd hinzu.

Sie lächelte ebenfalls. »Stimmt. Ich war wirklich wütend auf dich. Ich wollte endlich über dich hinwegkommen und nicht immer, wenn ich gerade einen kleinen Schritt in die richtige Richtung gemacht hatte, dir über den Weg laufen, geschweige denn, mit dir alleine zu sein.«

Sein Gesicht wurde ernst. »Du bist halt in die falsche Richtung gelaufen.« Plötzlich legte sich ein Schatten über sein Gesicht. »Und wer wartet nun da drin auf dich?«

Jessie schaute Christopher an. Er hatte ihr also doch genau zugehört. Seine Miene wirkte beherrscht, doch sie nahm eine Unsicherheit in seinem Blick wahr. Aber das Spiel war vorbei, sie wollte ihm nicht mehr wehtun, denn dann tat sie sich selbst ebenso weh. Offen blickte sie ihn an. »Er ist ein Bekannter, den ich zufällig wieder getroffen habe. Der Sohn meines Chefs.«

»Wirklich nur ein Bekannter? Ihr saht sehr vertraut aus, wie ihr zusammen in den Saal kamt. «

Entschieden schüttelte sie mit dem Kopf, dann blickte sie auf den Teich. Was für ein schicksalhafter Abend heute doch war, und wie schnell sich ihr Leben wieder veränderte. Christopher unterbrach ihre Gedanken. »Bist du bereit für den Nachtisch und den Rest der Welt? «

»Den Rest der Welt?« Irritiert blickte sie Christopher an.

»Du hast mir versprochen, dass, wenn du wieder zu mir zurückkommst, die ganze Welt wissen darf, dass wir zusammengehören. Erinnerst du dich? «

»Ja, ich erinnere mich«, stimmte sie zu.

»Dann komm. Vielleicht haben wir Glück und jemand hat uns einen Löffel von der süßen Creme übrig gelassen.« Schon hatte er sie leichthändig von seinen Knien gehoben und war aufgestanden.

»Warte, ich kann da jetzt nicht mit verheulten Augen hinein gehen. « Schnell zog sie einen kleinen Spiegel aus ihrer Clutch, schaute sich prüfend an. Glücklicherweise waren ihr Make-Up und ihre Mascara absolut wasserfest und über jegliche Tränenausbrüche erhaben. Niemand konnte anhand ihres Spiegelbildes erahnen, dass sie geweint hatte. »Gut, ich bin bereit. Auf zum Rest der Welt.« Sie streckte ihm ihre Hand entgegen, doch er schlang einfach seinen Arm um sie. Eng umschlungen gingen sie zurück zum Haus.

»Weißt du eigentlich, dass du wunderschön aussiehst? Wenn ich nicht schon über beide Ohren in dich verliebt wäre, dann wäre es spätestens heute um mich geschehen.«

»Danke für das Kompliment.« Sie lächelte verträumt.

An der Terrassentür, schauten sie sich in die Augen, nickten sich lächelnd zu und betraten gemeinsam die Villa.

Christopher ließ seinen Arm besitzergreifend um Jessies Taille liegen, während sie den Raum durchquerten. An der gegenüberliegenden Wand standen Arno und Thomas, die angespannt zur Terrassentür starrten und ihnen nun erleichtert zuwinkten. »Hallo, Jessie. Schön, dass du es geschafft hast zu kommen.« Thomas grinste über das ganze Gesicht.

»Hallo, Thomas. Herzlichen Glückwunsch! Dein Essen war die Wucht. Du hast dich selbst übertroffen.«

»Vielen Dank. Schön, dass du gekommen bist.« Er warf einen schnellen Blick zu Christopher. »Und das aus mehreren Gründen.«

»Hey, ich bin auch noch da«, beschwerte sich Arno. »Jessie, du siehst einfach umwerfend aus. Aber Chris scheint dir das mittlerweile selbst gesagt zu haben. Auf jeden Fall bin ich sehr froh, euch beide heil wiederzusehen. Vorhin war mir da ganz anders zumute.«

»Ah, da sind Sie ja endlich. Wir hatten schon gedacht, wir hätten Sie verloren.« Alex eilte mit weit ausholenden Schritten auf sie zu. Jessie drehte sich lächelnd zu ihm um. Wie anders wäre wohl der Abend ohne ihn verlaufen? »Entschuldigen Sie bitte, Alex, aber ich wurde überrascht. Darf ich Ihnen meine Freunde vorstellen? Das ist Thomas, der Schöpfer des Lammfilets, Arno ein guter Freund und Christopher...«

»Jessies Verlobter«, fiel Christopher ihr ins Wort. Strahlend streckte er Alex seine freie Hand entgegen. »Freut mich sehr.« Dann zwinkerte er Jessie vergnügt zu und lachte Thomas und Arno, die ihn beide mit offenem Mund anstarrten, ins Gesicht.

»Schön, Sie kennenzulernen, Christopher. Ich hoffe, Sie haben nichts dagegen, dass ich mich um Ihre Verlobte gekümmert habe.«

»Ganz und gar nicht. Ich bin Ihnen sogar sehr dankbar.«

Klar, dachte Jessie. Ohne Alex hätte sie vielleicht eine Chance gehabt, unbeobachtet durch den Abend zu kommen.

»Wenn Sie Lust haben, kommen Sie doch nachher zu uns auf einen Drink herüber an den Tisch.«

»Das machen wir sehr gerne.« Dann drehte sich Christopher lachend zu Arno und Thomas um, die ihn immer noch sprachlos anstarrten.

KAPITEL 25

Jessie lag verträumt auf der Badeinsel und ließ sich von der Nachmittagssonne trocknen. Was war in den letzten Wochen nicht alles passiert? Sie war hierhergekommen, um den ganzen beruflichen Ärger zu vergessen, dann hatte sie Arno und Christopher kennengelernt, die Ausschreibung für das größte Projekt der Firmengeschichte zusammen mit Christophers Hilfe gewonnen, die nächtliche Bootsfahrt und Christophers erster Kuss. Und dann Sarahs Lüge, die Tränen, die Arbeit und der Liebeskummer. Wie schmerzlich war ihre Sehnsucht nach Christopher gewesen und wie glücklich war sie, dass sie sich wieder gefunden hatten. Verträumt drehte sie an ihrem Verlobungsring. Direkt nach ihrer Rückkehr hatte Christopher ihr auf dem mit Fackeln beleuchteten Bootssteg einen formvollendeten Heiratsantrag gemacht. Keine Sekunde hatte sie gezögert »Ja« zu sagen, dann hatte er ihr im Mondschein diesen Brilliantring an den Finger gesteckt. Seit sie mit ihm zusammen war, hatte sich ihr Leben so grundlegend verändert. Er war zu ihr in ihre Münchner Wohnung gezogen und sie zu ihm hier an den See. Wann immer sie wollte, konnte sie ins Haus ihrer Eltern gehen, aber ihr neues Zuhause war nun bei ihm. Sie pendelten zwischen München und dem See. Sie war glücklich. Ihre Arbeit machte ihr viel Spaß, vor allem aber liebte Christopher sie. War Christopher vielleicht der wundervolle Mann ihrer Träume, dessen Gesicht sie bisher nie hatte sehen können? Ihre Gedanken schweiften ab. Gleich waren sie zusammen mit Arno bei Thomas zum Abendessen eingeladen. Wahrscheinlich würden sie danach Skat spielen. Sie grinste bei dem Gedanken, dann blickte sich um. Die Sonne stand schon tief. Sie war allein auf dem See. Sie musste eine Ewigkeit hier gelegen haben. Es war höchste Zeit, zurück zu schwimmen. Wahrscheinlich war Arno sogar schon angekommen. Jessie setzte sich auf und sprang ins Wasser. Dabei stockte ihr der Atem. Der See war eiskalt. Sie hatte wahrscheinlich zu lange in der Sonne gelegen. Kraftvoll schwamm sie Zug um Zug, doch das Wasser erschien ihr trotz ihre Bewegungen immer kälter zu werden. Plötzlich verspürte sie einen stechenden Schmerz. Sie schrie auf, schwamm verbissen Zug um Zug weiter. Sie hatte einen Krampf von ihrer rechten Wade bis hin zu den Zehen. Zappelnd versuchte sie, sich Meter um Meter vorwärts zu kämpfen, aber es gelang ihr mit jedem Zug schlechter. Das Wasser fühlte sich nun eisig an, zog sie unerbittlich in seine Tiefen. Nein, sie durfte jetzt nicht untergehen. Jessie versuchte, den Bootssteg zu sehen, es war nicht mehr allzu weit. Noch gute fünfzig Züge, dann war sie da. Doch ihre Kraft ließ nach, während der Schmerz sich seinen Weg durch ihren Schenkel fraß. Immer häufiger tauchte sie nun unter Wasser. Ihr ganzes Bein brannte, als wenn es von tausend Nadeln durchstochen würde. Sie merkte, dass sie keine Kraft mehr hatte. Das Ufer war zu weit weg. Komm schon, Jessie, schrie sie still, du musst es bis zum Ufer schaffen. Du hast noch so viel vor dir! Denk an Christopher. Verzweifelt strampelte sie, schluckte erneut Wasser. Sie versuchte zu husten, aber vergeblich. Dann wurde es schwarz um sie herum.

Plötzlich griff etwas nach ihr, zog sie aus dem Dunkel heraus. Jemand schien ihr unter die Arme zu greifen, sie rücklings durch den See zu ziehen. Sie wusste nicht, was mit ihr geschah. Sie hatte keine Kraft, die Augen zu öffnen. Alles tat ihr weh. Dann wurde sie plötzlich aus dem Wasser gehoben und auf kühles Gras gelegt. Ihr Mund wurde geöffnet und jemand hauchte ihr warmen, tröstlichen Atem ein. Ein starker Hustenreiz überkam sie. Ihre ganze Brust schmerzte unter dem Husten. Sie versuchte, sich aufzubäumen, um das verschluckte Wasser loszuwerden. Dabei klopfte ihr jemand sanft und zugleich ermutigend auf den Rücken. Erschöpft sank sie zurück. Ihre Lider waren zu schwer. Sie konnte die Augen einfach nicht öffnen. Sie spürte nur, wie ihr jemand liebevoll über die Wangen und die Arme strich. Wie von Fern klang eine Stimme an ihr Ohr. »Jessie, Jessie wach auf! Es ist alles gut. Ich bin jetzt bei dir. Ich liebe dich!«

Benommen blinzelte sie. Christopher kniete vor ihr. »Christopher«, war alles, was sie sagen konnte.

»Ssch«, machte er, dann küsste er sie ganz sanft auf den Mund. Seine Lippen waren warm und hauchten ihr neue Lebensenergie ein. Wie eine natürliche Reaktion erwiderte sie seinen Kuss. Sie wollte, dass er niemals endete. Christopher! Und in diesem Moment ergab alles einen Sinn, wusste sie es mit absoluter Gewissheit: Christopher war der Mann ihrer Träume.

Ebenso von Andrea Walberg erschienen:

328 Seiten. ISBN: 978-3-7357-5143-0

2. Band der Jahreszeiten-Reihe

Auch als E-Book erhältlich.

Mel hätte ihr Leben gern fest im Griff, wenn ihr nur nicht immer wieder ihr bester Freund dazwischen funken würde. Seit Jahren verdreht er ihr schon den Kopf und erst nach einem einschneidenden Erlebnis schafft sie es, sich von ihm zu lösen. Sie flieht nach Amrum, um einen klaren Kopf zu bekommen und trifft dort gleich zwei Männer, die ihr Leben nachhaltig verändern. Wie wird sie sich entscheiden? Wo schlägt ihr Herz?